Feudal verliebt

Ein Burgherr zum Küssen

AF220559

Feudal verliebt

Ein Burgherr zum Küssen

Maggie Uhmann

Die Deutsche Nationalbibliothek verzeichnet diese Publikation in der Deutschen Nationalbibliografie; detaillierte bibliografische Daten sind im Internet über dnb.dnb.de abrufbar.

Maggie Uhmann

E-Mail: maggie@uhmann.at

c/o skriptspektor e. U.

Robert-Preußler-Straße 13 / TOP 1 5020 Salzburg

AT - Österreich

Lektorat: Katharina Strzoda / lektorat-lieblingswort.de

Korrektorat: Birgit van Troyen / www.facebook.com/BirgitsKorrektorat/

Cover-/Umschlaggestaltung: Buchgewand Coverdesign | www.buch-gewand.de unter Verwendung von Motiven von stock.adobe.com: ©JL-art, ©Amyphotostory, ©kengmerry, © City depositphotos.com: ©Dr.PAS

Herstellung und Verlag: BoD – Books on Demand, Norderstedt

ISBN 9783754346372

Inhaltsverzeichnis

1 Ich bin dann mal …

»Willkommen bei McDonalds, Ihre Bestellung bitte?«, sagte ich in mein Head-Set. Am Drive-in des bayrischen Fast-Food-Restaurants herrschte ein Andrang, als gäbe es Freibier. Die Autos der Kunden drängten an meinem Bestellfenster vorbei wie eine Kamelherde an der letzten Wasserstelle vor der Wüste. Während ich die Wünsche routiniert in den Computer eintippte, beobachtete ich aus den Augenwinkeln, wie Restaurantleiter Schmidt sich näherte. Seine Augen verengten sich und er presste seine Lippen zusammen, als er auf die Pommes-Frites-Station zusteuerte. Eine seiner zehn Nummer-1-Regeln lautete, dass die Pommes niemals ausgehen durften, denn wenn es keine Fritten gab, musste der Kunde bis zu 180 Sekunden warten, was so schlimm war wie drei Minuten ohne Luft. Ich hatte Samira vor einer Viertelstunde gebeten, drei volle Körbe in die Fritteuse zu legen, aber offensichtlich hatte sie das vergessen. Multitasking war nicht das Ding meiner Kollegin mit den rehbraunen Augen und dem gutmütigen Gesicht, die für jedermann stets ein Lächeln parat hatte. Während ich neue Bestellungen entgegennahm und kassierte, bereitete sie die Getränke vor und tütete die Burger ein. Gemeinsam sollten wir darauf achten, dass immer genügend Fritten fertig gebacken waren. Soweit der Plan. Herr Schmidt schwebte heran wie ein Haifisch, holte Luft und öffnete seinen Mund, um zuzuschnappen.

»Wird erledigt, Chef!« Mit einem Wimpernaufschlag und einem Lächeln ließ er sich auch dieses Mal wieder milde stimmen und ich hoffte, dass es nur väterliche Gefühle waren, die ich in dem Mittfünfziger auslöste. Im Nullkommanichts versenkte ich drei Körbe voller gefrorener Pommes in dem heißen Fett, der Hai klappte sein Maul wieder zu und lächelte wohlwollend.

»Weiter so.« Er verschwand nach hinten in die Küche und Samira, die sich beim Getränkeautomat verborgen gehalten hatte, drehte sich zu mir um und warf mir mit verschmitztem Lachen Kusshände zu.

Ich erwiderte die Geste und sagte in mein Head-Set: »Willkommen bei McDonalds, Ihre Bestellung bitte?«

»Hallo, Motzbirnchen, wir sind's!«

Welche normale Mutter wählt für ihre Tochter den Kosenamen Motzbirnchen? Wohl keine. Dieser Name sagte ungemein viel über unser Verhältnis aus. Es war ihre Art, wie sie versuchte, mich dauernd zu pushen. Dabei drückte sie zielsicher immer am wundesten Punkt. Ich wusste, dass sie es nur gut meinte, aber gut gemeint tut nicht immer gut. Mittlerweile nervte mich das so sehr, dass ich mich vor ihr versteckte und mich an Weihnachten und Silvester zum Dienst einteilen ließ. Und auch sonst mied ich Treffen, wann immer es ging. Am Telefon hob ich meist gar nicht mehr ab, wenn ich ihre Nummer auf dem Display sah. Deshalb tauchte sie regelmäßig an meiner Arbeitsstelle auf, wo ich nicht wegkonnte.

»Hallo, Mama, hallo, Oma. Sind schon wieder drei Wochen um? Was wollt ihr essen?«

»Drei Wochen seit unserm letzten Cheeseburger. Und ein ganzes Jahr schon, dass wir hierherfahren müssen. Es ist jetzt wirklich an der Zeit, dass du endlich in die Gänge kommst und einen Neubeginn machst. Du bist lang genug hier abgetaucht! Zwei Cappuccino und zweimal Schwarzwälder Kirsch, oder, Oma?«

Ich tippte zwei Cappuccino und zweimal Apfeltasche in den Computer vor mir. Man konnte im Leben halt nicht immer alles haben.

»Das macht dann 7,98 €. Bitte zum nächsten Schalter vorfahren.«

Seit ich hier arbeitete lag sie mir in den Ohren, dass ich mir eine andere, sprich bessere Arbeit suchen sollte. Sie konnte nicht verstehen, dass ich es nicht schaffte, mehr aus meinem Leben zu machen. Vergeudetes Potenzial, meinte sie. Ganz anders als sie beide, denn Oma und Mutter hatten es geschafft, aus den Zitronen, die das Leben ihnen zugeteilt hatte, wunderbarstes cremiges Sorbet zu machen. Doch wie stellte sie sich das in meinem Fall vor? Bei so gut wie allen Stellen musste man ein Arbeitszeugnis und einen einwandfreien Lebenslauf vorzeigen. Nachweise, die ich nicht erbringen konnte. Außerdem gefiel es mir ganz gut hier. Es war eine einfache Arbeit, die ich beherrschte. Ich brauchte nicht einmal den Computer, um die Endsummen auszurechnen, das ging locker im Kopf. Die Bezahlung war allerdings schlecht und ich kämpfte ganz schön, um über die Runden zu kommen.

Als sie neben meinem Fenster bremsten, hielt ich ihren Blicken stand. Beide winkten mir zu und strahlten mich an wie amerikanische Schönheitsköniginnen vor dem Preisrichter. Ja, sie meinten es nur gut mit mir und ich konnte mir ein Lächeln nicht verkneifen. Meine Mutter saß am Steuer ihrer Luxus-Limousine und meine Oma thronte auf dem Beifahrersitz. Das dynamische Duo, das mich in seinem Helikopter verfolgte, war wie immer adrett zurechtgemacht. Mit ihren langen blonden Haaren, der schmalen Nase und den hohen Wangenknochen war meine Mutter eine attraktive Erscheinung und ich konnte nur hoffen, dass ich in ihrem Alter auch so aussehen würde. Entsprechend meiner Lebens-Grundeinstellung fiel es mir allerdings schwer, daran zu glauben. Bislang war nämlich nichts so gelaufen, wie ich es mir erhofft hatte.

Aus meinem Fenster reichte ich ihnen das Kartongestell hinunter, in das Samira zwei Kaffeebecher gedrückt hatte, und gab ihnen die Tüte mit den Apfeltaschen.

»Schatz, es ist Zeit, dass du die Vergangenheit ruhen lässt. Behalt den Rest.« Sie bezahlte mit einem 10-Euro-Schein.

»Komma aus dem Knick, Annette, und mach endlich wat aus deinem Leben«, krächzte meine Oma daneben, die ursprünglich aus Ost-Berlin stammte und immer noch ein wenig berlinerte, obwohl sie seit langem in Augsburg lebte. Sie hatte sich auf die linke Seite hinübergebeugt, um einen besseren Blick auf mich zu haben. »Los, gib es ihr!«

»Wir lieben dich, Motzbirnchen«, säuselte meine Mutter und ehe ich mich versah, streckte sie ihre Hand zu mir, in der sie ein weißes Kuvert hielt. Sie legte es lächelnd auf die Ablagefläche meines Bedienfensters, winkte mir zu und stieg aufs Gas. Und weg waren sie.

Verdutzt schaute ich hinter ihnen her und blickte dann auf den Umschlag. Am Drive-in hupte ungeduldig das nächste Fahrzeug.

»Willkommen bei McDonalds, Ihre Bestellung bitte?«, sagte ich etwas unkonzentriert in mein Head-Set und stopfte den Umschlag rasch in den Kasten rechts neben mir, in dem sich die Papiertüten zum Einpacken des Essens befanden.

In der Mittagspause saßen meine afghanische Kollegin Samira und ich im Mitarbeiter-Pausenraum und aßen unseren Burger mit Pommes. Sie sah mir neugierig zu, als ich zwischen zwei Bissen den Umschlag aufriss.

»Hat mir meine Mutter vorbeigebracht, vielleicht ein Bündel Geldscheine?«, scherzte ich. Samira hatte schon mitbekommen, dass ich meiner Mutter aus dem Weg ging und hatte überhaupt kein Verständnis dafür. Sie würde alles dafür tun, ihre Mutter wiederzusehen, und ich bekam sofort ein schlechtes Gewissen. Samira musste aber auch diesen Warum-machst-du-nichts-aus-deinem-Leben-Blick ihrer Mutter nicht aushalten. Ich drückte meine Arbeitskollegin, die mir sehr ans Herz gewachsen war, an mich, da ihre sonst immer strahlenden Augen traurig wurden, wenn das Thema Familie zur Sprache kam. Ja, es gibt nichts, das uns Menschen näher geht als die Familie. Im Positiven und auch im Negativen. In Anbetracht Samiras Lebensgeschichte jammerte ich auf allerhöchstem Niveau. Das wurde angesichts des Inhalts des mysteriösen Umschlages noch einmal deutlich, denn darin befand sich ein

Werbeflyer von einer Luxusherberge. Mir blieb der Mund vor Überraschung offen stehen, als ich erkannte, um welche noble Residenz es sich da handelte. Hotelrestaurant Katamaran Gruber am Wörthersee. Neben dem eleganten Schriftzug prangten fünf goldene Sterne.

»Nein, das darf doch nicht wahr sein«, entfuhr es mir und ich hätte den glänzenden Prospekt am liebsten zerrissen und mit dem restlichen Abfall in der Müllpresse entsorgt. Schon wieder versuchten sie, sich einzumischen. Als ich dann noch auf einem Beiblatt eine Buchungsbestätigung fand, die auf meinen Namen, Annette Müller, ausgestellt war und für die erste Augustwoche galt, lachte ich zynisch auf.

»Oh, das ist aber schön! Machst du dort Urlaub? Wo ist das?«, rief Samira und blätterte durch die Seiten des Flyers. Er lockte mit wolkenlosem Himmel über azurblauem Wörthersee-Wasser, Wellnessanwendungen und 5-Sterne-Küche.

»In Kärnten, Österreich. Die Anlage gehört meinem leiblichen Vater. Er ist dort ein Promikoch und besitzt mehrere Hotels«.

Langsam wurde es schwierig, Samira meine Familienbeziehungen nahezubringen. Ihre Vorstellung von einer Familie bestand noch aus dem für mich veralteten Bild, das Mutter, Vater und Kinder umfasste. Von mir wusste sie bislang, dass ich eine Mutter und eine Großmutter hatte, die ich mied wie ein Sternekoch ein Fast-Food-Restaurant. Was den Mann betraf, dessen Gene ich in mir trug, so war es genau umgekehrt. Er wollte nichts von mir wissen.

»Weißt du, ich habe ihn noch nie in meinem Leben persönlich getroffen. Ich wollte ihn früher, als ich klein war, immer kennenlernen. Es war so etwas wie eine fixe Idee von mir.«

Samira schaute betroffen und drückte voller Mitgefühl meine Hand.

»Meine Mutter glaubt, dass ich einen Knacks abhabe, weil ich ihn nie kennenlernte. Als ich klein war, stellte ich ihn auf ein Podest und verehrte ihn sehr. Ich malte ihm Bilder und schrieb ihm Briefe. Er war mein unbekannter Held, nach dem ich mich immer sehnte. Meine Mutter hat mich jahrelang auf später vertröstet, bis ich per Zufall, als ich ein Teenager war, einen Brief von einem Rechtsanwalt gefunden habe. Dieser war im Auftrag meines Vaters geschrieben worden und Mutter hatte ihn jahrelang in einem alten Koffer versteckt, gemeinsam mit den ganzen Zeichnungen, die ich liebevoll für ihn angefertigt hatte. Sie waren nie abgeschickt worden. In dem Schreiben stand, dass er keinen Kontakt zu mir wünsche und dass es bei ihm nichts zu holen gäbe.«

»Was? Nichts zu holen gäbe?«, wiederholte Samira und runzelte ihre Stirn.

»Das sagt man, wenn man jemandem nicht traut und diese Person für immer loswerden will«, erklärte ich. »Besonders auf meine Mutter war ich wütend, weil sie mir nichts davon erzählt hatte. Sie ließ mich in einem Irrglauben aufwachsen und als alles herauskam, bin ich fast verzweifelt und habe mich tagelang in meinem Bett verkrochen. Mit einem Schlag erschien mir die Welt in einem anderen Licht. Wie hinter einem Graufilter.« Ich schob das Papier in den Umschlag zurück und steckte ihn in den Rucksack mit meiner getragenen Arbeitskleidung.

»Meine Mutter meint, dass ich einfach nach Österreich fahren soll, um mir meinen Vater anzusehen. Und sie glaubt, dass dann, schwuppdiwupp, mein Knacks geheilt ist.« Ich fuhr mit meinem Zeigefinger quer über meine Schädeldecke, um den Schaden anzudeuten. Dann sollte ich mit der Vergangenheit Frieden schließen, um hinterher endlich etwas aus meinem Leben zu machen, wie Oma gemeint hatte. So ein Unsinn. Ich glaubte nicht daran.

Samira hatte offensichtlich immer noch nicht verstanden, denn sie sagte: »Wie schön, freust du dich darauf?«

»Ich werde natürlich nicht fahren!«, rief ich ungewollt laut. Sie sah mich verständnislos an. Dann war unsere Pause zu Ende und wir mussten zurück an die Front.

Am nächsten Tag hatte ich die Frühschicht im Schnellrestaurant und bereitete gerade Cappuccino zu, als Herr Schmidt mit einem Klemmbrett in der Hand direkt auf mich zusteuerte.

»Zwanzig«, sagte er vorwurfsvoll und wackelte mit der Liste in seiner Hand. »Sie sind Spitzenreiterin in meiner Resturlaubs-Auswertung.«

»Schuldig im Sinne der Anklage«, antwortete ich salopp. Ja, es stimmte, ich hatte ein Jahr lang keinen Urlaub genommen. Ich hatte keine Lust gehabt, alleine zu verreisen und außerdem auch nicht das nötige Kleingeld dazu.

»Das geht so nicht. Ich musste Sie jetzt für die ersten drei Augustwochen in die Urlaubsliste eintragen, damit wir das noch in den Griff bekommen! Schauen Sie nicht so entsetzt, es gibt Schlimmeres, als zum Urlaub gezwungen zu werden, oder?«

Ich stimmte in sein selbstgefälliges Lachen mit ein. Ja, sicherlich wären ein paar freie Tage wirklich nicht das Schlechteste. Da kam mir der Flyer des Katamaran Gruber in den Sinn, der mir gestern Abend beim Entleeren meines Rucksacks wieder in die Hände gefallen war. Sofort dachte ich an den See im Prospekt. Ob er in echt auch so karibisch blau schimmerte? Und so sauber und klar war, dass man bis zum metertiefen Grund sehen konnte? Die Luft auch im Hochsommer frisch und in den Ohren nur der Klang sanfter Wellen, die gegen den Steg plätscherten? All das waren bestimmt nur markige Werbesprüche.

Am späten Nachmittag kam ich erhitzt in dem grauen Plattenbau am Stadtrand von Augsburg an, in dem sich meine Ein-Zimmer-Mietwohnung befand. Ich stieg schwitzend die zwei Stockwerke zu meiner Wohnung hinauf und traf im Treppenhaus auf meine Nachbarin Gisela. Sie war ungefähr in meinem Alter und stöhnte genauso unter der Hitze.

»Als würde man in eine Papiertüte atmen, oder?«, bemerkte ich.

Sie nickte und wischte sich mit ihrer Handfläche über die Stirn. »Ein treffender Vergleich. So schade, dass ich im Juni schon im Urlaub war. Noch mal zur Ostsee fahren, das wär genau das Richtige. Oder in die Berge. Egal wohin, Hauptsache weg! Und was ist mit dir, irgendwelche Urlaubspläne?«

»Ich überlege, mir einen Ventilator anzuschaffen«, antwortete ich ausweichend und verabschiedete mich an meiner mittlerweile geöffneten Wohnungstür von ihr. Drinnen schlüpfte ich aus der Kleidung und riss die Fenster auf. Trotzdem schienen die Luftpartikel im Raum zu stehen. Ich betrachtete den meiner Wohnung benachbarten baugleichen Plattenbau.

»Schöne Aussichten für August«, sinnierte ich zynisch und betrachtete die gegenüberliegende graue Wand. Quietschendes Kindergeschrei, das vom Spielplatz der Wohnanlage zu mir heraufdrang, zog meine Aufmerksamkeit auf sich. Ich beobachtete, wie sich ein Vater lachend mit erhobenen Händen von seiner kleinen Tochter mit einer überdimensionalen Wasserpistole nassspritzen ließ. Wehmütig beobachtete ich die Szene und dachte an meinen Erzeuger. Mein ganzes Leben hatte ich mich nach diesem Unbekannten gesehnt, obwohl er mich so schlimm zurückgestoßen hatte. Wenn ich ihn nur ein einziges Mal mit eigenen Augen betrachten könnte, dann würde mir vielleicht bewusstwerden, dass ich ihn überhaupt nicht brauchte. Eventuell würde ich sogar froh darüber sein, nie persönlichen und engeren Kontakt zu ihm gehabt zu haben. Und erkennen, wie gut ich mit meiner eigenen Verwandtschaft im Helikopter dran war. Vielleicht konnte das tatsächlich heilend für mich sein. Durch das offene Fenster drang nun der neueste Sommerhit zu mir herein, auf den ich so gar keine Lust hatte. Ruhelos begann ich, meine karge Wohnung aufzuräumen. Zum Glück hatte ich ein paar farbenfrohe Deko-Artikel auf dem Flohmarkt gefunden, die den tristen Raum viel freundlicher wirken ließen. Ein Vorhang mit rosa, weißen und violetten Längsstreifen, darauf abgestimmte Deko-Kissen und sommerliche Bilder hoben meine Stimmung jedes Mal, wenn ich heimkam. Sonst würde ich mich vermutlich wie ein einsamer Hase in einem viel zu kleinen Käfig fühlen. Die Zimmer im Katamaran Gruber spielten allerdings noch in einer ganz anderen Liga und waren ein absoluter Traum. Ich nahm den Werbefolder und die Buchungsbestätigung noch einmal zur Hand. Ja, meine Suite war bereits bezahlt. Seit über zwei Jahren hatte ich keinen Urlaub mehr gemacht. Vielleicht war die Idee, nach Österreich zu reisen, ja doch nicht so abwegig, wie ich im ersten Moment gedacht hatte? Dass eine Urlaubswoche in Österreich die glückliche Wende in meinem Leben einläuten würde, konnte ich mir zwar nicht vorstellen, aber das eine oder andere Highlight am azurblauen See würde sie mir möglicherwiese bescheren. Und beim Gedanken daran, dem Mann gegenüberzustehen, aus dessen Keimzellen ich entstanden war, spürte ich ein Kribbeln im ganzen Körper. Ja, warum denn eigentlich nicht? Ich verließ meine Wohnung und läutete an Giselas Tür, um sie um kleine Nachbarschaftsgefälligkeiten während meiner Abwesenheit zu bitten.

In den wenigen Tagen, die im Juli noch übrig waren, traf ich alle nötigen Vorkehrungen. Allzu viel war für eine Woche ohnehin nicht vorzubereiten. Meine vier Zimmerpflanzen brachte ich bei Gisela unter, mein Kühlschrank war sowieso fast leer und ein Haustier besaß ich nicht. In Augsburg hatte ich keine engen Freunde und die aus Berlin, wo ich bis vor einem Jahr lebte, hatten sich gemeinsam mit meinem Ex-Freund Peter verabschiedet. Am Morgen meiner Abreise legte ich eine Whatsapp-Gruppe an und fügte meine Mutter und meine Oma hinzu. Nach kurzem Überlegen tippte ich als Gruppennamen ›Happy Beginning‹ ein, angelehnt an den Hintergedanken, den meine Verwandtschaft zu meinem Aufenthalt in Österreich hegte. In ihrem Sinne sollte diese Reise ein Neubeginn sein, um danach die Vergangenheit endgültig ruhen zu lassen.

Das erste Foto schoss ich direkt vor meiner Abfahrt von der Straße aus. An die Motorhaube meines violetten Volvo Kombis gelehnt machte ich ein Selfie, das ich dann gleich in die Gruppe hochlud. Ich hing an dem Auto, das zwar ein Überbleibsel aus dem vorigen Jahrtausend war, aber es hatte mich im Gegensatz zu den Männern in meinem Leben nie enttäuscht oder im Stich gelassen und nur der Rost würde uns jemals trennen können. Als Untertitel zum Foto tippte ich ›Ich bin dann mal weg ...‹ und fügte für meine beiden treuen Helikopter noch ein lachendes Smiley und sogar ein Herz an. Ich hatte sie ja doch lieb, auch wenn Motzbirnen das nicht gut zeigen konnten.

2 Feindkontakt

Ich kam kurz nach Mittag an meinem Ziel an, dem 5-Sterne-Hotel-Restaurant Katamaran Gruber am Wörthersee. Meine Mutter hatte sich nicht lumpen lassen und mir eine Junior-Suite mit Seeblick bezahlt. Dazu Vollpension all inklusive. Vermutlich kostete es ein Vermögen, aber das war es wert. Der helle Raum war in sommerlichen Orange- und Gelbtönen gehalten, die sich in den Vorhängen und den Bildern an der Wand wiederfanden und mir ein Lächeln ins Gesicht zauberten. Auf einem runden Beistelltisch in der Mitte des Raumes standen in einer gelben Vase sogar frische Blumen zu meiner Begrüßung bereit. Der Boden war mit heller Fichte ausgelegt und ich öffnete eine Tür im gleichen Holz, die ins Badezimmer führte. Die mediterranen Terrakottafliesen, die Regenwalddusche und die Jacuzzi-Badewanne schienen mich richtiggehend dazu einzuladen, mich nur hier drinnen eine Woche lang aufzuhalten. Doch es gab noch viel mehr. Als ich mit dem Begrüßungssekt in der Hand die Balkontür öffnete und hinaustrat, lag der Wörthersee ganz still vor mir in der Nachmittagssonne. Sein Azurblau reichte bis zum Horizont, wo er sich unter einem zauberhaften Glitzern mit dem Himmel vereinigte. Ich konnte mich an dem Schauspiel kaum sattsehen und atmete tief ein. Ja, die Luft war tatsächlich herrlich frisch und belebend. Sie duftete würzig und trug eine ganz feine Note von frischen Gräsern zu mir. Obwohl sich über mir keine Wolke zeigte, roch es für mein Empfinden ein wenig nach Regen. Dies kam bestimmt von den bewaldeten Bergen, die unweit des

Wassers in die Höhe ragten. Ich reckte die Hände in die Höhe, streckte mich durch und lächelte. Kommentarlos stellte ich einige Fotos, die ich von meinen ersten Eindrücken gemacht hatte, in die Happy-Beginning-Whatsapp-Gruppe ein.

Den Nachmittag verbrachte ich am hoteleigenen Badestrand, schwamm im katalogklaren Wasser und genoss die Sonnenstrahlen in einem bequemen Liegestuhl. Wer hätte gedacht, dass ich gleich am ersten Nachmittag meine ersten Happy Moments haben würde? Kärnten schaffte in wenigen Stunden, worauf ich seit einem Jahr in der Stadt vergeblich gewartet hatte: Entspannung.

Am frühen Abend ging ich auf mein Zimmer und rechnete damit, dass ich beim Abendessen vermutlich ersten Feindkontakt mit Johannes Gruber Junior haben würde, dem Mann, der meine Mutter im Alter von 16 Jahren geschwängert hatte. Er würde sich nach dem Dinner bestimmt sehen lassen, denn solche halbprominenten Spitzenköche ließen sich doch gerne zu ihren Gästen herab, um zu fragen, ob alles zur Zufriedenheit gewesen sei. Das kannte ich aus Serien wie dem Traumschiff und verschiedenen Filmen. Fishing for compliments total. Als Vorbereitung rief ich auf meinem Handy die Internetseite meines Erzeugers auf und prägte mir sein Gesicht noch einmal ein. Dunkelblondes, streng zurückgekämmtes Haar, das bereits von vielen grauen Strähnen durchzogen war. In seinem ebenmäßigen Gesicht erkannte ich aus blaugrauen kalten Augen den entschlossenen Blick eines Karrieremenschen. Von der Statur her war er ein großer Mann mit breiten Schultern und einem stattlichen Bauch, wie man es von einem Chefkoch erwartete. Sogleich stellte ich mir vor, wie er breitbeinig in der Küche stand und seine Mannschaft zusammenpfiff. Ich würde ihn unter hunderten Männern im mittleren Alter sofort wiedererkennen. Wie um mich selbst aufzuwerten und gewappnet zu sein, warf ich mich in Schale und schlüpfte in ein kurzes dunkelblaues Sommerkleid ohne Träger, das meine schlanke Figur und meine wohlgeformten Beine betonte. Das lange Haar bürstete ich, bis es glänzte, und ließ es offen meine Schultern umspielen. Mit einem roten Lippenstift, der gut zu meinem blonden Schopf passte, würde ich bestimmt auffallen, wenn ich allein bei meinem Abendessen saß, aber das machte mir nichts aus. Seit einem Jahr war ich es gewöhnt, die meiste Zeit für mich zu sein.

Das fünfgängige Abendessen wurde auf der Seeterrasse serviert. Mir war ein Tisch direkt am Wasser zugewiesen worden, von dem aus ich links Aussicht auf den spektakulären See und rechts den Eingangsbereich der Terrasse im Blick hatte, sodass ich alle Eintretenden beobachten konnte. In meinem Bauch grummelte es gleichsam aus Anspannung als auch aus Hunger, denn meine letzte Mahlzeit waren Weintrauben aus dem bereitgestellten Obstkorb bei meiner Ankunft gewesen. Würde ich ihn heute das erste Mal im Leben zu sehen bekommen, den Mann, der mich, sein eigenes Kind, verstoßen hatte? Was würde ich fühlen? Vermutlich Wut. Den Aperitif, eine Sansibar-Bowle mit

Limette, den mir der überaus freundliche Kellner anbot, nahm ich zur Beruhigung meiner Nerven gerne an. Die Speisen waren jeden einzelnen Stern wert und lenkten mich von meiner inneren Anspannung ab. Als Vorspeise gab es einen Wassermelonen-Büffelmozzarella-Salat mit rotem Basilikum, gefolgt von einer Brunnenkresse-Cremesuppe mit Kärntner Speckchips. Als Zwischengang wurde ein Mangosorbet mit Sekt kredenzt. Höhepunkt des Menüs war ein gegrillter Saibling mit Trüffelkrapfen, welcher in Form eines Türmchen in die Höhe ragte, ummantelt vom zarten Fischfilet wie eine Stola. Zu seinem Fuße hatte die Küche ein Gemüsebett aus zartem Ratatouille bereitet. Der Teller stellte ein Kunstwerk dar und ich klatschte nur ganz leise, um nicht unangenehm aufzufallen, als der Kellner ihn mit einer gefälligen Verbeugung vor mir platzierte. »Das zu essen fällt unter Vandalismus«, raunte ich ihm zu, worauf er lächelte. Ich dokumentierte das Kunstwerk für meine Happy-Beginning-Gruppe. Jeder Gang wurde von einem passenden Wein begleitet, der mir noch mehr mundete, als mir der Kellner versicherte, dass die Getränke bei Vollpension plus inkludiert waren. Konnte man allein durch gutes Essen einen Happy Moment erleben? Nach diesem Festmahl glaubte ich daran und nahm mir vor, künftig meine Angewohnheit zu überdenken, gleich in der Arbeit zu essen, nur weil es schnell ging und günstig war. Langsam fühlte ich mich angenehm satt, aber auch nicht zu voll. Zuletzt bewunderte ich so zufrieden mein Dessert, zweierlei Tobleroneküchlein mit flüssigem Kern und Ananas-Minz-Ragout, dass ich fast den

Mann in der weißen Kochjacke übersehen hätte, der von Tisch zu Tisch ging, mit den Gästen jeweils ein paar Worte wechselte und sich meinem Tisch näherte.

Fast verschluckte ich mich am Minzblättchen. Es war tatsächlich Johannes Gruber Junior, Sternekoch, Hotelbesitzer und Mann, bei dem es nichts zu holen gab. Ich versuchte, das Bild des Vaterschaftsverweigerers mit jenem Mann in Einklang zu bringen, der gerade auf mich zusteuerte. Durch die Reizüberflutung stockte meine Atmung, während die Zeit plötzlich stillzustehen schien. Er kam immer weiter heran, den Blick aufmerksam auf mich gerichtet und blieb direkt vor meinem Tisch stehen.

»Ich hoffe, es hat geschmeckt?«, fragte er mit einer tiefen Stimme, bei der sich meine Härchen auf den Unterarmen aufstellten. Doch nachdem ich 34 Jahre lang auf diesen Moment gewartet hatte, bekam ich nun kein Wort heraus und fixierte ihn fassungslos. Das machte mein Körper bestimmt, um mit dem emotionalen Stress fertig zu werden. Er betrachtete mich aufmerksam, als würde er in meinem Gesicht nach einer verborgenen Erinnerung forschen. »Kennen wir uns von irgendwoher?«, probierte er es anders. Ja, ich sah meiner Mutter sehr ähnlich. Damals, 1986, war sie allerdings fast noch ein Kind gewesen. Sie, das unschuldige Mädchen aus der DDR, das im Sommer am ungarischen Plattensee jobbte und er, der attraktive Junge aus dem Westen, der dort Urlaub machte und dem die Frauen wahrscheinlich zu Füßen lagen.

Er kniff die Augen leicht zusammen, doch er kam nicht drauf. Klar, war ja für ihn auch nur ein unbedeutender

Sommerflirt gewesen. Allerdings mit Folgen, die er, zumindest für sich, nach der Wende mit einer einmaligen Abfindungszahlung ein für alle Mal aus der Welt schuf. Da erwachte ich aus meiner Sentimentalitätsstarre und rief mir ins Bewusstsein, wen ich hier vor mir hatte.

»Wir treffen uns heute zum ersten Mal«, antwortete ich wahrheitsgemäß und versuchte ruhig zu bleiben, doch meine Stimme hörte sich in meinen eigenen Ohren an wie eine quietschende Tür.

»Sind Sie aus Deutschland?«

Bei einer Quizshow würde jetzt die Kasse für ihn klingeln. Sah ich da den Funken der Erkenntnis in seinen Augen blitzen? Hatte er etwa doch in mir meine Mutter wiedererkannt? Mein Puls raste. Da trat ein älteres Ehepaar heran, grüßte freundlich und fragte, ob es den Chef für ein Erinnerungs-Foto entführen dürfte. Er entfernte sich mit ihnen und ich atmete tief durch. Meine Hände zitterten, als ich mein Mobiltelefon hervorzog und Fotos von ihm schoss, während er gemeinsam mit dem Paar posierte. Danach nickte er mir noch einmal freundlich zu und setzte seine Runde fort. Nur langsam normalisierte sich mein Puls und die Anspannung fiel von mir ab. Zum Glück sind in der gehobenen Sterneküche die Dessert-Portionen mikroskopisch klein, denn Appetit verspürte ich plötzlich keinen mehr. Das Einzige, was noch ging, war der Zirbenschnaps, den mir mein umsichtiger Kellner als Bonus-Gang vorschlug.

›Feindkontakt‹ titulierte ich das Bild vom Sternekoch, das ich später vor dem Schlafengehen beschwipst nach

Deutschland sendete. »Oha, an ihm hat der Zahn der Zeit aber auch genagt«, antwortete meine Mutter postwendend. »Ist sie sich bewusst, dass das nicht nur für ihn gilt?«, dachte ich grinsend.

Zurück in meiner Suite ging ich unruhig auf und ab. Ja, ich hatte ihn gesehen, aber das Aufeinandertreffen hatte nicht die erhoffte Wirkung auf mich gehabt, ganz im Gegenteil. In mir fühlte ich einen Ameisenhaufen. Dieser Eindruck, den der verflossene ungarische Urlaubsflirt meiner Mutter eben bei mir hinterlassen hatte, war nicht dazu geeignet, meine unverheilten Wunden gesunden zu lassen. Ich legte mich in das herrlich weiche Bett, fand aber keinen Schlaf. Meine Gedanken kehrten immer wieder zu meinem Vater zurück. Schließlich erhob ich mich und trat auf den Balkon hinaus. Die kühle Nachtluft umspielte mein Gesicht und ich schaute auf den dunklen weiten See hinunter. Zu gerne würde ich noch mehr von meinem Erzeuger wissen. Auch jetzt, nach all den Jahren, traute ich mich nicht, ihn einfach anzusprechen, zu groß war die Enttäuschung nach dem Auffinden des Briefes vom Rechtsanwalt gewesen. Und da ich schon einmal hier vor Ort war, konnte ich doch auch noch einen Schritt weiter gehen und ihn mir noch genauer ansehen, oder? Aber wie sollte ich das anstellen? Eine konkrete Idee nahm Gestalt in mir an. Ich musste meine Komfortzone verlassen und ihm wie ein Schatten folgen. Ja, so würde ich Stück für Stück das halbfertige Bild vervollständigen, das von ihm in meinem Kopf existierte. Und danach wäre ich endlich imstande, ihn für immer ziehen zu lassen. Mit diesem Plan in meinem Hinterkopf ging ich beruhigt ins Bett und fiel endlich in einen tiefen Schlaf.

Einige Tage danach saß ich in meinem Auto, das ich in einer Seitenstraße neben der imposanten Villa meines Vaters geparkt hatte und schwitzte. Dabei war es erst kurz vor 10 Uhr vormittags. Wenn alles so lief wie in den vergangenen Tagen, dann würde er in wenigen Minuten das Haus verlassen und zunächst sein Restaurant Die Gruberlounge in der Villacher Innenstadt ansteuern. Dort würde er für ein bis zwei Stunden in der Küche verschwinden und danach weiterfahren an den Wörthersee. Dort betrieb er nicht nur den Katamaran Gruber, sondern auch den Trimaran Gruber, ein weiteres angesagtes Restaurant am See. Mein Genmaterialspender arbeitete wie ein Tier und pendelte den ganzen Tag gleich einem Kreisel zwischen seinen Betrieben hin und her. Die Villa hier vor mir, die hinter meterhohen Hibiskushecken verborgen lag, konnte er vermutlich nur selten genießen. Bislang hatte ich leider nur wenig Persönliches über ihn herausgefunden. Wie bei einem bekannten Sternekoch zu erwarten, wurde er überall mit Händeschütteln und Schulterklopfen empfangen. Doch dass er besonders gemocht wurde, traute ich mich deswegen nicht zu schlussfolgern. Herrn Schmidt, unserem Restaurantleiter im Fast-Food-Lokal, begegneten auch nur freundliche Gesichter, wenn er seine Runden durch seine Filiale zog. Aber dass er beliebt war, konnte man nun wirklich nicht sagen. Da öffnete sich das Garagentor und der Wagen meines Vaters, ein elegantes silbergraues Coupé einer deutschen Nobelmarke, schob sich heraus. Ich nahm mit einigem Abstand die Verfolgung auf und bedauerte die Tatsache, dass Autobauer im vorigen Jahrhundert serienmäßig noch keine Klimaanlagen verbaut hatten, denn es war wieder einmal ein Tag mit hochsommerlichen Temperaturen. An diesem Tag schlug der Verführer meiner Mutter aber eine ganz andere Route ein. Es ging von Klagenfurt aus Richtung Südosten. Schließlich fuhr er nach einer Viertelstunde von der Autobahn ab und wir folgten einer schmalen Landstraße durch liebliche Ortschaften, bis er seinen Wagen nach weiteren 15 Minuten in die Seitenstraße eines Dorfes namens Ehrenfelsen lenkte und vor dem örtlichen Friedhof hielt. Gerade noch in Sichtweite fand ich ebenfalls eine Parkmöglichkeit. Ich beobachtete, wie er ausstieg und durch das Tor den Friedhof betrat. In der Hand hielt er eine rote Rose. Ein paar Minuten ließ ich verstreichen, in denen ich mein langes Haar unter eine rote Baseballkappe stopfte und mir meine Sonnenbrille aufsetzte, deren getönte Panoramagläser mir einen Hauch von Fliege Puck verliehen. Ansonsten trug ich olivgrüne Shorts, ein weißes T-Shirt und Turnschuhe, denn ich wollte wie eine beliebige Touristin aussehen. Dann schlenderte ich auch durch das breite Portal und erblickte Johannes Gruber Junior in der Mitte der Anlage. Tief in Gedanken versunken stand er vor einem Grabstein und nahm keinerlei Notiz von seiner Umgebung. Im Schutze einer Baumreihe konnte ich mich ihm unauffällig nähern und tat so, als würde ich die Inschriften auf den tristen Granitsteinen lesen. Minutenlang verharrte er regungslos an seiner Position, bis er sich mit einem kleinen Kopfschütteln selbst ins Hier und Jetzt zurückkatapultierte. Zu gerne wollte ich wissen, bei wem er in Gedanken gewesen war und wartete deshalb, bis er durch das Friedhofstor den Ort der Stille wieder verlassen hatte. Dann trat ich zu dem Stein, an dem er seine Andacht gehalten hatte. Die dunkle Farbe der Gravur zeugte davon, dass sie nicht ganz taufrisch war. Dennoch konnte ich die Inschrift leicht lesen: Anna Maria Gruber, die im Alter von nur 61 Jahren verstorben war. Und genau heute jährte sich ihr Todestag zum zwölften Mal, fiel mir auf. Das musste die Mutter meines Erzeugers gewesen sein, und das bedeutete, dass ich hier am liebevoll gepflegten Grab meiner leiblichen Großmutter stand. Bei dem Gedanken bekam ich trotz der sommerlichen Hitze eine Gänsehaut vor Bewegung. Stumm entschuldigte ich mich bei meiner Oma, dass ich schon wieder weitermusste, aber ich durfte den Anschluss an ihren missratenen Sohn nicht verlieren. Ein anderes Mal würde ich wiederkommen, versprach ich ihr in Gedanken. Als ich schnellen Schrittes den Friedhof durch das Haupttor verließ, startete der Sternekoch gerade seinen Wagen und schob sich rückwärts aus seiner Parklücke. Ich jagte zu meinem Gefährt, das in entgegengesetzter Richtung abgestellt war und nahm die Verfolgung wieder auf. Mein Vater fuhr durch den Ort und bog in eine Landstraße ein, die in Richtung Burg Ehrenfelsen sowie zum See Ehrenfelsen führte, wie ein Schild verriet. Die Burg kannte ich aus den Informationsbroschüren für die Ausflugsziele der Region, die dort als eine beliebte Touristenattraktion angepriesen wurde. Nach wenigen Minuten Fahrt bog er in eine holprige Landstraße ein, die zu einem Campingplatz am See führte. Als er seinen Wagen davor parkte, fuhr ich an ihm vorbei, hinein in eine kleine Forststraße, um seine Aufmerksamkeit nicht zu erregen. Dabei passierte ich eine Kurve und parkte meinen Kombi bei der ersten Gelegenheit, die sich mir in Form einer kleinen von Bäumen ausgesparten Bucht am Waldrand bot. Hastig stieg ich aus und sprintete zurück. Als ich die Abzweigung erreichte, wo ich in die Forststraße eingebogen war, lugte ich vorsichtig um die Kurve. Zu meinem Schrecken sah ich, dass der Mann, der keinen Kontakt zu mir wünschte, direkt auf mich zukam! Er schlenderte leicht vornübergebeugt, die Händen hinter seinem Rücken verschränkt, gemächlich den Forstweg dahin. Offensichtlich wollte er einen kleinen Spaziergang machen. Fieberhaft überlegte ich, was ich jetzt tun sollte. Ich war drauf und dran, ihm direkt in die Arme zu laufen und dann würde er mich, so unmittelbar gegenüberstehend, wahrscheinlich wiedererkennen. Deswegen lief ich in die Richtung zurück, aus der ich gekommen war und erspähte meine Rettung ein paar Schritte weiter. Ein Pickup-Truck mit monströsen Reifen stand auf einem abzweigenden Karrenweg neben einem Holzstapel. Ich huschte zu dem Fahrzeug und ging auf der abgewandten Seite hinter dem Wagen in Deckung. Dabei hockte ich mich hin und schmiegte mich ganz eng an den Vorderreifen, hinter dem ich mich komplett verbergen konnte. Noch niemals hatte ich bei einem Pkw so ein Profil gesehen, in das ich mühelos meine Finger stecken konnte, fast wie beim Reifen eines Traktors. Vor Anspannung hielt ich die Luft an und wartete regungslos, bis der Mann, dem ich als Kind meine schönsten Zeichnungen gewidmet hatte, an mir vorbeispaziert war. Danach atmete ich erleichtert aus und ließ meine Schultern fallen.

»Er ist weg«, hörte ich eine leise Stimme über mir und riss vor Schreck meinen Kopf hoch. Peng. Ich knallte mit meiner Stirn gegen den Seitenspiegel des Trucks. Einen kurzen Moment konnte ich am hellen Tag den nächtlichen Sternenhimmel vor mir sehen. Zum Glück war der Aufprall durch meine Cap gedämpft worden, die mir halb vom Kopf rutschte. Gleichzeitig fiel mir die Sonnenbrille aus dem Gesicht wie eine überreife Birne.

»Autsch!« Auf wackeligen Beinen stützte ich mich gegen die Motorhaube des Geländewagens und zog mir die Kappe ganz herunter, unter der mein Haar herausquoll wie der flüssige Kern aus einem Schokoladendessert meines Vaters. Vorsichtig betastete ich die Stelle an meiner Stirn und es war sicherlich nur meiner schützenden Kopfbedeckung zu verdanken, dass an meinen Fingerspitzen kein Blut klebte. Dann schaute ich mich nach der Stimme um, die mich so erschreckt hatte. Sie gehörte einem jungen Waldarbeiter, der auf dem Fahrersitz des Riesen-Pickup-Trucks saß. Besorgt öffnete er die Tür und stieg aus. Er hatte kurz geschnittenes braunes Haar und einen Dreitagebart.

»Alles in Ordnung?«, fragte er.

»Ja, ja!« Mit meiner ausgestreckten Hand deutete ich ihm, dass es nicht nötig sei, näher zu kommen, denn die

Motorhaube war mir Stütze genug. Wie angewiesen blieb er an der geöffneten Tür seines Monsterwagens stehen.

»Sie haben mich zu Tode erschreckt.« Ich konnte mich einfach nicht zurückhalten, meinen Ärger herauszulassen und bückte mich, um Brille und Kappe vom Boden aufzuheben. Dabei pulsierte meine Schädeldecke, als würde mir jemand von innen Klopfzeichen geben.

Nun zuckten seine Mundwinkel nach oben und er unterdrückte ein Lachen. Bestimmt hatte ich ein lustiges Bild abgegeben, wie ich vor dem von mir verfolgten Mann geflüchtet war und mich dann hinter seinem Auto, direkt unter dem Fahrerfenster, versteckt hatte. In der Hektik, mir einen Schlupfwinkel zu suchen, hatte ich den Mann gar nicht gesehen. Noch dazu thronte auf der Rückbank eine dunkelbraune Dogge, wie ich gerade bemerkte. Es war mir vollkommen unverständlich, wie mir das Tier entgangen war, denn es nahm beinahe die gesamte zweite Sitzreihe ein.

»Und Sie dafür meinen Hund! Sie hätten mal sehen sollen, wie er bei dem Knall zusammengezuckt ist, als Sie mit dem Kopf gegen den Spiegel gekracht sind. Zum Glück ist er heilgeblieben«.

»Ha, na das ist ja nett, dass Sie sich um Ihr Auto sorgen. Ich hätte mir den Kopf spalten können«, rief ich empört.

»Selbstverständlich habe ich Ihren Kopf gemeint, der zum Glück heil geblieben ist!« Er überragte mich ein ganzes Stück und sah mit einem unverhohlenen fröhlichen Lächeln mit makellosen Zähnen zu mir herunter, dass ich mich fühlte wie ein bockiges Kind.

»Schön, dass Sie was zu lachen haben« sagte ich und wandte mich zum Gehen.

»Tut mir leid, aber das war einfach zu komisch, als Sie um die Ecke gelaufen kamen und sich hinter meinem Auto versteckt haben. Einen Moment lang hatte ich sogar befürchtet, Sie wollen hinter mein Auto pinkeln. Aber dann folgte der Spaziergänger, vor dem Sie sich anscheinend versteckt haben ...«

Ich fühlte, wie Hitze in meine Wangen stieg. Das ging ihn wirklich nichts an und ich beschloss, das Gespräch zu beenden.

»Tschüs und ein schönes Leben noch!« Hoch erhobenen Hauptes marschierte ich an dem Pickup vorbei und folgte dann dem Forstweg zurück in Richtung Campingplatz. Diese kuriose Begegnung wollte ich am besten gleich wieder vergessen. Da ich für heute ohnehin genug vom Herumspionieren hatte, beschloss ich, mir den Ehrenfelsener See anzusehen. Vorhin beim Vorbeifahren hatte er ganz wundervoll in der Sonne geglitzert. Nachdem ich den Haupteingang des Areals passiert hatte, schlenderte ich an Zelten und Campingmobilen vorbei zum Ufer hinunter. Die Stimmung unter den Gästen war ausgezeichnet. Jugendliche sprangen kreischend vom Steg in den See und die Eltern verweilten am Ufer, lasen und genossen die Sonne. Alle waren gut gelaunt und ich spürte, wie sich diese Stimmung auf mich übertrug. In Kärnten gab es unzählige zauberhafte Gewässer, hatte ich gelesen. Und dies hier war eines davon. Aufgrund meiner Nachforschungen, die meine ganze letzte Urlaubszeit in Anspruch genommen hatten, hatte ich leider noch viel zu wenig von der schönen Landschaft bestaunen können. Der Wörthersee war um etliches größer als dieser hier und er glitzerte zwar nicht karibisch, aber in einem spektakulären Farbton, für den noch kein Name erfunden worden war. Es war ein blaues Grün mit goldgelben Sprenkeln. Oder doch ein hellgrünes Blau mit Sonnenreflexionen da und dort? Am Rand setzte ich mich ins Gras und ließ mich vom Farbenspiel des Wassers und dem sanften Wogen der Wellen einlullen. Hier bekam das Wort Abschalten eine ganz konkrete Bedeutung. Mein Körper entspannte sich und meine Gedanken kamen zur Ruhe. Was machte das Wasser nur mit mir? Es hatte eine magische Wirkung auf mich, die ich sehr genoss. Endlich hatte ich die Muße, meine Situation zu reflektieren. Meine persönliche Ahnenforschung in Österreich musste ich leider als Misserfolg bezeichnen. Das Bild meines Vaters erschien immer noch zu unklar und verschwommen, als dass ich in ihm den kaltherzigen Mann erkannte, den ich erwartet hatte. Es war schlichtweg zu wenig Persönliches, das ich über den Promikoch nach dieser einen Woche herausgefunden hatte. Der erhoffte Abschluss mit meinem Vaterthema und ein frischer Neuanfang blieb mir noch verwehrt. Doch der heutige Tag hatte auch eine sehr interessante neue Wendung gebracht. Auf dem örtlichen Friedhof war ich am Grab meiner Großmutter gestanden, das von irgendjemandem offensichtlich in liebevoller Weise gepflegt wurde. Bestimmt nicht von ihrem Sohn, in dessen Tagesablauf keine Zeit für Blumenpflege übrig war. Es musste noch weitere nahe Angehörige geben, die vermutlich hier im Ort Ehrenfelsen lebten. Vielleicht würde ich mit etwas Geduld über sie an mein Ziel kommen und mehr über den Charakter meines Erzeugers herausfinden. Mein Luxusurlaub endete morgen. Angesichts der Aussicht auf zwei weitere Wochen Resturlaub, allerdings nicht im Katamaran Gruber, sondern eingesperrt in meiner wenig verlockenden stickigen Wohnung in Augsburg, kam mir eine neue Idee. Entschlossen erhob ich mich und ging zu meinem Auto zurück.

Am nächsten Abend saß ich wieder am Ufer des Ehrenfelsener Sees. Am Vormittag hatte ich im Katamaran Gruber ausgecheckt und danach mein Fünf-Sterne-Zimmer gegen einen billigen Stellplatz auf dem hiesigen Campingplatz getauscht. Im Ort hatte ich mir noch die nötigsten Utensilien besorgt, mit denen ich die nächsten Tage gut überstehen konnte. Zum Beispiel eine Luftmatratze, auf der ich im Kofferraum meines geräumigen Kombis eigentlich ganz gut schlafen sollte. Langsam senkte sich die Augustsonne am Horizont herab und ich genoss die Schönheit der Naturlandschaft. Der in sattem Grünblau leuchtende See war fast komplett von Wald umgeben, welcher auf einer Seite zu einem erhabenen Hügel anstieg. An dessen Spitze befand sich die bekannte Burg Ehrenfelsen, die sich im besten Licht präsentierte, als sie von den Strahlen der untergehenden Sonne beleuchtet wurde. In den kommenden Tagen musste ich sie mir unbedingt ansehen. Auf der gegenüberliegenden Seite hatte man in der Ferne einen herrlichen Blick auf die spektakulären Kärntner Berge und ein paar Paragleiter, die wie Adler durch die Luft segelten. Das Ufer war unverbaut und stand allen offen. Keine eingezäunten Privatgrundstücke und Hotels versperrten den Besuchern den Zugang zum Wasser.

So eine Szene hatte ich als Kind immer gemalt: Mein See war ein großer blauer Fleck, den ich akribisch mit meinen Filzstiften ausmalte. Am oberen Rand der Zeichnung schwebte eine gelbe lachende Kugel, die Sonne, und am Ufer hatte ich ein paar Bäume und ein lachendes Männchen platziert. Dieses sollte meinen Vater am ungarischen Balaton darstellen. Aus Erzählungen meiner Mutter wusste ich, dass sie sich dort über den Weg gelaufen waren. Das war das Hauptmotiv der unbeholfenen Zeichnungen in meiner Kindheit gewesen, von denen ich einen ganzen Koffer voll fabriziert hatte.

Im Hier und Jetzt an diesem Gewässer gefiel es mir auch gut, obwohl es nicht der Plattensee war. Zwar schien der Campingplatz einfach und die sanitären Anlagen veraltet, aber der See, die Berge und der Wald machten das alles wett. Ebenso der faire Preis, den sogar ich mir leisten konnte. Was Luxus betraf, war ich ohnehin nicht anspruchsvoll. In der kleinen Kantine bei der Einfahrt wurden Snacks, Brötchen und Getränke verkauft. Der Besucherandrang hielt sich in Grenzen. Gerade mal zwanzig Campingmobile und Zelte hatte ich gezählt, in denen fast ausschließlich Familien mit Kindern Urlaub machten.

So am Ufer vor mich hin grübelnd, beschloss ich, dass es langsam Zeit war für ein Campingplatzdinner. Also erhob ich mich, um vom Kiosk eine Dose Cola und eine Tüte Chips zu holen. Die Zeit des Gourmetschlemmens war vorläufig vorbei. Zurück auf meinem lauschigen Platz öffnete ich die Dose und trank ein paar Schlucke. Ich war sehr entspannt und fühlte mich an diesem fremden Ort irgendwie heimisch. Vielleicht erkannte mein österreichischer Teil der Gene unterbewusst die Landschaft wieder? Offensichtlich kamen meine Vorfahren väterlicherseits ja von hier, aus Ehrenfelsen. Zumindest waren sie hier beerdigt. Vermutlich hatten meine Urururur...großeltern schon hier gebadet, so wie ich vorhin. Meine Haare waren noch feucht vom Schwimmen und hingen mir wie die Fasern eines ausgewrungenen Wischmopps vom Kopf. Bei meiner Abenddusche vor dem Schlafengehen würde ich mir das Teichwasser dann abwaschen. Über meinen nassen Bikini hatte ich mir löchrige, über den Knien schief abgeschnittene Jeans und ein weißes T-Shirt mit dem Aufdruck ›Ich flieg auf Berlin‹ angezogen. Meine Füße steckten in ausgetretenen grauen Sandalen, denen man ansah, dass sie vor langem einmal weiß gewesen waren. Unweigerlich musste ich an Mutter und Oma denken. Sie waren stets zurechtgemacht, als würden sie geradewegs vom Friseur kommen und auch sonst traten sie immer herausgeputzt in Erscheinung wie ein bayrisches Ochsengespann zu Pfingsten. Die perfekte Gelegenheit, um sie ein bisschen zu ärgern, fand ich. »Kind, wie siehst du wieder aus?« sollten sie mir bei dem Foto zurückschreiben, das ich für sie inszenieren wollte. Dabei würde ich sie gleich darüber informieren, dass ich eine Woche länger in Österreich blieb. Also legte ich mich bäuchlings auf die Wiese, streute ein paar Chips aus und drapierte die halbleere Tüte dahinter. »Ein bisschen Spaß muss sein«, summte ich, schielte in die Kamera und schoss einige Bilder.

Ich befand mich ein wenig abseits vom belebteren Badestrand und ein paar Meter hinter mir begann der Wald in Form von ein paar niederen Büschen. Von dort hörte ich auf einmal ein Rascheln. Im nächsten Augenblick sprang ein dunkler Hund durchs Gebüsch und wetzte direkt auf mich zu. Es war eine Dogge mit dem Körperbau eines Kalbes, die mich an den Hund des Waldlurchs von gestern erinnerte. Vor Schreck zuckte ich zusammen und auch das Tier blieb überrascht stehen. Offensichtlich war es auf dem Weg zum Wasser gewesen. Rasch rollte ich mich vom Bauch auf die Seite und setzte mich halb auf. Hunde mochte ich eigentlich sehr gerne, aber bei diesem traute ich mich kaum, mich zu bewegen. Er starrte mich an wie sein Abendessen.

»Bobby!«, hörte ich eine tiefe Stimme aus dem Wald.

»Er ist hier!«, kiekste ich und meine Stimme überschlug sich. Bobby winselte leise und wedelte mit seinem Schwanz, dann machte er Sitz und schaute mich an, als würde mir Hundefutter zu den Ohren hinauswachsen. Aus dem Gebüsch trat tatsächlich der Waldarbeiter von gestern hervor.

»Er tut nichts!«, sagte er sofort. Auch das noch. Er war anscheinend so etwas wie der Waldhausmeister, denn er hielt einen schwarzen Müllbeutel in der Hand, indem er schon ein paar Schätze eingesammelt hatte. »Ach, Sie schon wieder!« Jetzt grinste er allerdings nicht, sondern musterte finster den Haufen Mist vor mir, mit dem ich für mein Selfie posiert hatte. »Bitte benutzen Sie die Tonnen, die am Ufer alle zwanzig Meter aufgestellt sind«, sagte er wie die Durchsage eines ausgeleierten Tonbandes.

Was glaubte er denn? Dass ich vorgehabt hatte, meinen Abfall hier einfach so liegenzulassen?

»Ich bin aber noch nicht fertig. Kann ich etwas bestellen, bitte?« Ein Grinsen konnte ich mir nicht verkneifen und diesmal zeigte ich meine Zähne, auf die ich stolz war, weil sie auch sehr schön und gerade waren.

»Sehr witzig. Sehe ich aus wie ein Kellner?«

Nein, das tat er absolut nicht. Die richtige Schublade zu benennen, in die ich ihn optisch stecken konnte, fiel mir schwer. Blaue klare Augen unter dichten Brauen, markantes Gesicht und der dunkelbraune Dreitagebart. Dazu war er angezogen wie ein … Wie nannte man die in Österreich … Schuhplattler? Lederhosen und ein weißes T-Shirt, das ihm halbseitig aus dem Hosenbund gerutscht war. Um die Schultern herum spannte es ein wenig, wie man es bei einem Holzfäller erwarten durfte. Seine Füße steckten in braunen Wanderschuhen und seine Waden in blauen Stutzen, die fast bis zum Knie reichten. Eigentlich ein sehr ansehnlicher Anblick. Ein bisschen wie Ryan Gosling auf Urlaub in Kärnten. Wenn er nur nicht so ein sprödes Getue an den Tag legen würde.

»Nein, wie der Jägermeister!«, sagte ich und musste kichern. Gestern war er viel besser gelaunt gewesen, als er wie ein Psychopath in seinem Auto im Wald gesessen und mich erschreckt hatte. Da hatte ihn meine Kollision mit seinem Auto ja sehr amüsiert.

»Bobby!«, sagte er jetzt tadelnd zu seinem Hund. Die Dose war unbemerkt umgefallen und die Dogge schleckte leise an dem See von brauner Flüssigkeit, die sich auf dem Boden bildete. Rasch ließ sich der Vierbeiner mit einem kehligen Brummen dicht neben mir nieder und schlemmte ungerührt weiter, was mir ein glucksendes Lachen entlockte. Der Hausmeister trat zu seinem Hund und ließ den Karabiner der Leine in das Halsband einrasten. »Na komm jetzt.« Sanft zog er den Hund mit sich, als er sich zum Gehen wandte.

»Hunde sollte man im Wald ohnehin an der Leine führen«, konnte ich mir nicht verkneifen und grinste in mich hinein. Ein wenig ärgerte ich mich über die Art, wie er mit mir sprach. Als wäre ich eine Schülerin, die er beim Rauchen auf dem Klo erwischt hatte. Denn auch wenn ich zwischen Chipsresten auf dem Boden saß, war ich doch kein Teenager, den man einfach so zurechtweisen konnte. Bevor er endgültig im Wald verschwand, drehte er sich noch einmal zu mir um und warf mir einen Blick zu, bei dem mir unangenehm heiß wurde, wahrscheinlich weil er verdrängte Schulszenen wieder heraufbeschwor. Müller. Nicht genügend, setzen. Dann verschwand er endlich mit seinem Hund im Gebüsch und ich seufzte erleichtert auf.

Anschließend machte ich mich daran, die ausgestreuten Chips einzusammeln. Mittlerweile senkte sich die Sonne langsam hinter den Gebirgszug am Horizont, als ob sie sich nur widerwillig von der bezaubernden Szenerie verabschieden würde, die sich vor mir auftat. Von hinten durch die untergehende Sonne beleuchtet, begann die Silhouette der Berge orange und gelb zu strahlen wie die Corona einer Sonnenfinsternis. Vor mir lag der See ruhig und still. Nur ab und zu kräuselten sich doch ein paar Wellen und brachten die Wasseroberfläche zum Glitzern wie ein Meer aus blinkenden Schmetterlingsflügeln. So etwas Schönes hatte ich schon lange nicht mehr gesehen und ganz neue Gefühle stiegen in mir auf. Hier wurden andere Empfindungen in mir geweckt als am Meer, das ich von Urlauben in Norddeutschland und Italien kannte. Das Meer bedeutete Ferne, Abenteuer und Weite, aber ein See verhieß Heimat. Und dieses überschaubare Gewässer hier, das vom Wald und von den Bergen wie von einem schützenden Wall umgeben war, machte dieses Gefühl noch intensiver. Beneidenswert die Menschen, die diese bezaubernde Gegend als ihr Zuhause bezeichnen durften. Aus einem entfernten Radio drang der Song Hotel California von den Eagles zu mir herüber, der eine gewisse romantische Stimmung in mir aufkommen ließ. Unwillkürlich musste ich an Peter denken, meinen Ex, aber nicht, weil er so romantisch gewesen war, denn als Controller war er eher der kopflastige Typ. Wir hatten beide im Rechnungswesen eines Technologiekonzerns in Berlin gearbeitet, in dem ich eine Stelle als Buchhalterin innegehabt hatte. Ich hatte ihn vor allem für die Energie, seinen Ehrgeiz und den Optimismus geliebt, mit dem er durchs Leben ging. Innerhalb von drei Jahren stieg er zum stellvertretenden Leiter des Rechnungswesens auf und versuchte, mich auch zu mehr beruflichem Engagement anzutreiben. Als dann eines Tages in der Rechnungsprüfung eine leitende Position frei wurde drängte er mich dazu, mich zu bewerben. Ich wollte den Job nicht, denn ich fühlte, dass ich es nicht schaffen würde. Doch Peter ließ nicht locker, bis ich mich schließlich halbherzig bewarb. Es war mir bis heute ein Rätsel, warum ich für die Position ausgewählt worden war. Fortan kämpfte ich mich durch entsetzlich stressige Arbeitstage. Doch da war Laura, eine meiner Mitarbeiterinnen, die mir sehr vieles abnahm. Wir trafen uns bald auch privat und wurden sogar zu besten Freundinnen. Um Zeit zu sparen, hatte sie die Idee, das aufwendige Vier-Augen-Prinzip beim Gegenzeichnen der Rechnungen zu vereinfachen und ich gab ihr mein Passwort, mit der sie die elektronischen Unterschriften direkt selbst ausführen konnte. Dadurch ging alles viel schneller. Dummheit, Leichtsinn, Fahrlässigkeit, nannte es die interne Revision später, als sie vor einem Jahr Unregelmäßigkeiten aufdeckte. Laura gestand zwar sofort, aufgrund ihrer Spielsucht das Geld allein veruntreut zu haben, aber ich wurde fristlos entlassen. Durch meine Verfehlung verlor die Geschäftsleitung auch in Peter das Vertrauen, da er mein Lebenspartner war und auch er musste gehen. Daraufhin trennte er sich von mir. Das Loch, in das ich fiel, hatte nur ein Zimmer und befand sich in Augsburg. Mutter hatte mir das kleine Apartment besorgt und mich heimgeholt. Wochenlang kam ich nicht von der Couch hoch. Schließlich nervte mich das dynamische Helikopterduo so lange, bis ich mir wieder einen Job suchte. Als Buchhalterin wollte und konnte ich nicht mehr arbeiten und nahm schließlich die erstbeste Stelle im Fast-Food-Restaurant an. Eigenartig, warum mir all diese Gedanken hier am Seeufer kamen, aber die stumme Zwiesprache mit dem See fühlte sich reinigend gut an.

3 Großvater

Am nächsten Morgen trank ich in der Campingplatzkantine eine Tasse Kaffee und suchte im Internet nach Informationen zur Familie Gruber in Ehrenfelsen. Dabei stieß ich auf die Traueranzeige, die anlässlich des Ablebens meiner Oma veröffentlich worden war. Darin wurden als Angehörige Johannes Gruber Senior, der Witwer, der mein Opa sein musste, sowie Johannes Gruber Junior, Sohn und Gastronom aus Klagenfurt, genannt. Darüber hinaus gab es aber auch eine Enkelin namens Katharina Gruber, das musste meine Halbschwester sein! Wow, ich hatte eine Schwester! Ein Kloß bildete sich in meinem Hals. Wie sehr hatte ich mir früher eine Schwester gewünscht. Eine Verbündete an meiner Seite, die immer für mich dagewesen wäre. Sofort war ich neugierig darauf, wer sie war und wie sie wohl aussehen mochte. Gab es Ähnlichkeiten zwischen uns? Doch ich musste das Feld von hinten aufrollen. Ich packte mein Smartphone ein und stand voller Energie auf.

Meine zuversichtliche Laune verpuffte und wich einer Melancholie, als ich die Reihen der Gräber entlang schritt. Ich mochte Friedhöfe gar nicht. Das grau in grau und die Trostlosigkeit waren zum Davonlaufen. Ein Mahnmal der eigenen Vergänglichkeit, das mir zurief: Wirst du dein Happy Beginning bekommen, bevor du auch hier liegst? Ja, es war eine Tatsache: Wir alle hatten nur eine begrenzte Lebenszeit und man durfte die wichtigen Dinge nicht auf die lange Bank schieben. Irgendwann würde es zu spät sein, ich hätte mein Happy Beginning verpasst und mich mein Leben lang mit ›Was wäre gewesen, wenn …‹ Fragen gequält. Doch nun war ich ja hier. Den ersten Schritt hatte ich gemacht. Ich ging von einem Grab zum nächsten, bis ich vor dem von Anna Maria Gruber, meiner Oma, stand. Die simple geknickte Rose zierte den Stein und ich schluckte vor Ergriffenheit. Was sie wohl dazu sagen würde, wenn sie mich hier stehen sähe? Hatte sie zu ihren Lebzeiten von meiner Existenz erfahren oder war ich ein gut gehütetes Geheimnis meines Erzeugers geblieben? Großmütter sind ja immer sehr liebevoll ihren Enkelkindern gegenüber. Hatte sie ein weicheres Herz als Vater gehabt? Ich wollte daran glauben, dass sie eine liebe Oma für mich gewesen wäre, die am Sonntag Kuchen gebacken hätte und mit mir auf den Spielplatz gegangen wäre. Sie musste warmherzig gewesen sein, denn es war klar, dass sie auch zwölf Jahre nach ihrem Tod unvergessen war: Links und rechts neben dem Grabmal waren Gefäße mit liebevoll gehegten blühenden Topfrosen aufgestellt. Die Grünfläche davor war ein Fest für Bienen, die sich zwischen üppig blühenden Sommerblumen tummelten. Davor waren Windlichter mit Kerzen platziert, die fast ganz heruntergebrannt waren. Die Liebe, die mit diesen Zeichen zum Ausdruck gebracht wurde, bewegte mich. Was für ein starkes Band sie sein konnte, das nicht einmal der Tod zu durchtrennen vermochte. Um meine Emotionen in den Griff zu bekommen, setzte ich mich in Sichtweite auf eine Bank, die im angenehm kühlen Schatten eines Kastanienbaumes stand, nahm ein Buch aus meiner Tasche und vertiefte mich in die Seiten.

Nachdem ich ungefähr das erste Viertel meines Liebesromans gelesen hatte, näherte sich ein alter Mann mit einer Gießkanne der letzten Ruhestätte meiner Großmutter. Er ging vornübergebeugt, als würden die Lebensjahre an seinem Oberkörper ziehen. Mir stockte der Atem. War das etwa mein Opa? So wie sein Sohn war auch er recht groß, allerdings schlotterten seine blauen Leinenhosen und das rotweißkarierte Hemd um seine hagere Statur. Auf seinem Kopf trug er einen verblichenen Strohhut zum Schutz gegen die Sonne und auf seinem Rücken hing ein Rucksack. Rasch zog ich mein Handy aus der Tasche und knipste ein paar Fotos. Aus meiner Position sah ich ihn allerdings nur von hinten. Er nahm sich viel Zeit, um dem Andenken seiner verstorbenen Frau Lebendigkeit einzuhauchen und entfernte da und dort ein paar verwelkte Pflanzen. Mehrfach holte er frisches Wasser von einer nahen Leitung und goss damit das Blumenmeer am Fuße ihres Gedenksteines. Zuletzt zog er ein paar Kerzen aus dem Rucksack und ersetzte damit die beinahe heruntergebrannten Stumpen in den Windlichtern. Schließlich schlurfte er in hüftschonendem Gang wieder in Richtung Ausgang. Auch ich machte mich auf und folgte ihm in passender Entfernung. Es war eine Verfolgungsjagd im Zeitlupentempo und ich hatte Mühe, mir immer wieder neue Posen auszudenken, mit denen ich unauffällig hinter ihm her trödeln konnte. Mal band ich meine Schuhe zu, dann wischte ich konzentriert in meinem Handy herum und ein anderes Mal studierte ich die Aushänge in der Glasvitrine des Gemeindeamtes, das wir passierten. Nach einer Viertelstunde hatte er sein Ziel erreicht und visierte den örtlichen Supermarkt an. Zu meiner Überraschung ging er aber an der Eingangstür vorbei und zuckelte in Richtung Hinterausgang, wo normalerweise die Lkw neue Waren anlieferten. Ich blieb in passendem Abstand stehen und besah mir die Angebote des Tages, die an der Längsseite des Geschäftes ausgeschrieben waren. Dabei beobachtete ich aus den Augenwinkeln, wie Opa seinen Rucksack behäbig vom Rücken fischte. Bei dem Anblick musste ich an eine Schildkröte denken, die versuchte, sich den Rücken zu kratzen und am liebsten wäre ich hingelaufen und hätte ihm geholfen. Nachdem er es geschafft hatte und den Beutel in seinen Händen hielt, näherte er sich den Müllcontainern, die neben der Lkw-Rampe aufgestellt waren. Dann legte er den Rucksack zu seinen Füßen ab und öffnete die erste graue Tonne. Mit beiden Händen begann er darin zu wühlen. Mir blieb vor Überraschung der Mund offen stehen. Das durfte doch nicht wahr sein, mein Opa containerte? Einen Moment zögerte ich und dann ging ich zu ihm hinüber.

»Habidere«, sagte ich knapp, wobei sich das Österreichische aus meinem Mund etwas unnatürlich in meinen eigenen Ohren anhörte. Er erwiderte meinen Gruß und ich stellte mich neben ihn. Ich öffnete den Deckel der nächsten grauen Tonne. Darin befanden sich jede Menge hartes Brot, ein paar Kuchen, die sich leider mit dem Inhalt einiger aufgeplatzter Joghurts vermischt hatten, und abgelaufene Milchprodukte. Darunter stieß ich auf einen Schatz in Form eines einwandfreien, heute erst abgelaufenen Marmorkuchens, und ein paar appetitlich aussehende Brote.

»Ingot«, murmelte Opa und mühte sich an der Gemüsetonne ab. Es fiel ihm schwer, sich über den Rand tief hinunter zu beugen.

»Moment. Ich hole die guten Stücke raus und Sie sortieren?«

»Guat«, brummte er und wir machten uns in Teamarbeit daran, die vier Container nach Verwertbarem zu durchsuchen. Es war eine gute und richtige Sache, Nahrungsmittel nicht zu vergeuden. In Berlin war Containern und das Tauschen überflüssiger Lebensmittel ein richtiger Trend. Es gab Apps und Start-ups, die kritischen Menschen dabei halfen, sich untereinander zu vernetzen und so Essensverschwendung zu vermeiden. Allerdings glaubte ich nicht, dass mein Opa ein Anhänger der neuen Ugly-Food-Bewegung war, sondern dass er aus einer Notwendigkeit heraus den Abfall nach Essbarem durchsuchte. Wie schlimm war das denn? In der heutigen Zeit und im modernen Österreich musste ein alter Mensch sein Essen aus dem Abfalleimer suchen, weil seine Rente nicht fürs Leben ausreichte! Genau wie in Deutschland, wo auch immer mehr arme alte Menschen lebten, die ihr ganzes Leben lang gearbeitet hatten und dann mit ihrer kleinen Rente kaum über die Runden kamen. Es war herzzerreißend und es machte mich auch wütend. Ich war empört über unsere Sozialsysteme, in denen Reichtum und Armut selbstverständlich nebeneinander herliefen wie die Pedale eines Fahrrads. Und besonders aufgebracht war ich über meinen gut verdienenden Vater, den In-Gastronomen vom Wörthersee, der Opa so karg leben ließ und sich offenbar nicht um ihn kümmerte. Das durfte doch nicht wahr sein! Wie konnte man nur so kaltherzig sein? Diese Entdeckung bestätigte die These über meinen Vater. Es war der Beweis seines schlechten Charakters, seiner Lieblosigkeit und seiner Härte. Sicherlich war ich als Kind ohne ihn besser dran gewesen! Das zu wissen fühlte sich tatsächlich befreiend an. Aber mein Opa tat mir natürlich leid. Gerne hätte ich mich vor ihm zu erkennen gegeben, aber ich traute mich nicht, denn eine weitere Ablehnung von einem Angehörigen dieser Familie hätte ich nicht verkraftet. Das wäre dann wohl das endgültige Ende von meinem Happy Beginning.

Schnell hatten wir die Tonnen abgesucht und ein ansehnlicher Berg an Nahrung zweiter Wahl lag vor uns. Überreife Bananen, mürbe Äpfel, leicht angeschlagene Karotten, harte Brote, lose Kartoffeln, die aus zerrissenen Säcken gefallen waren, eingedrückte Verpackungen mit

Butterkeksen und italienischer Hartkäse, den man zu Hause noch einmal genauer unter die Lupe nehmen musste. Diese Ausbeute teilten wir unter uns auf, wobei ich selbstverständlich immer Opa die schönsten Stücke überließ. Zuletzt gab es noch den hervorragenden Kuchen, ein Glas Instantkaffee und zwei Liter haltbare Milch, die beim besten Willen nicht mehr in Opas Rucksack passten. Auch bei mir war alles übervoll und er schaute unglücklich auf die Reste, die er offensichtlich nur ungern zurücklassen wollte.

»Kommen Sie, den Kaffee und Kuchen trage ich Ihnen nach Hause! Wohnen Sie weit weg?«

»Goanet. Des warad liab, danke. Bist a Deitsche?«

Auf dem Heimweg unterhielten wir uns, wobei wir uns erst aufeinander einstimmen mussten. Er verstand mich oft nicht, weil er ziemlich schwerhörig war. Umgekehrt sprach er einen starken Kärntner Dialekt, aus dem ich die deutschen Wörter erst zusammensuchen und richtigdrehen musste, um hinter den Sinn eines Satzes zu kommen. Es war fast wie das Sortieren von Puzzleteilen in einem Spiel. Den Gesprächsfaden ließ ich die ganze Zeit über nicht abreißen, ich war wie unter Strom und saugte jedes seiner Worte auf. Ich beobachtete seine Mimik und versuchte, Gemeinsamkeiten zwischen uns zu entdecken. Dabei lächelte ich ihn ununterbrochen an, aus Freude, dass ich ihn begleiten durfte. Fast hatte ich Sorge, dass ich einen seltsamen Eindruck auf ihn machen könnte. In Berlin würde vermutlich jeder Mann dieses Alters sofort einen ausgefeilten Enkeltrick vermuten oder zumindest den

Anwerbungsversuch einer Sekte, wenn ein junger Mensch ihn mit so viel freundlicher Aufmerksamkeit bedachte. Doch Johannes Gruber Senior war absolut gutgläubig und das war vollkommen okay, immerhin war ich seine echte Enkelin, ganz ohne Trick. Vertieft in unsere seltsame Konversation, die halb Lautsprache und halb Gebärdensprache war, verging mir die Zeit viel zu schnell, bis wir an unserem Ziel ankamen. Wir blieben vor einem kleinen Einfamilienhaus in einer ruhigen Straße stehen. Am Vorgarten, in dem Rosen, Hortensien und Astern blühten, erkannte ich sofort die Hand meines Großvaters. Er fischte vor dem Eingangstor umständlich den Schlüssel aus seinem Rucksack.

»Hat mich sehr gefreut«, sagte ich an der Tür, wohlwissend, dass ich, im übertragenen Sinne, nun meinen Fuß in derselben hatte.

»Pfiati!« Er lächelte und sein Gesicht warf um die Augen herum Falten wie eine zusammengeschobene Tischdecke.

Wie auf Wolken schwebte ich zurück auf den Campingplatz. Ich hatte meinen Großvater kennengelernt. Andauernd wiederholte ich das, als ob ich es dann eher glauben könnte. Und er war total nett! Ganz im Gegensatz zu meinem Vater, der meinen Kummer nicht wert gewesen war, wie sich heute bestätigt hatte. Wie schön wäre es nun dagegen, Opa besser kennenzulernen! Und da gab es ja auch noch meine Schwester! Doch es blieben mir nicht einmal zwei Wochen, um etwas daraus zu machen. Dann war mein Urlaub vorbei. Wie sollte ich in so kurzer Zeit unauffällig weitere Treffen einfädeln?

Mit meinem Anteil unserer Ausbeute spazierte ich zum Campingplatz zurück und machte es mir damit auf einer Holzbank am Ufer bequem. Genauso wie mein Opa freute ich mich über mein gratis Mittagessen. Gerne würde ich mich um ihn kümmern und ihn auch finanziell unterstützen, aber von meinem kargen Gehalt vom Schnellrestaurant blieb am Monatsende nach all meinen fixen Ausgaben so gut wie nichts übrig. Außerdem könnte das aus der Entfernung schwierig werden, wenn ich wieder zu Hause war. Beim Gedanken an meinen Job und meine stickige einsame Plattenbauwohnung in Augsburg verspürte ich alles Mögliche, nur kein Heimweh. Aus dem Rucksack holte ich Brot, Käse und einen Apfel. Für eine Camperin war ich wirklich miserabel ausgerüstet, denn ich hatte ja nicht einmal einen Teller und Besteck. Aber sicherlich könnte ich mir die fehlenden Dinge in der Kantine borgen und auch gleich einen Kaffee holen. Schnell entschlossen ließ ich meine Habseligkeiten liegen, erhob mich und marschierte zu dem Häuschen hinauf.

Drinnen sah es aus wie in einem Tante-Emma-Laden vergangener Tage. Es gab Zeitschriften, Kaffee, Snacks, Getränke und in der Mittagszeit auch noch ein günstiges Essen, dessen Ausgabe für heute aber schon beendet war. An der Kasse hinter dem Tresen saß der Campingplatzmitarbeiter, den ich bereits vom Check-in kannte. Er seufzte und versuchte über eine Tageszeitung gebeugt, das Kreuzworträtsel zu lösen.

»Grüß Gott! Gibt's vielleicht noch einen Wachmacher?«
Ich deutete auf den Kaffeespender hinter ihm.

»Grias di.« Der Mann, der das Rentenalter in Kürze erreichen würde, erhob sich mit der Dynamik eines Duracell-Häschens am Ende seiner Batterielaufzeit. Er nahm eine Tasse aus dem Regal, schlurfte die drei Schritte zum Automaten und betätigte den Knopf. Die braune Flüssigkeit tröpfelte hinab wie der Inhalt einer Sanduhr. Ich wippte auf meinen Ballen und linste unauffällig durch das Fenster hinunter zu der Bank am Seeufer, auf der mein Rucksack lag. Das wäre ja jetzt ein irrer Zufall, wenn jemand meine Lebensmittel aus dem Container mitgehen lassen würde! Endlich war der Pott voll. Der Mann kam zurück zum Tresen und stellte mein Getränk vor mir ab. »Das macht achtzig Cent, bitte.« Er legte seine Hand an sein Kreuz, bückte sich und holte unter dem Ladentisch ein Milchkännchen hervor. Just als er es abstellen wollte, entglitt es seinen zitternden Fingern. Es fiel um und Kaffeesahne ergoss sich quer über die Theke.

»Mah! Bin i påtschat!«, rief der Mitarbeiter fassungslos.

»Schnell, die Küchenrolle!« Ich zeigte auf das Haushaltspapier, das in einer Wandhalterung steckte. »Geben Sie mir ein paar Blätter, es läuft schon an meiner Seite herunter.«

So schnell es ihm möglich war, riss er ein paar Bögen ab und reichte mir einige davon. Während wir gemeinsam den Verkaufstisch säuberten, jammerte der Arme fortwährend und schimpfte sich selbst einen ›Gamskampler‹.

Als er sich nach unten beugte, um den Boden zu trock-
nen, entfuhr ihm ein Stöhnen und er richtete sich rasch
wieder auf, lehnte sich zurück und stemmte seine Hände
in die Hüften, als ob er seinen Rücken entlasten wollte.
Wortlos ging ich neben ihm in die Hocke und wischte für
ihn. »Geschafft«, sagte ich nach wenigen Sekunden und
warf die gebrauchten Tücher in die Papiertonne.

»Ich schaff sowas nicht mehr. Danke, der geht aufs
Haus.« Er wehrte meine Euro-Münze ab und seufzte tief.
»Immer dieser Stress«.

Fast hätte ich meinen Teller und das Messer vergessen,
weswegen ich auch hergekommen war. Gerne borgte er
mir die Gegenstände und während er die Dinge für mich
aus dem Schrank nahm, erzählte er mir, dass seit fast einem Jahr erfolglos nach einer Person zu seiner Unterstützung gesucht wurde. Der Zettel im Aushang sei schon
verblichen, so lange hing er schon im Schaukasten neben
der Eingangstür. Wir verabschiedeten uns, dann trat ich
mit meinen geliehenen Utensilien in der einen und meinem Kaffee in der anderen Hand zur Tür hinaus.

»Zufall!«, hörte ich den Mitarbeiter freudig rufen, der
schon wieder an seinem Rätsel tüftelte. »Glückliche Fügung mit sechs Buchstaben«.

Mein Rucksack stand noch genauso auf der Bank am
Seeufer, wie ich ihn zurückgelassen hatte und ich stellte
fest, dass meine Nahrungsmittel hervorragend schmeck-
ten. Neben der Kantine befanden sich die sanitären Anlagen und auch eine Möglichkeit, Geschirr zu waschen.
Dorthin pilgerte ich und warf im Vorbeigehen einen Blick

in den verglasten Schaukasten. Tatsächlich hing neben der Preisliste, der Wettervorhersage und dem Spruch der Woche auch ein unscheinbarer Zettel mit einer Stellenanzeige: »Wir suchen dringend eine Aushilfe für den Campingplatz und den Souvenirshop der Burg Ehrenfelsen. Führerschein B und Deutschkenntnisse erwünscht. Beginn: ab sofort.« Ein ganz verrückter Gedanke beschlich mich. Den Führerschein Klasse B besaß ich und auch meine Deutschkenntnisse waren ziemlich einwandfrei. Wenn ich hier eine Stelle bekommen könnte, dürfte ich an diesem bezaubernden Ort ganz in der Nähe meiner Verwandtschaft leben. Ich könnte ohne Zeitdruck weitere Versuche starten, mehr über meinen Großvater und meine Schwester herauszufinden. In weiterer Folge würde ich mich um Opa kümmern, der so schwer über die Runden kam. Denn was wartete in Augsburg schon auf mich? Mir fiel nichts ein, bis auf einige der Arbeitskollegen bei McDonalds, mit denen ich aber über soziale Medien Kontakt halten könnte. Meine Mietwohnung konnte ich jederzeit kündigen. In Gedanken spielte ich bereits alle Konsequenzen durch, dabei hatte ich noch nicht einmal meinen potenziellen Arbeitgeber angerufen. »Bei Interesse vereinbaren Sie bitte einen Termin mit Charlotte Ehrenfelsen unter der Telefonnummer … « Sogleich fotografierte ich sie mit meinem Handy ab.

Burg Ehrenfelsen, Campingplatz Ehrenfelsen, See Ehrenfelsen … Da erinnerte ich mich, dass auch über dem Supermarkt im Ort der Schriftzug ›Inhaber: Familie Ehrenfelsen‹ geprangt hatte. Dieser Familie gehörte anscheinend das gesamte Tal.

Was wohl zu den Aufgaben einer Campingplatzaushilfe gehörte? Igitt, vermutlich das Reinigen der Duschen und Klos. Andererseits wäre mein beruflicher Abstieg dann endlich gestoppt, weil ich dann ganz unten angekommen wäre. Ja, warum sollte ich es nicht machen? Eine ungekannte Energie ergriff mich. War die Dame eine Blaublütige und wie sollte ich sie am Telefon ansprechen? Aber da die Familie von ihrer Campingplatzaushilfe vermutlich keine Kenntnisse in Etikette oder Benimmregeln erwartete, waren diese Überlegungen ohnehin irrelevant. Deutschkenntnisse, Führerschein Klasse B und das Vermögen, einen Wischmopp zu halten, würden reichen.

Ehe ich die angegebene Telefonnummer wählte, atmete ich noch einmal tief durch.

Ich hatte Charlotte Ehrenfelsen gleich erreicht und war von ihrer freundlichen Art angetan. Ihre Sprechweise erinnerte mich ein wenig an jene des österreichischen Bundespräsidenten: ein wenig schusselig, fast drollig, aber überaus herzlich. Sie war über meinen Anruf höchst erfreut gewesen und meine Überlegungen im Vorfeld, wie ich sie ansprechen sollte, erwiesen sich als komplett unnötig. Während des Telefonates erfuhr ich, dass Adelstitel in Österreich nach dem ersten Weltkrieg abgeschafft wurden und dass die Familie Ehrenfelsen schon seit Jahrhunderten im Besitz der Burg war. Und bereits für den kommenden Morgen war ich zu einem Gespräch eingeladen!

Den restlichen Tag verbrachte ich ganz nach meinem Geschmack am See: Ich las ein Buch auf einer gemütlichen Decke am Rande der Liegewiese, machte einen Spaziergang am Ufer und konnte nicht aufhören, die Wasseroberfläche anzustarren, die meine Blicke wie magisch anzog. Sie hatte eine beruhigende Wirkung auf mich und wie schon am Vorabend konnte ich richtig entspannen. Für meine Seele war das reinster Balsam.

Am nächsten Morgen stand ich früh auf und zog mich so nett wie möglich an, obwohl es sich lediglich um einen Vorstellungstermin für einen Aushilfsjob handelte. Unter meinen Sachen fand ich ein tailliertes hellblaues Sommerkleid mit einem herzförmigen Ausschnitt und Puffärmeln. Mein für 50 Cent frischgewaschenes langes blondes Haar flocht ich zu einem geraden Zopf nach hinten und drehte diesen dann am Hinterkopf zu einem Knoten zusammen. Aus dem Spiegel in der kleinen Umkleidekabine neben der Dusche lächelte mir die Försterliesel entgegen, die auf dem Weg zur Sonntagskirche war. Ich war zufrieden.

Nach einem kleinen Frühstück, bei dem ich mich noch einmal über meine Fundstücke aus dem Container freute, steuerte ich den Weg durch den Wald entlang, bis ich an der Hauptstraße ankam. Dort bog ich nach rechts in Richtung der Anhöhe ab, auf der die Burg wie ein Felsennest lag. Allerdings sollte ich nicht bis zur Festungsanlage hinauffahren, sondern am ersten steinernen Wall links in den Wald abbiegen, denn Frau Ehrenfelsen wollte mich im Burgbüro treffen. Nach wenigen Minuten war ich da. Die Straße endete vor einem herrschaftlichen Gebäude in der

Größe einer Jugendstilvilla. Davor parkten bereits ein blitzblaues Cabriolet und ein eleganter Bentley. Ich stellte meinen Volvo daneben ab.

Ein Blick auf die Uhr bestätigte, dass ich ein wenig zu früh dran war und so konnte ich mich noch ein wenig umschauen. Das Gebäude erinnerte mich von der massiven Bauweise her an die Mauern der Burgeingrenzung. Es wirkte aber renoviert, wie die exakt verputzten Zwischenräume der einzelnen Steinlagen vermuten ließen. Auf dem Dach fielen mir braunrote Ziegelschindeln auf, die dem Bau einen Knusperhaus-Charakter verliehen. Dahinter schloss sich noch ein weiteres, flacheres Gebäude an, das wie eine Stallung oder eine Garage aussah. Der Bereich vor dem Büro war mit Kieselsteinen ausgelegt. Langsam stieg ich die steinerne Treppe bis zur Eingangstür hinauf und strich noch einmal über mein Kleid. Dann kontrollierte ich, ob mein konservativer Haarknoten noch an der vorgesehenen Stelle saß, atmete tief durch und drückte auf die Türklingel.

Eine attraktive brünette Dame in einem dunkelblauen Kostüm und mit einem akkurat geföhnten Pagenkopf öffnete mir. Sie reichte mir die Hand und bat mich herein. »Ich bin Charlotte Ehrenfelsen, wir haben miteinander telefoniert«, sagte sie und lächelte mich herzlich an. »Möchten Sie einen Kaffee? Wir müssen noch einen Augenblick auf meinen Sohn warten, er wird gleich zu uns kommen«.

Dankend nahm ich an und folgte der Gräfin in einen mit Holz vertäfelten Vorraum, an dessen Wänden Landschaftsbilder und Hirschgeweihe hingen. Neben einem Garderobenständer nahm ich einen mit Wasser gefüllten Metallnapf auf dem Boden wahr. Schön, wie tierlieb die Menschen hier waren! Wir gingen durch einen Gang, von dem aus wir ihr Büro durch die erste Tür betraten. Sie bat mich, auf einem Stuhl vor ihrem Schreibtisch Platz zu nehmen, der mich wegen seiner massiven Ausführung an eine Schiffsbrücke erinnerte. Darauf befanden sich ein Computer, eine Tastatur und ein aufgeschlagener Ordner. Die Gräfin ließ mir aus dem Automaten, der auf einem Tisch an der Wand stand, eine Tasse Kaffee heraus. Ein wenig angespannt saß ich auf meinem Stuhl und suchte nach einem unverfänglichen Smalltalk-Thema, über das wir uns austauschen konnten. Gerade als ich das für Mitte August ungewöhnlich heiße Wetter zur Sprache bringen wollte, nahm die Gräfin ihr Handy ans Ohr. Sie sprach etwas hinein, das so klang wie ›Lamoselela‹. Fremdsprachen waren absolut nicht mein Ding, aber es hörte sich französisch an. Danach stellte sie ein kleines Tablett vor mir auf dem Schreibtisch ab, auf dem eine elegante rote Tasse mit meinem Kaffee, eine Zuckerdose und ein Milchkännchen in derselben Farbe standen. Sogar an ein Glas Wasser hatte sie gedacht. Sie schenkte mir ihr warmherziges Lächeln und fragte, wie es mir in Kärnten gefiele. In diesem Moment hörten wir Geräusche, die vom Gang zu uns hereindrangen: tapsige Tritte und das metallische Klimpern einer Kette. Durch die offene Bürotür stürmte die Dogge des Waldarbeiters. Augenblicklich wurde mir heiß.

4 Unter Ahnen

Meine Gedanken rasten hin und her. Der Waldarbeiter mit dem Müllsack war der Burgherr?

Da bog er auch schon um die Ecke, in seinen braunen Lederhosen, blauem Shirt, Kniestrümpfen und Wanderschuhen. Bei meinem Anblick stutzte er einen Moment, dann verengten sich seine Augen zu Schlitzen, ungefähr so, als hätte er einen platten Reifen an seinem Monstertruck entdeckt. »Sie?«

»Das nenn ich mal einen netten Zufall!« Meine Gesichtsmuskeln versuchten, die Partie um meinen Mund zu einem Lächeln zu formen.

»Aha, ihr habt euch bereits vorgestellt?«, fragte Charlotte.

»Das wäre zu viel gesagt. Aber ich hätte Sie jetzt fast nicht wiedererkannt. Sie sehen heute viel ... aufgeräumter aus.« Er deutete in Richtung meines Kleides und meiner Frisur, dabei machte er eine Handbewegung wie ein Zauberkünstler, der ein Kaninchen aus dem Hut zaubert. Das hätte er das letzte Mal aber auch andeuten können, dass er der Besitzer des Campingplatzes war. Und des Sees, der Burg und von allem anderen auch.

»Ähem ... ich bin Annette Müller aus Augsburg!« Ich stand auf, trat einen Schritt auf ihn zu und streckte ihm meine Hand entgegen wie eine weiße Fahne. Endlich schaffte ich ein Lächeln, in der Hoffnung, es wäre süß wie ein gefüllter Marillekrapfen. Fehlte nur noch, dass ich dazu mit meinen Wimpern klimperte. Dabei fiel mir auf, wie einnehmend seine himmelblauen Augen unter den dichten Augenbrauen waren. Dieser Farbton erinnerte mich an den See bei Sonnenuntergang. Unnötigerweise registrierte ich ein leichtes Spannen seines T-Shirts um die Schulterpartie, als er auf mich zuging. Überhaupt könnte er dem Cover eines Bauernkalenders entsprungen sein. Oder eines Adeligen-Kalenders, falls es so etwas gab.

»Matthias Ehrenfelsen«, sagte er und ergriff meine Hand. Der Druck fühlte sich angenehm an, denn er war fest, gleichzeitig aber auch sanft, genau wie seine Stimme. Irritiert ließ ich seine Hand wieder los und vor Aufregung pulsierten meine Fingerspitzen. Mein Herz klopfte. Konnte ich den Job jetzt gleich wieder vergessen, aufgrund unserer wenig harmonischen ersten Treffen? Zum Glück schien der Graf nun etwas milder gestimmt, denn oberhalb seiner Mundwinkel zeigten sich ganz kleine Grübchen, die ihm außerordentlich gut zu Gesicht standen. Er zog einen der Stühle heran, die neben dem Tischchen bei der Kaffeemaschine standen, und setzte sich. Der Hund ließ sich mit einem Schnaufen neben ihm nieder und ich nahm auch wieder Platz.

»Ich hätte ja nicht gedacht, dass Sie der Burgherr sind …«

»Wieso? Weil ich mit dem Müllbeutel unterwegs war? Tja, so ist das heutzutage. Da müssen sogar die Burgherren mit anpacken«.

Unwillkürlich musste ich an Herrn Schmidt denken. Undenkbar, dass er mal mit dem Müll rausginge.

»Aber deswegen suchen wir ja auch Leute zur Unterstützung. Es gibt viel zu tun bei uns, denn wir betreiben einige Unternehmen, darunter eine Bio-Landwirtschaft, den Forst, ein Restaurant bei der Burg, einen Souvenirshop und im Sommer den Campingplatz. Die meisten unserer Mitarbeiter sind allerdings Handwerker, die die Burg permanent instandhalten. Bei einem fast 1000 Jahre alten Gebäude inklusive dem Burgwall gibt's schon mal den einen oder anderen lockeren Stein.« Das war bestimmt eine Untertreibung. »Wir suchen schon seit Monaten eine Aushilfe, vor allem für den Campingplatz und den Souvenirshop.«

»Hört sich toll an«, säuselte ich in die Gesprächspause hinein.

»Bei diesem Job darf man nicht zimperlich sein und muss richtig mitanpacken. Wir legen Wert darauf, dass das Ufer, der angrenzende Wald und die Anlagen auf dem Platz sauber sind. Das würde in Ihren Aufgabenbereich fallen.« Seinem zweifelnden Blick nach zu urteilen, dachte er gerade an unser Aufeinandertreffen am Ufer und mein Posieren zwischen den verstreuten Chips. »Da darf man nicht zu empfindlich sein, aber ich denke, das sind Sie nicht …? Haben Sie Referenzen, Arbeitszeugnisse oder einen Lebenslauf?«

»Nein, hab ich leider nicht«, sagte ich hastig. Meine Wangen brannten, als wäre ich in der Mittagssonne am Seeufer eingeschlafen. In Erwartung, dass ich noch irgendetwas dazu sagen würde, schaute er mich mit hochgezogenen Augenbrauen an. Also erklärte ich: »Ich bin 34 Jahre alt, gelernte Buchhalterin und zuletzt habe ich in Augsburg in einem Fast-Food-Restaurant gearbeitet. An der Kasse. Und im Moment mache ich auf dem Campingplatz Urlaub und bin auf Arbeitssuche, weil es mir hier so gut gefällt.«

Er tauschte einen Blick mit seiner Mutter, bei dem mir klar wurde, wie glücklich ich sein konnte, dass es keine anderen Bewerber gab.

»Nun ja, wir suchen eine Mitarbeiterin und Frau Müller sucht eine Arbeit. Große Vorkenntnisse sind ja nicht nötig, da sollte es doch an Zeugnissen nicht scheitern«.

Ich warf der Gräfin einen dankbaren Blick zu. Sie war richtig nett.

»Und ab und zu gäbe es dann noch den Verkauf im Souvenirshop, gemeinsam mit meiner Tochter Estelle, aber das würden Sie locker schaffen. Wenn die Saison für die Sommerurlauber vorüber ist, beschäftigen wir Sie im Restaurant und in der Landwirtschaft weiter, falls Sie möchten. Bei uns gibt es immer genug Arbeit«.

Von Herzen gerne wollte ich hier arbeiten und mich nebenher ganz in Ruhe um meine privaten familiären Angelegenheiten und mein Happy Beginning kümmern. »Ich könnte schon morgen anfangen!«, sagte ich deshalb. Jetzt musste nur noch ihr Sohn überzeugt werden, der die Arme vor seinem Oberkörper verschränkt hatte und mich musterte wie einen morschen Balken im Dachstuhl der Burg.

»Das Arbeitsverhältnis kann sofort wieder beendet werden, wenn die Zusammenarbeit nicht den Erwartungen entspricht. Beiderseitig«, sagte er frostig.

»Natürlich«, antwortete ich und fühlte mich durch seinen Blick verunsichert und abermals in meine Schulzeit zurückversetzt. Annette Müller, letzte Chance. Anders als damals würde ich diesmal alles richtig machen und niemanden enttäuschen. Dann nannte er mir den Betrag der Entlohnung, den er mir für den Job anbot. Trocken schluckte ich. Das war ja sogar noch weniger als im Fast-Food-Restaurant! Wie sollte ich von so wenig leben?

»Allerdings beinhaltet die Anstellung bei uns auch eine kostenfreie Unterkunft in der Burg und ein tägliches Mittagessen«, ergänzte die Gräfin. Das relativierte den mageren Lohn und ich nickte zum Zeichen meiner Einwilligung. Ich sah zu Matthias Ehrenfelsen hinüber, der mir einen Blick zuwarf, als wollte er mir auf telepathischem Weg Daumenschrauben ansetzen.

»Also dann, willkommen in der Familie«, sagte Charlotte und drückte mir fest die Hand. Obwohl ich wusste, dass dies nur so eine daher gesagte Floskel war, rührte es mich. Dabei schenkte sie mir noch einmal ihr Lächeln, das sogar die Steine der Burg erweichen würde und das sie nicht an ihren Sohn vererbt hatte, soweit ich das beurteilen konnte.

Nach der Erledigung der notwendigen Formalitäten zu meinem Arbeitsantritt bot sie sich an, mir gleich meine neue Unterkunft in der Burg zu zeigen, was ich sofort annahm. Ich folgte ihrem grünen Bentley in meinem Kombi. Erst fuhren wir die kurze Strecke zurück durch den

Wald zum steinernen Wall und bogen durch das geöffnete Tor. Danach folgten wir dem Verlauf einer kleinen Straße, die durch einen weiteren massiven Steinwall geschützt war, hinauf in Richtung Burg Ehrenfelsen. Die Straße war durch vier wuchtige Tore unterbrochen, die wir auf unserer Route hinauf passierten. Vulnerable Stellen der Befestigungsanlage waren durch extra Wehrposten unterstützt, die wie eigene kleine Festungen aussahen. Als wir eine der schier unzerstörbaren Mauern passierten, stellte ich mir vor, wie schwierig es einst gewesen sein musste, diese Eingrenzung zu überwinden. Nein, es musste unmöglich gewesen sein. Die Straße stieg zeitweise recht steil an und war gerade breit genug, dass zwei entgegenkommende Fahrzeuge sich mit Ach und Krach aneinander vorbeischlängeln konnten. Bei einem entgegenkommenden Reisebus musste ich schon auf den Grünstreifen ausweichen, um ihn mit wenigen Handbreit Abstand passieren zu lassen. Zuletzt blieb die Gräfin auf einem Parkplatz stehen, der außerhalb einer meterhohen Festungsmauer angelegt war. Die Fläche war mit zahlreichen Pkw und Bussen gut gefüllt. Touristen flanierten umher, schossen Fotos und genossen den Blick hinunter auf den Ehrenfelsener See, den Wald und die gegenüberliegenden Berge am Horizont, die ihre weiß verzierten Gipfel wie Zacken einer Krone in den Himmel reckten. Ich stieg aus meinem Auto und wusste nicht, wohin ich zuerst schauen sollte. Zu dem atemberaubenden Panorama rechts oder auf die Burg zu meiner Linken, die schon vom See aus einen imposanten Eindruck gemacht hatte? Direkt vor ihr stehend verschlug es mir fast den Atem. Sie war nicht nur schwer und stabil, wie ein mittelalterliches Bollwerk gegen Feinde natürlich sein musste, sondern beim Näherkommen erkannte man auch die herrschaftliche und majestätische Eleganz des Baus. Die Türme, die an jeder Ecke des zentralen Gebäudes symmetrisch in die Höhe ragten, verliehen der Festung einen fast vornehmen Charakter.

»Was sagen Sie?« Die Gräfin trat an mich heran. »Ich sehe schon, Sie drücken Ihre Sprachlosigkeit durch Schweigen aus.« Charlotte Ehrenfelsens blumige Ausdrucksweise brachte mich zum Lächeln und ich nickte.

Wir gingen durch ein weiteres Tor in den Burginnenhof. Von hier war der Anblick der dreistöckigen Anlage ebenso atemberaubend wie zuvor von außen.

»Gegenüber vom Haupteingang befindet sich der Wohntrakt, links ist das Burgrestaurant, rechts der Souvenirshop, daran angrenzend das Museum und auch unser großer Veranstaltungssaal. Den vermieten wir oder halten selbst Events ab, wie unseren alljährlichen Herbstball zum Beispiel«, erklärte Charlotte, als wir den Platz beschritten.

»Die Zimmer der Mitarbeiter sind im ersten Stock.« Sie deutete über die gesamte Breitseite. »Matthias bewohnt den zweiten Stock und ich selbst lebe mit meinem Mann und unserer Tochter Estelle unten im Ort.«

Nachdem wir das Atrium der Bastion durchquert und den gegenüberliegenden Wohnbereich erreicht hatten, drückte sie eine wuchtige, knarzende Holztür auf und ließ uns ein. Das grob verputzte Mauerwerk löste, begleitet von einer Gänsehaut, eigenartige Assoziationen von Kettenrasseln, Canterville und Halloween in mir aus. Ich bekam Bedenken, ob dieser Bau die richtige Wohnumgebung für mich war, eine Frau, die sich noch vor kurzem unter einem Vorwand davor gedrückt hatte, mit Peters Nichte den Kinderfilm Hui Buh – das Schlossgespenst anzusehen. Wir betraten einen kühlen Raum mit holzvertäfelten Decken und weiß getünchten Wänden. Es roch nach Renovierung. Eine leichte Note von Leim und frischer Farbe wehte uns entgegen. Zum Glück, denn dies war ein freundlicher Kontrast zu dem mittelalterlichen Bauwerk mit den beklemmenden Steinmauern. Durch ein Treppenhaus gelangten wir in den Flur des ersten Stockes, von dem nach rechts nummerierte Türen abgingen. »Die Nummer 1 ist die Waschküche, die können alle benutzen. In der 2 wohnt der Koch Hannes und in der 3 Erika, eine Praktikantin aus Wien.« Bei der Nummer 4 blieb die Gräfin stehen und zog einen Schlüssel aus ihrer Tasche, mit dem sie aufsperrte. Ich folgte der Gräfin in einen schmucklosen, weiß gestrichenen Raum. Gegenüber der Eingangstür befand sich eine minimalistische Küchenzeile mit zwei alten Kochplatten und einer fleckigen Spüle, links davon stand ein Kühlschrank und darüber hingen Küchenschränke, die zwar nicht aus dem Mittelalter, aber vermutlich aus den 60er Jahren des vorigen Jahrhunderts stammten. Rechts vom Eingang des Apartments standen eine kleine Couch, ein Tischchen und zwei nicht zusammenpassende Sessel. Der Boden war mit Laminat ausgelegt, und niemand hatte sich die Mühe gemacht, die Abnutzungserscheinungen, ein paar dunkle Flecken und Striemen, zu verdecken. Insgesamt wirkte die Einrichtung zusammengewürfelt, wie aus dem Sonderpostenlager eines nordischen Möbelhauses. Ich mochte die Wohnung trotzdem, besonders, als ich in einer Ecke einen Schwedenofen entdeckte. Es war ein kuscheliges kleines Apartment, das mit einem freundlichen Teppich und ein paar Bildern und Kissen bestimmt sehr gemütlich werden würde. Hatte ich doch sogar meiner Ein-Zimmer-Plattenbauwohnung in Augsburg ein wenig Charme einhauchen können, dann sollte es hier auch locker gelingen.

»Schön!«, rief ich und ging in den Raum hinein, der nur wenige Schritte von einer Wand zur anderen maß. Allerdings fragte ich mich, wo das Bett war. Da entdeckte ich eine schmale steinerne Treppe links neben dem Eingang. »Geht es hier ins Schlafzimmer?«

Gespannt folgte ich Charlotte die Treppe hinauf nach oben. In einer niederen Galerie, in der ich gerade aufrecht stehen konnte, ohne mit meinem Kopf die Decke zu berühren, befanden sich ein Doppelbett und ein Schrank. Eine weitere Tür führte in ein kleines Badezimmer. Es gefiel mir immer besser hier.

Wir gingen wieder nach unten und Charlotte öffnete eines der Fenster. Der Blick hinaus war atemberaubend. Unter mir erstreckte sich eine Biedermeierlandschaft. Links und rechts wurde das Panorama durch Wälder begrenzt, die das Gebiet wie grüne Wolken umfassten. In der Mitte lagen Äcker, auf denen abwechselnd unterschiedliche Feldfrüchte angebaut wurden, wodurch die Ebene wie eine gestreifte Decke aussah. Ganz hinten am

Horizont glitzerte ein weiterer See, der mich an einen hellblauen Spiegel erinnerte. Hier würden Rosamunde Pilcher sicherlich sofort einige neue Romanzen einfallen, falls sie einmal von Cornwall genug hätte.

»Und nenn mich einfach Charlotte, dann redet es sich leichter. Ich lass dich jetzt allein, damit du dich in Ruhe einrichten kannst. Morgen treffen wir uns um acht Uhr am Campingplatz, dann zeigen Robert und ich dir alles.« An der Tür drehte sie sich noch einmal zu mir um. »Genau über dir hat Matthias sein Apartment. Also wenn du komische Geräusche hören solltest, die stammen nicht vom Burggespenst.« Über ihren kleinen Scherz kichernd überreichte sie mir den Schlüssel und verließ meine neue Unterkunft.

Dass heute endlich einmal alles so geklappt hatte, wie ich es mir gewünscht hatte, war fantastisch und unerwartet. Doch eine unangenehme Aufgabe stand noch aus, nämlich bei meinem Chef in Augsburg anzurufen und Bescheid zu geben, dass ich nach meinem Urlaub nicht zurückkehren würde. Dies brachte ich klopfenden Herzens hinter mich. Da Herr Schmidts Mitarbeiterstab ohnehin so beständig war wie das Wetter in Deutschland im April, trug er meine Kündigung mit Fassung. Nachdem ich auch noch meine Happy-Beginning-Whatsapp-Gruppe über meinen verlängerten Aufenthalt informiert hatte, richtete ich mich ein und widmete mich in Zimmer Nummer 1 meiner Schmutzwäsche. Danach fühlte ich mich angenehm müde und probierte das Bett aus.

Am nächsten Morgen war ich pünktlich zur vereinbarten Zeit auf dem Campingplatz. Charlotte stellte mich offiziell Robert vor, dem Mann, der an der Kasse seinen Dienst versah und mit dem ich die vergossene Sahne aufgewischt hatte. Er war es gewesen, der mich auf die offene Stelle aufmerksam gemacht hatte und er staunte nicht schlecht, als ich ihm nun als seine neue Kollegin vorgestellt wurde. »Wirklich eine glückliche Fügung!«, sagte er und freute sich über die Unterstützung. Charlotte und Robert zeigten mir meine Aufgaben. In der Früh Kaffee kochen, eine Runde über den Platz gehen und kontrollieren, ob von den Gästen Mist am Ufer hinterlassen worden war, Entleeren aller Mülleimer, danach Reinigung der sanitären Anlagen. Um Zwölf bei der Essensausgabe helfen und dann ginge alles wieder von vorne los mit dem Kontrollieren der Anlage auf hinterlassene Abfälle. Zusammengefasst war ich eine Kaffee kochende Putzfrau, die zu Mittag die Mahlzeiten austeilte. Meine Mutter würde sich vor Entsetzen die Hände über dem Kopf zusammenschlagen. Aber das machte mir nichts aus, denn ich durfte dafür genau an dem Ort bleiben, an dem ich sein wollte. Nahe bei meinem Opa und eventuell noch weiteren Verwandten, die ich unbedingt auch kennenlernen wollte. Wie genau ich das anstellen würde, wusste ich noch nicht, doch erst musste ich beweisen, dass ich die Chance in Form meines Jobs hier verdient hatte.

An diesem strahlend schönen Tag war der Platz fast ausgebucht. Bei der mittäglichen Verteilung der Speisen bedrängten uns die hungrigen Gäste wie die Stechmücken zum Sonnenuntergang. Als am frühen Nachmittag der größte Ansturm vorbei war, kamen wir endlich selbst dazu, uns zu stärken. Wir saßen nebeneinander an einem der kleinen Holztische, die vor der Kantine aufgestellt waren.

»Morgen wiards endlich schiach!«, brummte Robert und tippte auf die aufgeschlagene Seite einer Tageszeitung vor sich. Darauf erkannte ich eine weinende Sonne und Wolken, aus denen es dicke Tropfen regnete. Offensichtlich sehnte sich mein Kollege einer stressfreien Zeit entgegen. Kein Wunder, die momentane Schönwetterphase dauerte schon beinahe drei Wochen ununterbrochen an. Weil mein Mund voll war, nickte ich und streckte ihm meinen nach oben gerichteten Daumen entgegen. Anschließend schickte er mich grummelnd auf meine Kontrollrunde. »Matthias mog es nit seng, wann Mist umadum liagt.«

Der junge Burgherr hatte seine Mitarbeiter ja echt gut im Griff. Flugs schnappte ich mir eine Rolle Müllsäcke und stattete allen mir anvertrauten Abfalleimern den Nachmittagsbesuch ab. Die Zeit flog nur so dahin. Während meiner Beschäftigung hatte ich die Gelegenheit, mit ein paar Gästen ins Gespräch zu kommen. Es fühlte sich irgendwie gar nicht wie Arbeit an. Meine letzte Aufgabe des Tages bestand darin, das schmutzige Geschirr zum Burgrestaurant zurückzubringen, das ich in Kisten in einen VW Bus packte, der für solche kleineren Transporte benutzt wurde. In der Restaurantküche lernte ich meine Zimmernachbarn Hannes, den Koch, und Erika, die Küchenaushilfe, kennen.

Eigentlich war ich heute mit meinen Pflichten bereits fertig, bot mich aber an, Erika noch beim Geschirrspülen zu helfen, die angesichts der Menge der Teller und Gläser aufschnaubte, die ich hereingetragen hatte. Schätzungsweise war sie Ende dreißig. Ihre rot gelockten Haare hatte sie in einem Zopf nach hinten gebunden und gab damit den Blick auf heruntergezogene Mundwinkel frei. In einer großen Spüle wusch ich die Essensreste grob ab und Erika räumte die Maschine ein.

»Noch eine Ladung Geschirr und ich kündige«, murrte sie. Fast hatte ich ein schlechtes Gewissen, weil ich ohne Grund so gut gelaunt war und mich immer noch voller Energie fühlte. Das war eigentlich untypisch für mich. Früher, nach meinen Arbeitstagen in der Buchhaltung und im Restaurant, war ich stets als erstes nach dem Heimkommen wie eine Wachkomapatientin auf die Couch gefallen. Das lag sicher an der heutigen Bewegung und an der sauerstoffreichen Luft, die mein Gehirn durchgelüftet hatte.

»Na, das haben wir gleich«, sagte ich.

»Einweg-Geschirr wär für den Campingplatz viel gscheidter, aber das mag der Burgherr ja net.«

Natürlich mal wieder etwas, das unser Chef nicht mochte und ich nickte verständnisvoll. Ja, ihn zufriedenzustellen war offenbar nicht ganz einfach. So richtig fröhlich hatte ich ihn bisher nur erlebt, als ich mir den Kopf an seinem Pickup-Truck stieß. Als wir uns am Ufer des Sees und danach beim Bewerbungsgespräch wiedertrafen, hatte er die Liebenswürdigkeit eines Raubritters auf Beutezug ausgestrahlt. Dabei sah er mit seinen niedlichen Grübchen richtig gut aus, überlegte ich. Andererseits hatte er natürlich recht, betreffend der Geschirrfrage. Mir kamen die Müllberge in den Sinn, die wir mit Wegwerfgeschirr auf dem Campingplatz produzieren würden. Vielleicht noch aus Kunststoff, das sogar die unverwüstliche Burg überleben würde! Nein danke, das war kein schöner Gedanke.

»Sie achten hier sehr auf die Umwelt, oder?«, erkundigte ich mich.

»Die Untertreibung des Jahrhunderts! Hast du schon mal von einer anderen mittelalterlichen Burg gehört, die Solarzellen am Dach hat? Oder dass die Einschulung ins Mülltrennungssystem einen ganzen Tag dauert? Mittlerweile bekomm ich einen nervösen Ausschlag, wenn ich das Wort Plastikvermeidung nur höre!«

Die Anstrengungen zum Naturschutz fand ich sehr interessant und hätte gern mehr darüber gehört, aber wir waren mit dem Einräumen fertig und meine Kollegin schaltete die Spülmaschine ein. Danach war mein erster Arbeitstag endgültig zu Ende. Ich war schön erledigt, aber weder, als wäre mein Gehirn ein mit Zahlen vollgestopfter Zellhaufen, wie in meinem ehemaligen Job in der Buchhaltung, noch so erschlagen wie nach einer Schicht im Fast-Food-Restaurant, nach der ich mir vorkam wie eine Vogelmutter, die ihr gefühlt zehntausendstes Küken niemals satt bekommen würde. Nein, ich war auf eine angenehme Art müde und zufrieden.

Als ich in den ersten Stock des Wohntrakts kam, hörte ich Musik, die aus der Ferne kommend durch die Gänge zu mir hallte. Jemand spielte Klavier, eine gängige Melodie, deren Namen ich aber nicht kannte. Es war irgendein Stück, das sofort gute Laune machte und bei dem man am liebsten aufspringen und tanzen oder zumindest mit dem Bein mitwippen mochte. Neugierig folgte ich den Klängen und die Töne wurden lauter, als ich über eine breite Steintreppe in den zweiten Stock hinaufstieg. Hier hingen Ölgemälde mit dicken Goldrahmen an den Wänden und anders als im kargen ersten Stock war der Boden mit Holz ausgelegt und mit einem roten Teppichläufer geschützt. Es roch nach Vergangenheit, geölten Dielen und frischer Farbe. Das Parkett knarzte leise unter meinen Tritten. Ich sah Glasvitrinen, hinter denen mittelalterliche Alltagsgegenstände präsentiert wurden und auf denen erklärende Schilder angebracht waren. Bestimmt befand ich mich hier im Ausstellungsbereich der Burg. Da diese für Besucher heute schon geschlossen war, befand sich außer mir keine Menschenseele hier. Bis auf den Klavierspieler, der sich hinter einer massiven Tür befand, durch die die Musik zu mir drang. Hatte Charlotte nicht gesagt, dass Matthias in diesem Stock wohnte? Angrenzend befand sich vermutlich sein Apartment. Ob er allein hier lebte? Oder hatte er Familie? Vielleicht war es seine Frau, die so schön musizierte? Auf Zehenspitzen schlich ich ganz nah zum Eingang und legte mein Ohr daran. So konnte ich die Klänge deutlicher hören und die Melodie zauberte mir ein Lächeln ins Gesicht. Ganz sachte wippte ich mit meinem Kopf im Takt auf und ab. Dabei musste ich mich ein wenig zu doll gegen das Holz gestützt haben, denn das Schloss gab ein vernehmbares Knacken von sich, als ob es durch mein Zutun eingerastet wäre. Ein Hund bellte. Bestimmt war das Bobby, der das Geräusch gehört hatte. Die Musik stoppte jäh, ich erstarrte und hielt die Luft an. Ach du Schreck! Schritte näherten sich und ich hastete in Richtung Treppenabgang. Vielleicht konnte ich noch schnell verschwinden. Doch ich kam nur ein paar Meter weit, dann hörte ich schon, wie die Tür aufgesperrt wurde, an der ich gerade gelauscht hatte. Wie angewurzelt blieb ich stehen und heftete meinen Blick auf das überdimensionierte Ölgemälde, vor dem ich zufällig gehalten hatte. Mit Mühe versuchte ich einen entspannten Eindruck zu machen und zwang mich zu ruhigen, gleichmäßigen Atemzügen. Vermutlich würde ich jeden Moment blau anlaufen. Ich fixierte das Bildnis vor mir, als würde ich etwas davon verstehen. Die Tür wurde geöffnet und Bobby stürmte heraus. Er erkannte mich offensichtlich wieder und wedelte so freudig mit seinem Schwanz, dass ich meine Scheu vor der Dogge verlor.

»Bobby!«, rief ich und kraulte ihr den Hals.

»Oh, hallo, Frau Müller.« Der Burgherr trat nun auch zu uns heran, sein Haar war auf der linken Seite ein wenig zerzaust. Überrascht stellte ich fest, dass er auch in der Freizeit seinen Lederhosen treu blieb. Mit seinem dunklen Bartschatten sah er heute ein wenig so aus wie ein Pirat im Trachtenanzug.

»Oh, hallo, Herr Ehrenfelsen. Haben Sie eben so schön gespielt? Die Melodie kenne ich von irgendwoher, ist sie aus einer Fernsehwerbung?«

»Ja, bestimmt wurde sie auch schon in der Werbung verwendet. Das war die Klaviersonate Nummer 11 von Mozart, auch genannt der Türkische Marsch. Die macht gute Laune, oder?«

Erleichtert nickte ich, dass er nicht einmal andeutungsweise schief schaute, weil ich Mozart nicht erkannt hatte. Klassische Musik war normalerweise nicht die meine, aber das Lied hatte mir sehr gut gefallen. Auch seine tiefe melodiöse Stimme mochte ich, die den Raum ausfüllte wie die eines Schauspielers den Theatersaal. Sie löste ein eigenartiges Kribbeln in mir aus, was vermutlich an der besonderen Akustik in der Burg lag. Zusätzlich schwang in seinem Hochdeutsch ganz charmant der Kärntner Akzent mit sowie irgendetwas anderes, das ich nicht genau benennen konnte.

»Wie war Ihr erster Arbeitstag? Kommen Sie mit Robert klar?«, erkundigte er sich freundlich.

»O ja, wir sind ein tolles Team!« Mit einem leichten Grinsen kam mir der Stapel Tageszeitungen in den Sinn, den er heute durchgeackert hatte. Aber es war trotz der vielen Arbeit ein sehr schöner Tag gewesen. Da zog ein anderes Ölgemälde meine Aufmerksamkeit auf sich. Es zeigte ein Ehepaar aus der Renaissance, im Hintergrund war die Burg Ehrenfelsen auf der Anhöhe zu sehen. Der bärtige Mann trug ein dunkles tailliertes Obergewand, das in eine Pluderhose überging, die in hellen Stutzen endete.

Doch was mich am meisten fesselte, war sein Gesicht. Ich schaute zwischen dem Mann vor mir und dem Mann auf dem Bild hin und her. War das die Möglichkeit? Ich konnte tatsächlich Gemeinsamkeiten zwischen Friedrich II. Ehrenfelsen und seinem x-fachen Nachfahren Matthias hier vor mir entdecken. Vor allem die selbstverständliche zuversichtliche Haltung war gleich, die signalisierte: Mir gehört das ganze Tal. Und auch im Blick konnte ich die Verwandtschaft erkennen! Zumindest dann, wenn er so wie jetzt nicht ganz so finster dreinschaute. Matthias war mein Interesse an dem Gemälde nicht entgangen und er betrachtete es nun auch.

»Diese Ähnlichkeit!«, sagte ich.

»Das ist das dominante Ehrenfelsener Augenbrauen-Gen«. Er strich sich oberhalb seines rechten Auges die dichten Härchen glatt. Vergangenheit und Gegenwart standen sich gegenüber.

»Da! 200 Jahre später schon wieder! Die Augenbrauen kommen immer wieder durch«, rief ich, als ich drei Porträts weiter dasselbe Merkmal erkannte.

»Wie Unkraut«, sagte der Burgherr und ich lachte auf.

Wir schritten die Reihe der Gemälde entlang, die links und rechts von uns hingen, als würden sie für uns Spalier stehen.

»Die sind wirklich toll«, sagte ich.

»Die Augenbrauen?«

Ich grinste. »Nein, diese vielen Porträts. Und all die Informationen über Ihre Vorfahren, die hier gesammelt sind. Dadurch wissen Sie genau, wer Sie sind.« Der Graf schaute mich ein wenig verständnislos an, weswegen ich mich zu einer Erklärung bemüßigt fühlte. »Ich weiß über meine Herkunft so gut wie nichts, vor allem väterlicherseits. Meine Ahnengalerie ist eine kahle, weiße Wand, einfach deprimierend.«

»Hm. Eigenartig. Bei mir ist es andersherum. Manchmal fühle ich mich, als würden diese vielen Bilder und Biografien mich mit ihren Erwartungen erdrücken. Und damit verderben sie mir mein eigenes Bild, weil sie mir keinen Platz übrig lassen. Tut mir leid, das hört sich sicher alles sehr seltsam für Sie an. Dabei gibt es tatsächlich noch genug freie Wand für mein Bild am Ende dieses Saales.«

»Da werden Sie dann einmal mit Ihrer Frau hängen.«

Er verzog den Mund zu einem schiefen Grinsen. »Und die Besucher in hundert Jahren lachen über meine Augenbehaarung.«

»Aber nein, Ihre Brauen sind … sehr schön.« O Mann, was schwafelte ich da bloß? Hatte ich tatsächlich dem Burgherren Komplimente über die Härchen in seinem Gesicht gemacht? Was käme als Nächstes? Ein Lobgesang auf seinen Dreitagebart? Hektisch biss ich mir auf die Unterlippe. Mein Chef zeigte seine Grübchen, die mir erst recht gut gefielen, was ich aber für mich behielt.

Um mich vom Burgherrn abzulenken, kraulte ich Bobby hinter seinen niedlichen Ohren. In den vielen Jahren, in denen ich in der Großstadt gelebt hatte, hatte ich fast vergessen, wie sehr ich Tiere mochte. Ein weiterer Vorteil, jetzt auf dem Land zu leben: Hier gab es so viele Vierbeiner. Ich beugte mich zu dem Hund hinunter und lehnte mein Gesicht gegen seine breite Brust. Meine Arme legte ich über seinen Rücken. Schließlich riss ich mich von Bobby los, wünschte den beiden noch einen schönen Abend und ging zu meinem Zimmer zurück.

5 Schicksal24.at

Am nächsten Morgen regnete es, wie der Wetterbericht vorhergesagt hatte und die meisten Campinggäste nutzten die Sonnenpause für einen Kulturausflug nach Klagenfurt oder Villach. So gab es für mich nicht viel zu tun und ich leistete Robert beim Schmökern in der Tageslektüre Gesellschaft. Wir saßen einträchtig nebeneinander, jeder eine Tasse Kaffee vor sich, und studierten die Tageszeitungen. Das Handy meines Kollegen läutete und er hob brummend ab. Während des kurzen Gesprächs beobachtete er mich von der Seite und da wusste ich schon, dass sich die Unterhaltung um mich drehte. Er legte auf und teilte mir mit, dass ich gleich zum Souvenirshop neben der Burg kommen sollte. Wahrscheinlich besuchten bei Schlechtwetter viel mehr Leute die Burg und deswegen war dort oben wohl heute mehr los als bei uns am See.

Wenige Minuten darauf betrat ich das kleine Souvenirgeschäft und erwartete eigentlich, hier auf Charlotte oder Matthias Ehrenfelsen zu treffen. Dem war aber nicht so, der kleine Shop war mit einer siebenköpfigen Touristengruppe fast voll, die wie überall auf der Welt in ihrer Uniform auftraten, bestehend aus roten Kappen, Sonnenbrillen und Bauchgurten. Von einem Mitarbeiter, der sich den Wünschen dieser Kunden annehmen würde, war nichts zu sehen. Ich stellte mich hinten an und sah mich um. Es gab ein Sammelsurium an Büchern, Holzspielzeugen, selbst hergestellten Marmeladen, Schnapsflaschen und Wanderkarten. Sogar einen Wühltisch mit selbstbestickten Tischtüchern entdeckte ich. Es war wie auf dem Trödelmarkt im Berliner Tiergarten. Als sich nichts tat, wurden die Besucher im Shop langsam unruhig. Und auch ich wurde nervös, als ich die Reisenden eines ganzen Touristenbusses bemerkte, die sich gerade den Weg durch das Burgtor bahnten und direkt auf den Souvenirshop zusteuerten. Alle diese Leute würden gleich ihre Eintrittskarten kaufen wollen und niemand vom Personal war hier. Was sollte ich machen? Hinter dem kleinen Verkaufstresen befand sich eine Kasse, neben der ein Abrissblock mit Eintrittskarten lag. An der Wand dahinter hing ein Plakat mit den Preisen. Kurz entschlossen schlängelte ich mich an den Wartenden vorbei. »Herzlich willkommen in der Burg Ehrenfelsen, Einzelkarte oder Gruppe?«, fragte ich den ersten in der Reihe wartenden Mann. Endlich zahlte sich meine gute Kopfrechenfähigkeit auch in diesem Job aus. Als ich den Reisebus fast ganz abgearbeitet hatte, flog die Tür auf und eine Frau Ende Zwanzig stürmte in den Shop. Mein Blick blieb an ihrem auffälligen Äußeren hängen, denn die Farbzusammenstellung ihrer Kleidung würde einem Flamingo alle Ehre machen. Sie trug ein grell pinkes T-Shirt und schwarze Jeans. Ihr dunkles Haar war zu einem kinnlangen Bob geschnitten, der an den Spitzen türkis eingefärbt war. Und rechts oberhalb des Ohres war ihr Haar in einem Side-Cut mit Streifenmuster abrasiert. Trotz ihrer wilden Erscheinung hatte sie eine gewisse Eleganz an sich. Diese Frau konnte ich mir nicht mit Wanderkarte, Fotoapparat und Rucksack vorstellen, das war bestimmt keine Touristin. Als sie die Lage erfasst hatte, schmunzelte sie mich erleichtert an. Dieser aufrechte selbstsichere Blick und das warmherzige Lächeln kamen mir bekannt vor.

»Du musst Annette sein!«, sagte sie und kam mit zur Begrüßung ausgestreckter Hand auf mich zu.

»Estelle?«

»Genau! Du hast mich gerettet, danke! War Matthias schon hier?«, fragte sie nervös. Als ich verneinte, kicherte sie fröhlich wie unlängst ihre Mutter, nachdem sie mir meine Zimmerschlüssel übergeben hatte und dankte auch noch dem Himmel. Sie entschuldigte sich für ihre Verspätung und als wir allein waren, zeigte sie mir das bunte Durcheinander des Sortiments, das mich inzwischen an ein überladenes Containerschiff erinnerte. Währenddessen blies sie bei der Gelegenheit gleich den Staub von einigen der bemalten Teller mit Burgmotiv, die im Winkel neben dem Eingang gestapelt waren. Gerade als sie mir die dazugehörigen Tassen demonstrierte, ging die Tür auf und Bobby lief herein. Dahinter folgte der Burgherr. In seiner rechten Hand hielt er einen Stapel bedruckte Papiere und er wirkte schon wieder leicht angespannt. Als er mich bemerkte, schien er kurzzeitig aus dem Konzept zu sein, denn er hielt inne und starrte mich an. Mir wurde unangenehm heiß, hatte ich etwas falsch gemacht? Zum Glück wandte er sich seiner Schwester zu. »Estelle, die hab ich im Kuhstall auf einem Heuballen gefunden«. Mit einem

Klatsch ließ er den Stoß bunter Zettel auf den Verkaufstresen neben der Kasse fallen.

»Ne t'énerves pas, mon frère«, rief sie kichernd.

Schon wieder dieses Französisch, das ich nicht verstand. Ihr Bruder wandte sich dem Ausgang zu.

»Estelle, bitte versuch dich zu konzentrieren«, antwortete er. Bevor er verschwand, drehte er sich noch einmal um und schmunzelte ein ganz klein wenig, was ich total süß fand. Aus irgendeinem Grund dachte ich plötzlich darüber nach, wie seine Frau wohl aussah. An seiner Seite könnte ich mir eine blonde Schönheitskönigin in Tracht sehr gut vorstellen, das würde optisch perfekt passen. Miss Kärntnerdirndl zum Beispiel. Da fiel mir auf, dass ich sie ja immer noch nicht kennengelernt hatte. Er ging hinaus und ließ die Tür hinter sich ins Schloss fallen.

»Boah, ist der schlecht gelaunt. Ist doch nicht so tragisch, wenn man mal eine Kleinigkeit vergisst!«

Das fand ich auch, da brauchte er doch nicht gleich wieder so zu tun, als wäre er der Oberlehrer auf der Klassenfahrt, egal wie niedlich er lächelte.

»Sprecht ihr untereinander französisch?«, fragte ich.

»Meine Mutter ist in Frankreich aufgewachsen, deswegen. Dein Akzent ist auch besonders. Sehr charmant, da höre ich ein wenig bayrisch durch!«

Wir gingen hinüber zum Tresen, wo Matthias den Papierstoß abgelegt hatte. Es waren farbenfrohe Handzettel mit dem Aufdruck ›Einladung zum alljährlichen Mittelalterfest auf Burg Ehrenfelsen‹. Schon am kommenden Wochenende würde die Feier stattfinden.

»Da hab ich die Flyer doch echt bei den Kühen vergessen. Kennst du sie eigentlich schon? Gestern ist ein Kalb
zur Welt gekommen, das ist so süß! Zeige ich dir bei
nächster Gelegenheit«, sagte Estelle und mischte die Ge-
sprächsthemen wie die Produkte in ihrem Souvenirshop.
Danach setzte sie ihre Rundschau durch den Laden für
mich fort.

Bis zum Fest am Wochenende waren alle sehr beschäftigt und ich hatte so gut wie keine freie Stunde. Weder ein
Ausflug mit Estelle zu den Kühen noch die Fortsetzung
der Suche nach meinen Verwandten hatten sich zeitlich
ergeben. Das Wetter war wieder hochsommerlich und ich
arbeitete meist bis mittags mit Robert auf dem Campingplatz und ab dem frühen Nachmittag half ich bei den Vor-
bereitungen für das Burgfest mit. Am Tag vor dem Veran-
staltungsbeginn saßen Estelle, Erika und ich in der Küche
des Burgrestaurants und schälten Kartoffeln für ein Gu-
lasch von epischen Ausmaßen. Jetzt erst bekam ich eine
Idee davon, wie viele Leute am kommenden Tag erwartet
wurden. Bei unserer Arbeit unterhielt uns Erika mit skurri-
len Geschichten, die sie mit gedämpfter Stimme am Küchentisch zum Besten gab. Ihr Hauptthema waren Liebes-
geschichten, wobei ich ihr leider keinen neuen Stoff liefern
konnte, weil ich mit den Männern endgültig fertig war,
wie ich versicherte.

»Ha!«, rief Estelle plötzlich, als hätte sie zwischen den
Kartoffeln einen Schatz entdeckt. »Da weiß ich den richtigen Mann für dich. Zwar nicht für die Liebe, aber er kann

dir den richtigen vermitteln.« Skeptisch zog ich die Augenbrauen in die Höhe. Nun war sie es, die ihre Stimme senkte, als sie weitersprach: »Er ist ein moderner Hexenmeister, der mit seinen energetisierten Essenzen wahre Wunder vollbringt. Ich schwör es dir. Ich habe es selbst erlebt.«

Erika riss die Augen weit auf. »Aber du bist doch Single!«

»Ja, ich bin noch Single«, betonte Estelle. »Seitdem ich bei Herbert dem Hexer war, sind sage und schreibe drei Verehrer wie aus dem Nichts in mein Leben getreten. Es ist nur eine Frage der Zeit, bis ich mich für den Einen entscheiden werde«.

»Herbert der Hexer? Was ist denn das für ein lustiger Name!« Ich musste lachen und an einen Edgar-Wallace-Film in Schwarzweiß denken. Auch Erika verdrehte die Augen. Dass Estelle drei Verehrer gleichzeitig hatte, wunderte mich nicht und lag wohl eher an ihrem charmanten Wesen und ihrem hübschen Äußeren als an Herbert Hexers Zauberkünsten.

»Du kannst ihn dir ja mal anschauen. Er hat einen Blog auf schicksal24.at und das Beste ist …« Sie machte eine Pause und lachte wie ein Kind beim Öffnen einer Wundertüte, »… er wird morgen hier sein! Er wird mit seiner Transzendentalen Akademie einen Stand auf dem Markt haben. Annette, du musst zu ihm und deine Blockaden beseitigen lassen. Du musst aktiv werden, damit die Liebe wieder in dein Leben fließen kann.«

Erika schnaubte wie ein scheuendes Pferd und ich schüttelte den Kopf. Bitte nur keinen Mann. Estelle verzog keine Miene, es war ihr vollkommen ernst damit.

»Ich habe für Matthias, für den es mit seinen 38 Jahren jetzt mal Zeit wird, auch einen individuellen Liebeszauber anfertigen lassen und wir werden ja sehen, wie lange er noch Single ist. Aber Psssst, er weiß natürlich nichts davon. Wenn er das erfährt, wird er wieder wild«.

Ich legte meinen Kopf schief und meine Stirn in Falten. Ach so, ihr Bruder war noch Single und hatte also selbst Klavier gespielt. Obwohl er auch halbwegs nett sein konnte, würde er an seinen Launen und seiner zeitweiligen belehrenden Art noch arbeiten müssen, um eine Frau für sich zu gewinnen. Sonst sah ich schwarz für jede Magie. Da halfen noch nicht einmal sein gutes Aussehen und sein vieler Besitz. Als Hannes, der Koch, hereinkam und beschloss, uns Gesellschaft zu leisten, wechselten wir das Gesprächsthema wie den Fernsehkanal beim abendlichen Zappen.

6 Willkommen im Mittelalter

Am Tag des Mittelalterfestes konnte ich es kaum erwarten, nach der letzten Kontrolle der Abfalleimer auf dem Campingplatz zurück zur Burg zu kommen. Es war ein drückend warmer, schwüler Spätsommertag und trotz des kurzen leichten Sommerkleids, das ich trug, war mir furchtbar heiß. Über dem letzten Wehrtor vor dem Parkplatz hing ein großes Banner mit der Aufschrift ›Willkommen im Mittelalter‹. Am Fuße der Burg wuselte es wie in einem Ameisenstaat im Karnevalsrausch. Gerade fand im Zentrum des Geländes eine Akrobatikvorführung statt. Hinter den Rücken der Zuseher konnte ich einen Blick auf zwei Jongleure erhaschen, die sich gegenseitig Bälle zuwarfen. Das Publikum quittierte die Gaukeleien mit Applaus und Gelächter. Daran anschließend gab es Tische und Zelte, auf denen ein Potpourri aus selbstgemachten Schmuckstücken, mittelalterlichen Gewändern und Holzspielzeug angeboten wurde. Der Bühnenausstatter der Kelly Family wäre vor Freude ausgerastet. Viele Besucher trugen Gewänder, die in diese Zeit passten. Andere hatten sich ein wenig im Kostümfundus vergriffen und sorgten für ein Game-of-Thrones-trifft-auf-Star-Wars-Flair. Auf handbemalten Tafeln wurden für den Abend ein traditioneller Schmied und ein Feuerschlucker angekündigt. Ich schlenderte dahin und passierte gerade das Burgtor, als ich direkt in Matthias Ehrenfelsen hineinlief. Sofort ging mein Puls schneller und ich richtete mich kerzengerade auf, als erwartete ich eine Ermahnung. »Steh gerade Annette«, dachte ich. Ich rief mir in Erinnerung, dass ich rein privat hier war, mein Arbeitstag war schon zu Ende. Doch entgegen meiner Befürchtung schaute der Burgherr freundlich und er schmunzelte sogar, als er mich sah. Wieder einmal fiel mir auf, was ein Lächeln mit seinem Gesicht anstellte: Es zog nicht nur seine Mundwinkel nach oben sondern schien auch seine Augen mitzureißen, die dann ihren schelmischen Ehrenfelsener Ausdruck annahmen. Der Blick, mit dem sie seit Jahrhunderten die Burg verteidigten und die Herzen der Damen eroberten. Matthias könnte letzteres auch, wenn er es öfters einsetzen würde, da war ich mir sicher. Zu gerne hätte ich gewusst, was hinter dieser Stirn gerade vor sich ging. Jedenfalls passte seine freundliche Mimik heute besonders gut zu seinem Outfit, mit dem er Lockerheit andeutete, denn er hatte sich auch ein wenig verkleidet. Er trug ein grünes Barett aus Samt, das schief auf seinem Kopf saß. Seine Füße steckten in hellbraunen Stulpenstiefeln. Sonst war er angezogen wie immer und ich fragte mich, ob es im Mittelalter schon Lederhosen gegeben hatte. Seine gespielte Verbeugung erwiderte ich mit einem angedeuteten Knicks. Danach schloss er sich mir wie selbstverständlich an und wir schlenderten Seite an Seite an den Marktständen entlang, die im Burghof aneinandergereiht waren. Dabei wurde mir klar, wie bekannt Matthias war, denn wir schritten an den Besuchern entlang wie Charles und Camilla bei Abnahme der Ehrenparade. Er begrüßte etliche Besucher, die ihn anstrahlten und ihm die Hand schüttelten. Mich stellte er stets als Annette Müller aus Augsburg vor und vergaß dabei zu erwähnen, dass ich die Putzfrau vom Campingplatz war, die dort die Abfälle wegräumte und die Duschen schrubbte. Bei manchen Gästen schien unser gemeinsames Auftreten ein Fragezeichen zu hinterlassen, als munkelten sie, dass der Burgherr und ich in irgendeiner Weise befreundet wären. Er machte keine Anstalten, diesen Eindruck richtigzustellen und auch mir machte es Spaß, an der Seite des Gastgebers so vielen Menschen vorgestellt zu werden. Also begann ich, wie Matthias den

Leuten für ihren Besuch zu danken. »Du machst das sehr gut«, sagte er schmunzelnd.

»Ich beobachte und lerne«, antwortete ich.

Wir kamen am Ende der Reihe mit den kleinen Verkaufsständen an. Über dem allerletzten der durch weiße Sonnensegel beschatteten Tische war ein Holzschild mit dem Schriftzug ›Herbert der Hexer‹ angebracht. Meine spontane Reaktion war, sofort umzukehren, jedoch kannten sich mein Chef und der Hexer. Sie schüttelten sich die Hände und begannen miteinander zu plaudern. Derweil musterte ich Herberts Angebot, das auf Schildern angepriesen war und jedes esoterische Klischee erfüllte: Wahrsagen mittels Karten oder Handlesen, personalisierte Zaubersprüche, Lösen von Blockaden aller Art und Liebeszauber. Auf dem Tisch lagen seine Utensilien verstreut: Tarotkarten und ein kleiner Kessel, in dem ein Räucherstäbchen vor sich hin gloste, das den Geruch von Weihrauch verbreitete. Daneben Zauberkerzen, Pendel, Kräuterteemischungen und eine Ansammlung von Amethysten in verschiedenen Größen. Der Hexer selbst sah allerdings so mystisch aus wie ein Finanzbeamter im Vorruhestand. In seinen kurzen Hosen und dem karierten Hemd hätte er perfekt in die Kulisse eines mit Gartenzwergen vollgestellten Schrebergartens gepasst. Mit Fantasie konnte ich in seinem Gesicht Ähnlichkeiten mit dem glatzköpfigen Onkel Fester aus der Addams Family ausmachen. Er deutete auf zwei Holzstühle, die schräg gegenüber von ihm für Kunden bereitstanden.

»Kann ich für euch beide irgendetwas tun?«, fragte er und schaute zwischen uns hin und her.

»Wie wäre es mit … Wahrsagen?«, las mein Chef vom obersten Schild ab.

»Ein Blick in die Zukunft, sehr gut.«

»Für die Dame, bitte«, fügte der Burgherr rasch hinzu und ich sah deutlich den Ehrenfelsener Augenblitz, den er mir provokant zuwarf. Ich antwortete stumm, indem ich meine Augen zu schmalen Schlitzen verengte.

»Da kann ich dir meine ganz neue Kombinationstechnik aus Transzendental-Tee und Pendel empfehlen. Sie weitet den Blick nach innen und offenbart die individuellen Potenziale, die eventuell in deiner Zukunft für dich bereitliegen. Manchen Menschen erschließt sich die Zukunft sogar in einem Traumbild.«

»Hört sich super an«, sagte Matthias ernst, aber seine Mundwinkel waren leicht nach oben gebogen.

»Sehr interessant«, brummte ich und klang schon fast wie meine Kollege Robert.

Herbert stellte eine Tasse vor mich und goss heißes Wasser aus einer Thermosflasche hinein. Danach holte er eine Reihe von Gläsern mit getrockneten Kräutern unter dem Tisch hervor und reihte sie vor mir auf.

»Entspann dich. Denk an was Schönes. Dann tippe auf drei der Gläser, die dich ansprechen. Lass dich von der transzendentalen Strömung leiten«.

Mein Gott, was für ein Unsinn. Ich suchte wahllos drei der Behältnisse aus, aus denen Herbert Kräuter fischte, die er in die Tasse mit dem heißen Wasser fallen ließ. Zuletzt holte er aus seiner Hosentasche ein flaches goldenes Etui und entnahm ihm mit einer Pinzette ein kleines Stück einer verdorrten Pflanze.

»Jetzt noch die geheime Zutat«, witzelte Matthias Ehrenfelsen neben mir.

Herbert versenkte auch noch dieses kleine Stückchen in der Tasse. Während Herbert das Döschen wieder wegpackte, rührte er weiter.

»Gut«, sagte Herbert und schob mir das Gebräu zu. »Setz dich bequem hin. Dann trinkst du den Transzendental-Tee ganz aus und schaust hier auf mein Pendel. Der Tee löst die Schranken, die dein Bewusstsein dir normalerweise auferlegt, und das Pendel öffnet deinem Unterbewusstsein den Blick in die mögliche Zukunft.«

»Ah ja«, sagte ich und ergriff die Tasse. Sicherlich wollte der Burgherr sehen, ob ich kneifen würde. Ohne zu zögern trank ich die Flüssigkeit bis auf den Sud aus und blickte danach triumphierend zu ihm hinüber. Er nickte in gespielter Anerkennung.

»Schau auf das Pendel«, ermahnte mich Herbert und ließ ein kegelförmiges Stück dunklen Steins an einer Schnur vor mir nach links und rechts schwingen. Ich folgte dem Pendel, von dem eine eigenartige Faszination ausging, mit den Augen. Ähnlich wie Schneeflocken im Winter, wenn sie tanzend vom Himmel fallen. Stundenlang könnte ich sie beobachten und dabei an alles und gleichzeitig an nichts denken. Das Pendel formierte sich in meinem Kopf unbemerkt um zu einer großen schwarzen Masse, die mich ausfüllte wie das Weitwinkel-Cinemascope in einem Kinosaal. Gleichzeitig fühlte ich meinen Körper nicht mehr. Die Schwerkraft verlor sich, als würde ich auf einer Schaukel sitzend nach oben befördert werden und mein Magen wurde flau, denn die Fahrt schien auf ihren Scheitelpunkt zuzusteuern. Der dunkle Hintergrund wurde hell und ein Gesicht manifestierte sich aus der nebulosen Tiefe. Dunkelblaue Augen, die von gleichmäßigen dichten Brauen umrahmt wurden, sahen mich unverwandt an. Das Gesicht war mir so nah, dass ich es erst erkennen konnte, als es sich ein wenig von mir entfernte: Es war Matthias Ehrenfelsen. Ich schnappte nach Luft und mein Puls raste. Die Grenzen zwischen ihm und mir waren verschwommen, wir waren Eins. Eine starke Emotion erfüllte mich von meinem Kopf bis zu den Zehenspitzen. Es war Liebe. Zärtlich, leidenschaftlich und fordernd. Aber auch gütig, beschützend und fürsorglich. Mein Herz, mein Bauch und alles darunter wurde von einer prickelnden Wärme durchflutet wie ein warmes Meer, das bis in die letzten steinernen Buchten vordringt. Da wurde die Lücke zwischen uns größer und wir entfernten uns voneinander. Im nächsten Moment zuckte ich aus dem Sekundenschlaf hoch und erfasste das auf- und abschwingende Pendel. Mit einem Schlag wachte ich aus meinem Traum auf und befand mich wieder im Hier und Jetzt. Die Schwerkraft ergriff meinen Körper und zog wie ein Stück Blei an ihm. Vornüber kippend riss ich reflexartig meine Hände hoch, doch da schlug ich bereits mit der Stirn auf dem Holztisch auf.

»Autsch!« Zwei starke Arme hielten mich fest und stoppten einen noch tieferen Fall. Benommen rieb ich mir den Bereich oberhalb meiner Augen und rutschte mit meinem Körper zurück auf den Holzsessel. Meine Beine hatten wieder sicheren Stand. Was war denn das eben gewesen?

»Alles okay?«, fragte der Burgherr besorgt und ließ mich erst los, als ich selbständig wieder meine Position halten konnte. Insgesamt war ich wohl nur eine Sekunde weggetreten gewesen, jedoch waren die Traumbilder zeitlos, als hätten sie mein ganzes Leben erfüllt. Mir wurde schlagartig heiß. Vor allem meine Wangen bekamen eine großzügige Portion Hitze ab. Wenn er wüsste, was ich in diesem Tagtraum gerade gefühlt hatte! Peinlich, peinlich! Ich schüttelte mich, als könnte ich damit die letzten Reste meiner Fantasien vertreiben. Glücklicherweise hatte ich mich wieder unter Kontrolle.

»Also, ich würde an Ihrer Stelle vorsichtig sein, ich mein ja nur«, raunte ich Herbert zu und schob ihm meine leere Teetasse entgegen. »Ich persönlich hab kein Problem damit, aber wenn das die Falschen mitbekommen … die Polizei?«

Verständnislos schaute er mich an. »Der Tee und die Pendelenergie öffnen nur den Blick für das, was bereits in einem parallelen Universum vorhanden ist, da sind keine verbotenen Substanzen drinnen«, ereiferte er sich.

»Heute ist es aber auch extrem heiß, hast du genug getrunken?«, fragte Matthias.

»Vermutlich zu wenig.« Als ich seinen Blick auf mir spürte, wurde ich rot. Offensichtlich waren wir auf einmal per Du miteinander. Natürlich konnte ich ihm nicht von unserer Liebe erzählen, die laut Herbert in einer anderen Dimension existierte. Durch die Nase atmete ich tief ein. Matthias schob Herbert einen Geldschein zu, besorgte mir eine Flasche Wasser und suchte für mich einen schattigen Platz an der kühlen Burgmauer. Er bestand darauf, dass ich mich setzte und fächelte mir mit seinem Barrett frische Luft zu. Mit seinen Fingerspitzen strich er mir eine Haarsträhne aus dem Gesicht, wodurch er seine Abkühlungsbemühungen wieder zunichtemachte. Seine kleinen Berührungen erhitzten mich überall. Es war wohltuend, von ihm so umsorgt zu werden und ich genoss seine Zuwendung, als wäre ich ein Kätzchen, das sonntagnachmittags auf der Couch gekrault wird. Fast hätte ich geschnurrt und fühlte mich auf eine spezielle Art erschöpft, wie nach einer Nacht mit Mr. Grey im roten Zimmer. Die Hitze war aber auch schrecklich heute. Und es war vorbildlich, wie intensiv sich Matthias um seine Mitarbeiter kümmerte. Eine Stimme riss uns aus unserer sonderbaren Vertrautheit, in der wir kaum ein Wort miteinander wechselten.

»Matthias, da bist du ja. Der Reporter von der Lokalzeitung ist am vierten Tor!« Erika winkte Matthias eifrig zu und er bestand darauf, dass Erika mich wegen meines schwachen Kreislaufs zu meinem Zimmer begleiten sollte. Dann ging er zurück in Richtung Burgtor und mein Herz klopfte wehmütig, als ich ihn davongehen sah. Ja, ich musste mich dringend in meinem Zimmer ausruhen und einen kühlen Umschlag auf die Stirn legen. Vermutlich hatte ich einen Sonnenstich abbekommen, oder durch den Aufprall auf den Tisch eine Gehirnerschütterung. Wenn die Gehirnschwellung abgeklungen war, dann würde auch diese Vision wieder aus meinen Gedanken verschwinden. Denn dass Matthias jemals an mir interessiert wäre, war so realistisch wie eine Nominierung von Herbert dem Hexer für den Nobelpreis in Chemie.

7 Berlin

Am nächsten Tag war ich wieder auf den Beinen und half während des restlichen Festes beim Getränkeausschank mit. Wegen des strahlend schönen Wetters gab es in diesem Jahr sogar einen Besucherrekord, worüber sich alle sehr freuten. Danach schickte ich einige Schnappschüsse an die Mitglieder meiner Whatsapp-Gruppe. Die beiden kommentierten begeistert die Bilder von einem sich am Spieß drehenden Spanferkel und einem muskelbepackten Schwertschmied, der auf ein Stück glühendes Eisen eindrosch. »Ist leider schon vorbei«, ergänzte ich sogleich, um eventuelle spontane Reisepläne gleich im Keim zu ersticken.

In der folgenden Woche dachte ich viel über meinen Opa nach und wie ich am geschicktesten ein weiteres Treffen einfädeln konnte. In seiner direkten Art, dem leicht motzigen Gehabe und seinem Pragmatismus hatte ich mich selbst wiedererkannt! Zu wenig Geld? Dann hole ich mir mein Essen aus der Tonne. Keine Kraft zum Heimtragen? Dann lass ich mir von der jungen Dame helfen. Ich wollte ihn unbedingt bald wiedersehen und hatte schon einen ungefähren Plan für die nächsten Schritte im Kopf, sodass ich gut gelaunt meine Zeit auf dem Campingplatz genoss. Dabei lebte ich förmlich auf. Eine agile Seite trat in mir zum Vorschein, die ich bislang nicht gekannt hatte und die unternehmungslustig in jeden neuen Tag startete. Bei meinem ersten Rundgang des Tages liebte ich die Morgenstimmung am See, wenn er spiegelglatt vor mir lag und ich ihn nur mit ein paar frühen Schmetterlingen teilte. Das Gras war dann noch feucht vom Morgentau und glitzerte stellenweise wie das Wasser vor mir. Die Luft war frisch und pushte mich wie ein direkt in meine Venen verabreichter Energydrink. Tagsüber wurde es nun immer sehr heiß und schwül, denn der Spätsommer näherte sich seinem Ende. Für die kommende Nacht waren schwere Unwetter vorhergesagt.

Heute hatte ich Estelle versprochen, nach meiner Arbeit auf dem Campingplatz noch beim Heumachen zu helfen, denn das getrocknete Heu musste vor dem angekündigten Gewitter noch in Sicherheit gebracht werden. Bei der Gelegenheit würde sie mir auch ihre Kälber und einige andere Tiere zeigen. Ich hatte schöne Kindheitserinnerungen von Urlauben auf dem Bauernhof. Zwischen den Hasen, Kühen und Ponys hatte ich mich so richtig glücklich gefühlt. Ganz im Gegensatz zu Mutter, die jedes Mal blass vor Angst wurde, wenn eines der Pferde sich ihr näherte, die kaum größer waren als ich. Aber das war lange her und jetzt freute ich mich trotz meines Alters schon sehr auf die Vierbeiner.

Estelle hielt mit einem Pickup-Truck, dessen Seitenspiegel mir ziemlich bekannt vorkam, an der Einfahrt zum Campingplatz. Es war das riesige Auto, hinter dem ich mich im Wald vor meinem Vater versteckt hatte.

»Was für ein Monster«, sagte ich, als ich auf den Beifahrersitz hinaufkletterte.

»Das Fahren damit macht echt Spaß.« Estelle lachte und klopfte auf das Lenkrad. »Aber Matthias mag es überhaupt nicht, wenn ich eine Spritztour mit ihm mache. Schluckt zu viel Sprit, aber heute brauchen wir ihn.« Sie trat aufs Gaspedal und das Auto machte einen Satz nach vorn.

»Hui!« Ich hielt mich am Griff oberhalb der Tür fest und schaute aus der Vogelperspektive auf die uns entgegenkommenden Autos hinunter, die mir neben unserem Brummer total unbedeutend vorkamen.

»Gehört das hier auch alles eurer Familie?« Mit einer Hand deutete ich auf die Maisfelder und Äcker, zwischen denen wir dahinbrausten.

»Fast alles. Zum Glück hat Matthias das meiste Land verpachtet, sonst hätten wir noch mehr Arbeit«. Nach zehn Minuten Fahrt bog sie neben einer Weide in einen Feldweg ein, den wir entlangschaukelten, bis wir ein Stallgebäude erreichten. »Wir sind da! Hier treffen wir uns mit den Helfern, aber komm erst mal mit zu den Kälbern.«

Auf dem gepflasterten Platz vor dem Stallgebäude liefen Hühner frei herum, gegenüber erstreckte sich eine Weide so groß wie ein Fußballfeld. Kühe und Kälber grasten vereinzelt darauf oder rasteten im Schatten unter

Bäumen. Beim Anblick dieser Idylle machte mein Herz einen Sprung. In meinem nächsten Leben wollte ich als Kuh der Familie Ehrenfelsen wiedergeboren werden.

Estelle öffnete die Ladefläche des Pickups, auf der sich zwei geflochtene Körbe befanden, die voll waren mit angeschlagenen Äpfeln und hartem Brot. Jede von uns schnappte sich einen und wir betraten die Weide durch das Eingangstor, in dessen unmittelbarer Nähe sich eine Raufe befand. Da schütteten wir das Brot und die Äpfel hinein, worauf einige der Kühe sich so dynamisch in Bewegung setzten wie Kreuzfahrtschiffe, die gerade vom Volltanken kamen. Die anderen versprühten das Interesse von Teenagern beim Mathematikunterricht. Nein, diese Tiere mussten bestimmt keinen Hunger leiden.

»Komm, jetzt zeig ich dir Berlin«, sagte Estelle und ich folgte ihr zu einer angrenzenden Weide, auf der sich ganz junge Kälber mit ihren Mutterkühen befanden. Wir spazierten zu einem besonders entzückenden Pärchen. Die Kuh konnte von ihrer Fellfärbung und dem Augenaufschlag her als Werbeikone in der Schokoladenindustrie Millionen verdienen. »Darf ich vorstellen? Das ist die Mama namens Funny und das hier ist Berlin, unser jüngstes Kälbchen. Ist es nicht süß? Es ist erst zwei Wochen alt.«

»O ja!« Ich lachte. »Ist das niedlich!« Wir gingen langsam auf das junge Tier zu, das die Miniaturausgabe seiner Mutter war. Estelle begrüßte erst die Mutter, indem sie ihr über die Stirn streichelte. Sie betrachtete uns ungerührt und kaute weiter. Ich tat es Estelle gleich und dann stellten wir uns bei Berlin vor.

»Nein, wie lieb!« rief ich. Das Kälbchen schnüffelte erst an meinen Händen und begann dann mit seiner kleinen Zunge, die mit hunderten Noppen in der Größe von Ameisenköpfen bestückt war, meine Handflächen zu lecken. Es stimulierte dabei Nerven, die von meinen Ballen über die Arme, von dort weiter über meinen Rücken bis hinunter zu meinen Zehenspitzen verlaufen mussten. Die Berührung löste ein Prickeln in meinem ganzen Körper aus und überall bildete sich Gänsehaut. Meine Nackenhaare stellten sich auf und ein Schrei entfuhr mir, woraufhin die gleichmütige Funny zusammenzuckte und für einen Moment das Wiederkäuen einstellte. Einige der Kühe schauten zu uns herüber. Ich ließ die Massage quietschend über mich ergehen. Möglicherweise war ich dabei etwas laut.

»Fast so wie in dem Film, in dem Meg Ryan einen Orgasmus vortäuscht, wie hieß der noch gleich?«, fragte ich Estelle kichernd.

»Harry und Sally«, antwortete Matthias, der plötzlich hinter uns stand. Ich fuhr herum. So leise war er auf die Weide getreten, dass mir bei seinem Anblick vor Überraschung der Atem aussetzte. Amüsiert betrachtete er mich und ich spürte, wie mir Wärme in die Wangen stieg. Unter seinem Dreitagebart kamen seine Grübchen zum Vorschein. Er stellte sich neben Funny und kraulte ihr sanft den Rücken. »Bei dem Lärm musste ich direkt nachschauen kommen, ob bei euch alles in Ordnung ist.«

»Ja, alles in Ordnung, außer dass wir fast einen Herz-schlag bekommen haben, weil du dich so anschleichst.« Estelle grinste.

Ich hauchte Berlin einen Kuss auf ihre putzige Stirn. »Du bist so süß.«

»So, wir müssen jetzt die Heuballen vom Hang ein-sammeln fahren, bevor es gewittert. Ihr beiden Hübschen helft mit, ja?« Estelle und ich folgten Matthias hinüber zu den Stallungen. Es war noch drückender und schwüler geworden und am Horizont bildeten sich die ersten Wol-kentürme. Im Hof wartete ein Traktor mit einem Anhä-nger und auch an den Pickup war in der Zwischenzeit ein solcher angekuppelt worden. Wir standen mit fünf weite-ren Helfern zusammen, die allesamt stramme Kärntner Burschen waren und Matthias erklärte den Plan. Estelle sollte den Traktor steuern und ich den Pickup, während die Männer mit Heugabeln die Ballen auf die Ladeflächen befördern und dort aufstapeln würden. Alle verfügbaren Flächen sollten mit Heu beladen werden. »Stoß dich nicht am Spiegel«, sagte er zu mir, als ich auf die Fahrertür des Monsters zuging, um einzusteigen. Ich wollte ihm einen bösen Blick zuwerfen, musste aber lachen, als ich an unse-re erste Begegnung dachte.

Dann fuhren wir zu der Wiese, auf der die vor ein paar Tagen gepressten Heuballen zum Einsammeln weit ver-streut bereit lagen. Meine Aufgabe war es ganz einfach, von einem zum nächsten zu rollen.

Ganz gemächlich tuckerte ich über die Koppel. Dabei beobachtete ich Matthias unauffällig im Spiegel. Er ging hinter dem Pickup her und stach einen Ballen nach dem anderen scheinbar mühelos mit der Heugabel auf und beförderte sie auf die Ladefläche des Trucks, wo sie von einem weiteren Mann zu einem Turm verbaut wurden. Seine Schultermuskeln bewegten sich unter seinem T-Shirt beständig hin und her. Da mein Ex-Freund Peter nicht mit solchen gesegnet gewesen war, hatte ich ähnliche bislang nur im Sportcenter gesehen, wenn die Männer sich nach Büroschluss an den Hantelbänken abquälten. Wie auf den Rücken gefallene Käfer, die man am liebsten aus ihrer misslichen Lage befreien wollte, damit sie zu stöhnen aufhörten. Aber ein Mann in freier Wildbahn, der quasi in seiner natürlichen Umgebung seine Muskeln trainierte, hatte etwas sehr viel Reizvolleres an sich. Und ich fand es bemerkenswert, dass Estelle und Matthias richtig mit anpackten, obwohl sie doch die Burgherren waren und all das hier besaßen! Anscheinend hatte sich in den Stellenbeschreibungen der Blaublütigen in den letzten Jahrhunderten doch einiges getan. In Gedanken versunken wäre ich im Zeitlupentempo beinahe gegen einen Heuballen gefahren und konnte in letzter Sekunde ausweichen, sodass der Turm hinter mir ein wenig ins Schwanken geriet.

»Annette, träumst du schon wieder von Herbert dem Hexer?«, rief Matthias und lachte.

»Sehr witzig. Ich glaube, heute hast du den Sonnenstich abbekommen«, gab ich grinsend zurück. Wieder schaute ich über den Seitenspiegel zu ihm nach hinten und in diesem Moment verfingen sich unsere Blicke. Blitzartig spürte ich Wärme in mir aufsteigen, die sich allerdings anders anfühlte als die Hitze dieses schwülen Sommertags. Sie kam direkt aus meiner Körpermitte, in der ich gleichzeitig ein heftiges Kribbeln spürte. Deswegen wandte ich meinen Blick ab und konzentrierte mich lieber auf das nächste Heupaket. Das letzte, was ich sah, war sein Wahnsinns-Lächeln, bei dem mir auch bei über dreißig Grad im Schatten die kleinen Härchen auf den Unterarmen zu Berge standen.

Als die Ballen eingeladen und die Ladeflächen voll waren, fuhren wir das Heu zu den Stallungen, wo sie über ein Förderband in den ersten Stock gebracht und dort für den Winter eingelagert wurden. Daran würden Funny, Berlin und die anderen Kühe ganz schön zu knabbern haben.

Danach gab Matthias eine Runde kaltes Bier aus, das wir Helfer auf ein paar zusammengeschobenen Heuballen sitzend tranken. Es war schön, Teil dieser lustigen Gruppe zu sein, in der ich mich so wohl fühlte, als würde ich schon immer dazugehören. Auch wenn ich nicht alles verstand, wenn in schnellem Dialekt gesprochen wurde, verband uns doch die gemeinsame Arbeit. Mit ihnen war es ganz anders als mit den früheren Kollegen in der Buchhaltung, wo ich erstens nie gewusst hatte, wofür ich arbeitete, und andererseits gespürt hatte, dass mich viele um meine Position beneideten, die ich ohnehin gar nicht gewollt hatte. Ab und zu kam es mir vor, als würde Matthias mich von der Seite ansehen, auch wenn wir nicht direkt miteinander sprachen. Aber möglicherweise bildete ich mir das auch ein und er schaute nur zufällig in meine Richtung.

Mittlerweile war es fast dunkel und so drückend schwül, dass man das herannahende Gewitter richtiggehend in der Luft fühlen konnte. Es war die Ruhe vor dem Sturm und in der Ferne konnten wir über den Bergen schon die ersten Blitze zucken sehen. Angesichts der Wetterlage wurde entschieden, dass es am besten wäre, wenn Estelle die Freunde mit dem Pickup in den Ort fahren würde, weil sie alle dort wohnten. Ich sollte mit Matthias auf seinem Elektromoped zur Burg zurückfahren.

Gesagt, getan. Estelle fuhr mit dem Monstertruck und den anderen Helfern in Richtung Ortschaft los. In der Zwischenzeit hatte Matthias den Roller geholt und hielt neben mir. Soweit es ging machte er mir auf der knapp bemessenen Sitzfläche Platz und deutete mir, mich hinter ihn zu setzen. Noch nie war ich auf einem Zweirad mitgefahren. War das normal, dass da so wenig Distanz zwischen Fahrer und Sozius war? Um noch auf den Roller zu passen, würde ich mich ganz knapp hinter ihn quetschen müssen, Körperkontakt war so gut wie unvermeidbar. Zögerlich schwang ich mein rechtes Bein über den Sattel und ließ mich nieder. Es war gerade mal eine halbe Handbreit Abstand zwischen meiner Vorderseite und seinem Rücken. Nun wusste ich nicht so recht, was ich mit meinen Gliedmaßen machen sollte, die von mir abstanden wie bei einem langbeinigen Insekt. Matthias deutete mir, meine Füße auf die Stützen zu stellen und mit meinen Händen seinen Oberkörper zu umfassen. Das mit den Füßen klappte sofort, aber meine Hände legte ich nur zögerlich an seine Hüften. Die Berührung dieser Körperregion bescherte mir ein völlig unangebrachtes, aber angenehmes Ziehen in meiner Bauchgegend und mein Puls beschleunigte sich. Ich musste mir in Erinnerung rufen, dass das hier vor mir Matthias Ehrenfelsen war, mein Chef! So knapp an seiner Rückseite konnte ich seinen Geruch deutlich wahrnehmen, eine Mischung aus würzigem Heu und einem herben Männerparfüm. Wenn man dieses Aroma in Flacons kaufen könnte, würde ich mich auf Vorrat damit eindecken. Am liebsten hätte ich mich an ihn geschmiegt und meine Nase in seinem T-Shirt vergraben. Matthias startete das Gefährt, doch wir fuhren nicht los. Er schaute zu mir zurück, dann nahm er seine Hände vom Lenker, ergriff meine Handgelenke und zog sie um seinen Oberkörper nach vorn, sodass sich die Finger meiner Hände vor seinem Körper wieder ineinander verhakten. Kein Blatt passte mehr zwischen uns.

»Du bist noch nicht oft auf dem Roller mitgefahren, oder?«, fragte er.

»Nein!«

»Halt dich an mir fest und beweg dich nicht!«

Da fuhren wir los und ich musste mich darauf konzentrieren, oben zu bleiben und uns nicht aus dem Gleichgewicht zu bringen. Nun war jede Zurückhaltung dahin und ich schmiegte mich an seinen Rücken. Meine rechte Wange kam zwischen seinen Schulterblättern zu liegen und seine plötzliche Nähe raubte mir beinahe den Atem. Wir legten uns ganz sachte in eine Kurve und ich schloss meine Augen. Von mir aus konnte die Fahrt stundenlang dauern. Bestimmt lag meine übermäßige Reaktion auf Matthias einfach nur daran, dass ich seit über einem Jahr Single war. Seitdem hatte ich ein paar Mal meine Arbeitskollegen freundschaftlich umarmt, Bobby hatte sich von mir drücken lassen und Berlin hatte mir die Hand abgeschleckt. Das war die armselige Bilanz an Streicheleinheiten in einem ganzen Jahr! Ein jedes Mauerblümchen würde deprimiert den Kopf hängen lassen. Als wir die Burg erreichten, war es schon stockdunkel. Wir brausten durch das große Tor und weiter durch den Innenhof. Erst vor dem Eingang zum Wohntrakt hielten wir an. Nur schwer konnte ich mich aus meiner angenehmen Position lösen, fast wie ein Wachsstreifen bei der Enthaarung. Schließlich seufzte ich lautlos und stieg ab. Mittlerweile hatte das Unwetter das nächste Stadium erreicht und ein böiger Wind hatte eingesetzt. Irgendwann in dieser Nacht würde sich das Gewitter entladen. Ein Blitz erhellte die Finsternis über den Bergen und nach wenigen Sekunden hörte ich auch den Donner, der mich zusammenzucken ließ.

»Angst?«, fragte Matthias mich augenzwinkernd. Er machte keine Anstalten abzusteigen. Die ganze Szenerie um uns hätte die Filmkulisse eines ultimativen Gruselhorrorschockers sein können, doch dass ich tatsächlich furchtbare Angst hatte, würde ich ihm gegenüber niemals zugeben, deswegen schüttelte ich den Kopf.

»Komm, ich bring dich schnell.« Lächelnd stieg er vom Roller ab.

»Warum? Gehst du denn jetzt nicht in deine Wohnung hinauf?«, fragte ich.

»Ich muss nochmal kurz weg und Bobby von meiner Mutter abholen. Und mein Auto.«

»Ach so … vielen Dank.«

Er schloss auf und wir traten ein. Es war schön, dass er mich durch die schummrigen Gänge begleitete. Als wir im ersten Stock bei meinem Apartment angekommen waren, hob ich den Vorleger an und nahm den Schlüssel an mich, wo ich ihn beim Verlassen des Zimmers hinterlegt hatte. Triumphierend hob ich ihn in die Höhe. Matthias beobachtete dies missbilligend und hob demonstrativ die Augenbrauen.

»Da ist er ja«, sagte er süffisant.

Niemand konnte so schnell seinen Blick eintrüben wie Matthias. Von freundlich auf finster in weniger als einer Sekunde. Dass Matthias manchmal so ein Spießer war, passte gar nicht zu ihm. Ich wusste selbst, dass der Ort meiner Schlüsselaufbewahrung nicht ideal war, besonders weil ich mir das von meinen Zimmernachbarn abgeschaut hatte, die es genauso machten. Aber wir waren ja hier unter uns.

»Gute Nacht, Annette, danke für deine Hilfe heute.«

»Gute Nacht! Gern geschehen und ebenfalls danke!« An der Tür erwiderte ich sein Lächeln. Seitdem ich von Herbert verhext worden war, würde ich es am ehesten mit dem Prädikat unwiderstehlich beschreiben. Unsere Blicke trafen sich und dabei wurde mir noch einmal richtig warm.

Dann wandte er sich um und ging zur Treppe zurück. Den Gedanken, dass er bei diesem schlimmen Wetter noch einmal mit dem Moped wegfuhr, fand ich schrecklich. Ich versuchte mich davon zu überzeugen, dass das Unwetter erst Stunden später niedergehen würde, wenn Matthias bestimmt schon wieder in seiner Wohnung war. Tatsächlich beruhigte mich das ein wenig.

8 Radio Erika

Eine Woche später arbeitete ich morgens mit Erika in der Küche des Burgrestaurants. Für die Mittagszeit hatten sich mehrere Reisebusse zum Essen angekündigt und der Koch hatte sich ausgerechnet Kartoffelpuffer als Beilage ausgesucht. Wir saßen vor einem Kartoffelberg und hingen jede unseren eigenen Gedanken nach. Die Menschheit betrieb Weltraumstationen, die im All die Erde umkreisten, aber Schälmaschinen gab es immer noch nicht! Das war doch verrückt.

Seit dem Abend des Gewitters, an dem wir zusammen auf dem Roller nach Hause gefahren waren, vermied ich weitere romantische Fantasien bezüglich des Burgherrn. Die Vorstellungen, in die mein abstinentes Ich allzu gern abdriften würde, beunruhigten mich. Ich, die Mozart nur aus der Fernsehwerbung kannte und die sich in Französisch nur den einen anzüglichen Satz, den jedermann konnte, gemerkt hatte? Deren Lebenserrungenschaft eine Mietwohnung im Plattenbau und ein immerhin leeres Vorstrafenregister waren! Wir beide waren perfekte Gegensätze, wie rechte und linke Gehirnhälfte, Maus und Elefant, Ente und Igel, die sich niemals zu einer Einheit verbinden konnten. Ich sollte mich lieber auf den Mann konzentrieren, wegen dem ich hier war, nämlich meinen Opa.

»Weißt du eigentlich überhaupt, warum es in diesem Restaurant so oft Erdäpfel gibt?«, riss mich Erika aus meinen Überlegungen. Eigentlich eine berechtigte Frage, denn auf der Speisekarte standen sie gefühlt jeden Tag ganz oben. Bevor ich begonnen hatte, hier in der Restaurantküche auszuhelfen, war mir gar nicht bewusst gewesen, wie viele Kartoffelgerichte es gab. Zu Hause hatten wir hauptsächlich Pommes Frites gegessen. Hier gab es sie in allen Variationen. Erdäpfelpüree, Erdäpfelsalat, Erdäpfelgulasch, Eingebrannte Erdäpfel, Petersilienerdäpfel, Braterdäpfel, Erdäpfelauflauf, Erdäpfelnester, Erdäpfelgitter, Erdäpfelsuppe, Erdäpfelschmarrn. Diese Liste ließe sich beliebig lange fortsetzen. Tja, warum gab es sie in diesem Lokal so oft? Ich schüttelte den Kopf und zuckte mit den Schultern. Erika senkte die Stimme. Es war wieder einmal Zeit für ein Geheimnis! Mit hochgezogenen Augenbrauen schaute ich sie erwartungsvoll an. »Weil sie wenig kosten und satt machen!«

»Hm«, brummte ich. Das war jetzt nicht so die große Sensation, fand ich.

»Die Familie Ehrenfelsen muss sparen. Deswegen lassen sie möglichst billige Zutaten verkochen«, flüsterte sie weiter. Sie blickte sich um und vergewisserte sich, dass niemand uns zuhörte.

»Und was glaubst du, warum sie immer Aushilfen beschäftigen, vorzugsweise aus einem Förderprogramm der Arbeitsagentur?«

»Weil sie nette Leute sind mit Verantwortung für Soziales und so?«

»Oh, Annette, bist du naiv. Weil sie so billige Arbeitskräfte sonst nicht bekommen würden! Für jemanden wie mich müssten sie normalerweise das Doppelte bezahlen und das können sie sich nicht leisten.« Sie warf mir einen verschwörerischen Blick zu. »Hast du es noch nicht gehört? Die Familie Ehrenfelsen ist so gut wie pleite.«

Mit offenem Mund starrte ich sie an. »Was?«

»Ich weiß das aus absolut zuverlässiger Quelle. Überleg dir mal, warum sie dich aufgenommen haben. Weil du so nett lächelst, wenn du mit dem Putzlappen unterwegs bist? Nein, weil sie wussten, dass du den Job unbedingt brauchst und für wenig Geld arbeiten würdest.« Hm, in gewisser Weise hatte sie wohl recht. Mein Lohn war um einiges geringer als mein früheres Gehalt und ich arbeitete hier mehr Stunden. Praktisch von früh bis spät, die Grenzen zwischen Freizeit und Arbeitszeit waren verschwommen.

»Sie könnten nicht mehr bezahlen, selbst wenn sie es wollten. Die Erhaltung der Burg kostet einfach zu viel. Überleg einmal, Matthias hat fünfzehn Angestellte! Wie soll das mit den Eintrittsgeldern der Burg finanziert werden? Das Restaurant läuft nur gut, wenn die Besucherbusse kommen. Und der Campingplatz hat nur sechs Monate im Jahr offen. Der Wald und die Landwirtschaft, das bringt viel zu wenig ein. Die Rinderzucht wird fix aufgegeben werden, weil Bio rentiert sich nämlich überhaupt nicht.«

Das waren ja schreckliche Neuigkeiten! Dass die Familie Ehrenfelsen in finanziellen Nöten war, war ein grauenvoller Gedanke. Fünfzehn Leute durchzufüttern plus die Familie Ehrenfelsen selbst zu erhalten, das war ja kein Pappenstiel. Die Buchhalterin in mir, die tief in meinem Inneren noch immer existierte, erhob sich und zückte im Geist den Rechenstift. Sie überschlug dies und das, dann raufte sie sich die Haare, denn das konnte doch niemals aufgehen! Um diesen mutmaßlichen Betrag zu erwirtschaften, müssten doch täglich … fast tausend Besucher auf die Burg kommen oder die Eintrittspreise müssten dreimal so hoch sein! Da brauchte man kein abgeschlossenes BWL-Studium, um das zu erkennen.

»Und dann werden sie die Burg verkaufen müssen, wahrscheinlich an einen chinesischen Investor. Die Chinesen lieben alte Sachen, denk nur an Hallstatt. Oder an die Amerikaner, die machen dann vielleicht so ein modernes Burgen-Disneyland daraus«, zischte Erika.

»O nein!« Die Kartoffel, die ich gerade in der Hand hielt, glitt aus meiner Hand. Die Burg Ehrenfelsen, die seit so vielen Generationen im Familienbesitz war, dass die Wände mit Vorfahrenbildern quasi bepflastert waren, und die auch das Heim aller künftigen Nachkommen der Familie sein sollte, für immer verloren? Und viel mehr noch: Die Burg, die jahrhundertelang die letzte Zufluchtsstätte und Schutz für die Bevölkerung aus der Umgebung gewesen war, vor Krieg und mordenden Soldaten! Was für ein Verlust für Kärnten, wenn nicht ganz Österreich! Ich schüttelte den Kopf, denn dieser Gedanke war unerträglich und tat mir in der Seele weh. Arme Charlotte, arme Estelle und armer Matthias! Zu hören, dass sie vor solchen Rückschlägen standen, war einfach nur furchtbar! Doch nun begann so manches für mich Sinn zu ergeben. Zum Beispiel Matthias' Bemerkung in der Ahnengalerie, als er zu mir sagte, dass er sich von den unerfüllbaren Erwartungen seiner Vorfahren fast erdrückt fühlte. Und der ernste, strenge Blick, den er manchmal aufsetzte! Spiegelten sich in ihm dann die Sorgen über die Zukunft wieder? Und nun verwunderte es mich auch nicht mehr, dass die Familie überall mit Hand anlegen musste und härter schuftete als ihre eigenen Angestellten. Von wegen moderne Burgherren, das war wohl pure Notwendigkeit!

Wir arbeiteten schweigend weiter, diese schlimmen Nachrichten musste ich erst einmal verdauen. Nach einiger Zeit räusperte sich Erika. An ihren unruhigen Augen, die wie Feuerwerke blitzten, merkte ich, dass da noch etwas aus ihr heraus wollte.

»Außerdem ist es mit den Ehrenfelsenern ohnehin bald zu Ende.«

»Was meinst du?«

»Na ja, sie sind sozusagen vom Aussterben bedroht. Matthias hat keine Familie und Estelle auch nicht.«

»Aber sie sind doch beide noch jung!«, entfuhr es mir etwas zu laut, sodass wir zum Koch hinüberschauten, der auf der anderen Seite der Küche in den dampfenden Kochtöpfen rührte. Zum Glück schenkte er uns überhaupt keine Beachtung. »Was nicht ist, kann doch noch werden!«, raunte ich ihr in angepasster Lautstärke zu. Eigentlich wusste ich gar nicht, warum ich mich darüber so aufregte.

»Bei Estelle ja, vielleicht findet sie ja noch einen vernünftigen Mann, der sie ein wenig erdet. Weil, ein bisschen over the top ist sie ja schon. Leicht durchgeknallt. Aber Matthias von Ehrenfelsen ist komplett beziehungsgestört, das wird nie mehr. Du glaubst ja nicht, wie seine letzte Beziehung endete, es war das reinste Liebesdesaster! Und es ist jetzt schon ganze drei Jahre her, dass …«

»Nein!«, rief ich, sprang auf und drückte meine Handflächen gegen meine Ohren. »Hör auf, bitte, ich will das nicht wissen«. Ein Teil von mir wäre schon sehr neugierig gewesen und hätte gern mehr erfahren. Warum hatte Matthias keine Partnerin? Er war doch ein unglaublich attraktiver Mann! Was mochte passiert sein? Aber ein anderer Teil von mir wollte nicht zulassen, dass Erika in dieser Art hinter seinem Rücken über ihn tratschte. Es kam mir vor, als würde sie einen Eimer voll Dreck über ihm ausschütten. Und da wollte ich nicht zusehen beziehungsweise zuhören. Immerhin hatte er mir eine Chance gegeben, mich angestellt und unter seinem Dach einziehen lassen. Und für Estelle empfand ich aufrichtige Freundschaft. Sie war unkonventionell, zu allen Lebewesen freundlich und sprühte vor Leben. Es war nur eine Frage der Zeit, bis sie sich für den richtigen Mann entscheiden würde. Ich stürmte hinaus und ließ Erika mit den restlichen Kartoffeln allein sitzen. Es waren jetzt ohnehin nicht mehr viele übrig. Eine Pause hatte ich dringend nötig.

9 Die Herde der schwarzen Schafe

Mir war bewusst, dass Erika vermutlich übertrieben hatte, so wie immer. Nicht umsonst wurde sie von den anderen Kollegen augenzwinkernd als Radio Erika bezeichnet, wenn sie nicht dabei war. Bestimmt war es mit den finanziellen Aussichten nicht ganz so schlimm, wie sie es dargestellt hatte. Zumindest hoffte ich das. Obwohl es auf der Hand lag, dass die Umsätze der Ehrenfelsener Betriebe die Kosten ganz bestimmt nicht deckten. Das war traurig, aber was konnte ich schon tun, um die Familie Ehrenfelsen zu unterstützen? Nicht viel, außer mein Bestes bei der Arbeit zu geben, auch wenn ich nur ein winzig kleines Rädchen in der Maschinerie war.

Mittlerweile war ich schon über einen Monat hier und heute würde ich mich endlich meinen eigenen Familienangelegenheiten widmen. Es war Zeit, meinem Opa Johannes einen Besuch abzustatten. Und ich würde nicht mit leeren Händen kommen. Estelle hatte mir vom Bauernhof frische Eier mitgebracht und Gemüse, das gerade reif war. Es gab Paprika, Tomaten, Zucchini und grüne Bohnen. Außerdem ein paar schöne frühe Äpfel und je ein Glas Erdbeer- und Marillenmarmelade. Dafür verweigerte sie jegliche Bezahlung und meinte, dass ich das schon mehrfach abgearbeitet hätte. Kein Wunder, dass sie mit den Finanzen nicht zurande kamen, wenn sie alles so freigiebig verschenkten. Als Ausgleich legte ich heimlich 20 Euro in die Kasse des Souvenirshops.

Dann gab ich alles in einen geflochtenen Korb und machte mich damit auf zu Johannes Gruber Senior, meinem leiblichen Opa, der nicht wusste, dass ich sein Enkelkind war. Ich wollte ihn besser kennenlernen und hoffte, in ihm nicht nur einen Blutsverwandten, sondern auch eine verwandte Seele zu treffen. War dies das Ende des Unverständnisses, dem ich zu Hause oftmals begegnet war? In meiner eigenen Familie fühlte ich mich so anders, nicht einmal wie ein schwarzes Schaf unter weißen, sondern eher wie ein Schaf inmitten einer Kuhherde. Man erkannte Ähnlichkeiten mit den anderen Mitgliedern der Herde, man wusste, man gehörte ebenfalls zur Familie der Paarhufer, aber das war schon alles, weil man von den anderen einfach nicht verstanden wurde. Johannes Gruber Senior war vielleicht ein Teil meiner Herde, eines meiner vermissten Schafe. Ihn kennenzulernen, bedeutete, mich selbst kennenzulernen. Allein der Gedanke daran befeuerte mich, brachte mich innerlich zum Kribbeln und durchströmte mich mit Energie. Und außerdem hoffte ich, noch mehr über meine Schwester zu erfahren.

Hinunter in den Ort Ehrenfelsen waren es nur wenige Kilometer und ich parkte vor seinem Haus, das ich ja vom Tag des Supermarktbesuches kannte. Jetzt bekam ich doch wieder Zweifel, ob es ihn nicht misstrauisch machen würde, wenn ich aus heiterem Himmel bei ihm auftauchte. Was würde er von mir denken? Würde er mich vielleicht doch noch für eine Betrügerin halten, die sich an die Ersparnisse eines alten Mannes heranmachen wollte? Aber was wäre ich für eine schlechte Gaunerin, würde ich mich bei einem offensichtlich verarmten Menschen einschmeicheln, der die Abfallcontainer durchsuchte. Was sollte es bei ihm zu erbeuten geben, Plastiktüten vielleicht? Nein, richtige Trickdiebe machten sich an die wohlhabenden Leute ran, das wusste man doch aus der Zeitung. Eher würde er mich für eine Frau mit einem guten Herzen halten, die sich um ihre Mitmenschen kümmerte. Das hoffte ich zumindest. Mit zitternden Fingern löste ich meinen Sicherheitsgurt und griff nach dem Korb mit den kleinen Aufmerksamkeiten. Wieder einmal musste ich meine Komfortzone verlassen. Mein Happy Beginning war nah, spornte ich mich selbst an.

Mit pochendem Herzen ging ich auf das kleine Häuschen mit den hübschen Blumenbeeten im Vorgarten zu und atmete noch einmal tief durch. Ein einfacher Holzlattenzaun umfasste das Grundstück und aus dem Nachbargarten bellte mich ein Hund an. Entschlossen drückte ich auf den Klingelknopf und nun gab es kein Zurück mehr.

Nach einigen Sekunden sah ich, wie sich der Vorhang hinter einem der beiden Fenster bewegte. Kurz darauf öffnete sich die Haustür und mein Opa trat halb aus ihr heraus.

»A wer do?«, rief er mir zu. Dass das ›A‹ im kärntnerischen Dialekt eine Frage einleitet, hatte ich inzwischen gelernt.

»Ich bin's, die Annette aus Deutschland! Wir kennen uns vom … Supermarkt. Ich bringe ein paar Leckereien«, rief ich ihm mit kratziger Stimme zu. Dabei hob ich den

Korb an und streckte ihn ihm entgegen, als wollte ich ein scheues Eichhörnchen mit Nüssen locken. Würde er von der Haustür aus überhaupt irgendetwas vom Inhalt erkennen können? Vermutlich nicht. Opa sagte keinen Ton. Erkannte er mich nicht wieder? Doch da setzte er sich in Bewegung und kam über den schmalen mit Pflastersteinen ausgelegten Weg auf mich zu. Über das Gartentor hinweg musterte er mich, dann schloss er auf.

»Hallo!« Mein Lächeln war so bemüht, als hätte ich den höchsten Vorgesetzten meines ehemaligen Berliner Konzerns vor mir.

»A bist du von da Khrchn?«, sagte er nach einer gefühlten Ewigkeit. Ich überlegte fieberhaft, was er damit meinen könnte. *Khrchn*, ein Wort ganz ohne Vokale. »Der Pfarrer gibt nicht auf, oder?« Jetzt fiel bei mir der Groschen: Opa dachte, die Kirche schickte mich. Er switchte wieder auf Hochdeutsch um. Dabei sprach er die Worte so laut und deutlich wie schon bei unserem Kennenlernen, als würde er zu einem dreijährigen Kind sprechen. Zur Unterstützung formte er die Selbstlaute mit seinem Mund überdeutlich nach. Fast musste ich lachen, denn wäre sein Gesicht jetzt noch weiß angemalt und wären seine Lippen schwarz umrandet, würde er aussehen wie ein perfekter Pantomime. Nun hielt ich den Korb hoch und säuselte: »Nur ein paar Kleinigkeiten.«

»Aha.« Neugierig warf er einen Blick hinein. Was er darin sah, schien seine Zustimmung zu finden, denn die Haut um seine Augen warf Wellen wie der See, wenn eine sanfte Brise wehte. »Kommst du rein?« Mit einer einla-

115

denden Handbewegung trat er einen Schritt zur Seite und ließ mich in seinen Garten, dann folgte ich ihm zum Haus.

In Anbetracht unseres Kennenlernens bei den Containern hatte ich mich in Bezug auf seine Wohnsituation auf Unordnung eingestellt. Zum Beispiel auf Zeitschriftentürme, die sich bis zur Decke stapelten, mit nur schmalen Durchgängen zwischen Schlafstelle und Toilette. So etwas in der Art. Insofern war ich von dem, was ich vorfand, äußerst positiv überrascht. Denn so wie auch der kleine Garten, war das Innere seines Hauses sehr schlicht, aber sauber und aufgeräumt. Durch einen kleinen Flur ging es in die Küche, in der sich auf dem Tisch einzig eine aufgeschlagene Tageszeitung und eine Tasse Kaffee befanden. Die funktionale Einrichtung des kleinen Raumes mit den einfachen Schränken, einer kleinen Abwaschgelegenheit und einer grauen Arbeitsplatte war bestimmt der Verkaufsschlager in den 1980er Jahren gewesen. In dieser Form hatte sie schon ein jeder bei seinen Großeltern gesehen.

Den Korb stellte ich auf der Arbeitsplatte ab und breitete seinen Inhalt auf ihm aus. Dabei lernte ich eine neue Vokabel. Strankale nannte man hier die grünen Bohnen, wie niedlich! Als ich versuchte, das Wort nachzusprechen, lachte Opa herzlich auf. Dann bot er mir einen Kaffee an, unter der Voraussetzung, dass ich ihm nichts von Jesus Christus, Maria oder dem örtlichen Pfarrer erzählen würde, was ich ihm sofort versprach. Ich ließ ihn in dem kleinen Irrglauben, dass ich eine Abgesandte der örtlichen Kirchengemeinschaft wäre.

116

An der Wand oberhalb vom Küchentisch hing eine blasse Fotografie, die auf Poster-Maße vergrößert war. Darauf war mein Opa als junger Mann an der Seite einer attraktiven blonden Frau abgebildet. Voller Interesse betrachtete ich die beiden. Wenn das Pärchen Mikrofone in der Hand gehalten hätte, wäre es bei schnellem Hinschauen als Agnetha und Björn von ABBA durchgegangen. Die Frau musste meine Oma gewesen sein. Opa bemerkte meinen Blick.

»Das war Maria, meine Frau. Sie ist leider schon gestorben. Krebs.« Seine Augenpartie bog sich parallel zu seinen Mundwinkeln nach unten, er sah herzzerreißend traurig aus. Wie sehr schmerzte ihn ihr Verlust immer noch und ich litt mit ihm. Wenn ich als junger Mensch schon mit Einsamkeit zu kämpfen hatte, wie schwierig musste das dann erst für ihn sein? Peter hatte ich ja auch sehr vermisst, dabei waren wir nur drei Jahre zusammen gewesen und nicht ein ganzes Leben wie meine Großeltern, die gemeinsam eine Familie und ein Heim aufgebaut hatten. Am liebsten hätte ich ihn jetzt in den Arm genommen, aber das war natürlich nicht möglich, ich war ja eine Fremde für ihn.

»Was für eine schöne Frau sie gewesen ist! Habt ihr Kinder?« Die Chance zu diesem perfekten Übergang musste ich nutzen. An den Wänden konnte ich keine weiteren Fotografien entdecken, weder von seinem Sohn Johannes Junior noch einer Enkelin. Da zog er seine Brieftasche hervor und nahm ein Passfoto heraus, das er wohl schon einige Jahre mit sich herumtrug, denn von dem

Stück Papier lächelte mir mein Vater als junger Mann im Alter von ungefähr zwanzig Jahren entgegen.

»Das ist mein Sohn, vielleicht hast du schon von ihm gehört. Johannes Gruber Junior, er ist Sternekoch und betreibt mehrere Lokale in Kärnten. Sogar am Wörthersee, da ist er so eine Art Promi.« Vor allem das letzte Wort sprach er aus wie den medizinischen Fachbegriff einer Untersuchung, bei der ein Schlauch eingeführt wird. In seiner Stimme lag weniger Stolz, als man vermuten könnte, sondern eher Bitterkeit. Zwischen Vater und Sohn dürfte tatsächlich einiges im Argen liegen!

»Ja, ich glaube, ich kenne ihn, Sie müssen mächtig stolz auf ihn sein«, bohrte ich deshalb nach.

»Na ja. Aus der Ferne vielleicht. Weil wenn ich ihn sehen will, dann muss ich in die bunte Sonntagsbeilage der Zeitung schauen.« Da hatte ich den Beweis: Wie schon vermutet, kümmerte sich mein Vater Johannes Gruber Junior nur um die eigene Karriere und seinen alten Vater überließ er sich selbst. Nicht nur ich war von meinem Vater im Stich gelassen worden, sondern auch mein Opa. Wir beide waren also wirklich Seelenverwandte und Schicksalsgenossen, zwei schwarze Schafe die sich über die Weidezäune des Lebens hinweg gefunden hatten. Nun könnten wir eine eigene kleine Herde von schwarzen Schafen werden. In mir stieg eine Welle der Sympathie, des Mitgefühls und der Verbundenheit auf. Meine Kehle verengte sich und ich spürte, wie sich in meinem Auge eine Träne bildete. Es überkam mich und ich legte meine Hand auf die seine.

»Na, na, ihr Kirchgänger seids immer so nah am Wasser gebaut«, sagte er und tätschelte meine rechte. »Deswegen musst du doch nicht gleich heulen«.

Nun musste ich lachen, er hatte so eine erfrischende direkte Art an sich, frei von Pathos und Rührseligkeit. Das mochte ich sehr an ihm und ich erkannte eine weitere Gemeinsamkeit zwischen uns, war ich doch zu Hause auch das Motzbirnchen.

»Siehst du, jetzt tuast du Tschentschen«, sagte er lachend. »Blean und lochn zgleich. Weinen und Lachen zur selben Zeit.«

Mit einem Grinsen wischte ich mit dem Ärmel meines Shirts über mein Auge. Wir sahen uns verschmitzt an und ich fühlte diese spezielle Verbindung zwischen uns. Kein Wunder, denn in unseren Adern rann dasselbe Blut. Spontan lud ich ihn ein, mich in den nächsten Tagen bei meiner Arbeit auf dem Campingplatz besuchen zu kommen, denn ich hätte dort ein hervorragendes Mittagessen für ihn. Diese Einladung brachte sein Gesicht zum Leuchten wie einen Lampion, in dem man eine Kerze entzündet hatte. Ja sicher, er würde kommen!

10 Kaulquappen

Als ich zurück in meinem Zimmer war, fühlte ich mich zufrieden und leicht wie ein Paragleiter im Aufwind. Und ich verspürte auch ein wenig Stolz, denn ich hatte meine Scheu überwunden und ein zweites allein herumirrendes Schaf gefunden. Bestimmt hatte ich einen großen Schritt in Richtung meines Happy beginnings gemacht. Ich hatte meine Vermutungen zu meinem Vater bestätigt gefunden, war meinem Opa nähergekommen und konnte optimistisch der Zukunft entgegensehen. Vielleicht würde ich sogar bald mehr über meine Halbschwester in Erfahrung bringen.

Es war ein angenehmer Nachmittag Mitte September und ich empfand Unternehmungslust in mir sowie kribbelnde Neugierde auf das Leben da draußen vor meiner Tür. Diese Empfindung hatte ich schon lange nicht mehr gehabt und beschloss daher, einen Spaziergang durch den Wald zu machen. Vielleicht wäre mir sogar warm genug, um noch einmal in den See zu springen. Deshalb schlüpfte ich in meinen Bikini und, passend zum Wetter, in hellblaue Shorts und ein weißes Top. Schnell packte ich ein Badetuch und irgendein Buch in meine Tasche, zog meine Turnschuhe an und machte mich auf den Weg. Erst schlenderte ich den Weg hinab, der entlang des steinernen Walls durch die vier Wehrtore führte. Dann folgte ich einem Pfad in den angenehm schattigen Wald hinein, in dem sich Nadelhölzer und Laubbäume abwechselten. Die Luft roch nach Moos, Blättern und feuchter Erde. Eine echte Wohltat! Fast fühlte ich mich wie in einer begehbaren Klimaanlage, die ganz ohne Strom auskam. Die Sauerstoffproduktion konnte ich direkt wahrnehmen, die ringsherum um mich stattfand und ich sog die Luft tief in meine Lungen ein. An einer etwas abgelegenen Stelle des Waldes summten und brummten einige Bienenstöcke. Ansonsten vernahm ich kaum einen Laut, abgesehen von Vogelgezwitscher und dem leisen Rauschen der Blätter.

Die Stille und die Schönheit der Natur genoss ich heute wieder einmal sehr. In unserer gemeinsamen Zeit in Berlin waren Peter und ich viel zu selten draußen gewesen. Er hatte sich als Karrieremensch hinter seinem Schreibtisch ohnehin am wohlsten gefühlt. Und während einer unserer seltenen Urlaubsreisen hatte er seinen Laptop sogar zum Pool mitgenommen!

Der Waldspaziergang hatte eine reinigende Wirkung auf meine Gedanken. Es war das erste Mal, seitdem Peter sich von mir getrennt hatte, dass ich ganz ohne Schmerz an diese Zeit zurückdachte. Auf einmal fühlte ich mich tatsächlich beinahe happy, einfach so, aus heiterem Himmel. Vielleicht hatte ich die Vorstufe zu happy erreicht, die man gemeinhin vermutlich Zufriedenheit nannte. Dies empfand ich als passenden Moment, um mich wieder einmal bei meinem dynamischen Duo in Deutschland zu melden und so zog ich mein Handy aus der Tasche. Lächelnd machte ich ein Erinnerungs-Selfie von mir und einem Baum. Danach lud ich es gleich auf Whatsapp hoch.

Am Badestrand angekommen suchte ich mir eine schöne Stelle, von der ich den belebten Steg im Auge hatte. Ich ließ mich auf dem Handtuch nieder und legte das Buch erst einmal neben mich, denn hier wurde stets bestes Unterhaltungsprogramm geboten. Jungen im Teenager-Alter versuchten erfolglos, ein paar Mädchen über den Steg ins Wasser zu schubsen und landeten schließlich selbst darin. Die Szenerie war so idyllisch, was brauchte man mehr als den See, den Wald und die Berge herum? Na ja, vielleicht ein paar Freunde und Familie, gab ich mir die Antwort gleich selbst. Da hörte ich ein vertrautes Klimpern und ich wandte mich dem Geräusch zu.

»Hallo, Bobby!« Ich kraulte ihn hinter den Ohren und wehrte seine feuchten Küsse ab. Sein Schwanz rotierte wie Scheibenwischerblätter im Starkregen. Matthias hatte einen grünen Stoffrucksack geschultert, aus dem eine Angelrute herausschaute. In der Hand trug er einen Eimer.

Sein Haar war leicht zerzaust und verlieh seinem Gesicht zusammen mit dem kurzgeschnittenen Bart etwas Verwegenes.

Er stellte den Eimer und den Rucksack zu seinen Füßen ab. »Warst du schon einmal auf dem See? Ich fahre zum Fischen mit dem Boot raus, möchtest du mitkommen?«

Angesichts meiner heimlichen Schwäche für ihn hielt ich das für keine allzu gute Idee. Statt einer Antwort lächelte ich entschuldigend und tippte auf mein Buch.

»Die tausendjährige Geschichte der Burg Ehrenfelsen«, las Matthias vom Cover ab. »Du bist wirklich eine vorbildliche Mitarbeiterin. Aber alles, was da drin steht, kannst du auch von einem echten Ehrenfelsener live und aus erster Hand hören, sofern du mitkommst«.

Da musste ich schmunzeln und überlegte. Das war vielleicht eine gute Gelegenheit, denn tatsächlich hatte ich mir schon öfter überlegt, beim Verleih einmal ein Tretboot zu mieten und hinauszufahren. Es sah so heimelig aus, wenn die kleinen Schiffe wie Nussschalen auf dem See unterwegs waren. Bisher hatte ich allerdings noch nie die Zeit dazu gefunden. Außerdem konnte ich das gesparte Geld meinem Opa in Form von Lebensmitteln zukommen lassen. Also gab ich mir einen Ruck. Warum nicht, es handelte sich doch bloß um einen netten Ausflug unter Arbeitskollegen. Ich würde mich einfach zusammenreißen und gar nicht auf sein schönes Lächeln und seine blauen Augen achten.

»Also gut!«

Er half mir auf, indem er mir seine rechte Hand reichte und mich so mühelos und schwungvoll auf die Beine hievte, dass es danach in meinen Fingerspitzen lebhaft pulsierte. Als ich mir meine Shorts und das T-Shirt über meinen Bikini zog, wandte er sich dezent ab.

Nebeneinander schlenderten wir zum Bootssteg, der ein paar Minuten entfernt war. Bobby lief in Ping-Pong-Manier hin und her. Erst stürmte er voraus, drehte um und trabte wieder zu uns zurück. Bei uns angelangt, bellte er Matthias an und lief dann schwanzwedelnd wieder voraus.

Am Steg waren kleine Segelboote, Elektro- und Ruderboote vertäut. Wir hielten an einer grünen Zille und Matthias knotete das Gefährt los. Dann nahm er mir meine Tasche ab und reichte mir die Hand. Wie sollte ich jetzt in dieses wackelige kleine Schiffchen hinuntersteigen?

Als ob er meine Gedanken erraten hätte, sagte er grinsend: »Du kannst doch schwimmen, oder?«

»O Gott, ich sehe gerade diese Pleiten, Pech und Pannen-Momente vor mir, bei denen am Ende alle im Wasser liegen«, stöhnte ich.

»Was meinst du, sollte ich vielleicht mein Handy schon mal herausholen?«

»Untersteh dich!« Lachend ergriff ich seine Hand und setzte meinen Fuß auf das Wasserfahrzeug, das erstaunlicherweise nur leicht schaukelte, als ich hineinkletterte. Rasch krabbelte ich auf die andere Seite und nahm auf der hölzernen Sitzfläche am hinteren Ende Platz. Bobby musste als nächstes hineinspringen und mir entfuhr ein kleiner Schrei, als das Boot unter seiner Masse zu schaukeln begann. Doch offensichtlich machten sie das nicht zum ersten Mal, denn Bobby setzte sich sogleich in der Mitte routiniert auf sein Hinterteil. Daraufhin legte Matthias seinen Rucksack, den Eimer und meine Tasche an Bord und stieg mit Schwung ebenfalls hinein, worauf das Boot vom Steg ablegte. Nun setzte er sich mir gegenüber an das andere Ende, Bobby saß zwischen uns. Dann ließ er die Ruder ins Wasser und paddelte uns mit gleichmäßigen kräftigen Schlägen rücklings Richtung Mitte des Gewässers.

Ich lehnte mich zurück und genoss die gemütliche Fahrt. Unser Boot glitt scheinbar mühelos unter seinen Paddelzügen dahin, ich spürte den sanften Fahrtwind in meinen offenen Haaren und tauchte die Fingerspitzen meiner rechten Hand ins Wasser. Sie wurden von dem erfrischenden Nass umspült und es roch nach einem schönen Septembertag am See: ein bisschen schlammig, ein wenig nach meiner Sonnencreme und nach viel Leichtigkeit. Es war ein besonderes Erlebnis, die Kulisse der Berglandschaft von dieser Perspektive aus zu betrachten, und die sich dem Horizont entgegenneigende Nachmittagssonne, die mir ins Gesicht schien, brachte mich zum Lächeln. Ohne ein Wort zu sagen, schnellten auch die

Mundwinkel meines Ruderers in die Höhe, als wir uns in die Augen sahen. In meinem Bauch begann es zu prickeln, als würden kleine Luftblasen darin aufsteigen. Das war jetzt eindeutig ein richtiger Glücksmoment, eine weitere Steigerung meines zufriedenen Zustandes von vorhin im Wald. Deswegen wollte ich ihn auch unbedingt festhalten. Mit dem Handy knipste ich erst Bilder von der Landschaft und danach schoss ich ein Selfie von Bobby, Matthias und mir. An diesen Tag wollte ich mich mein Leben lang gern zurückerinnern. Gleich machte ich mich daran, auch die neuen Fotos in meine Happy-Beginning -Gruppe hochzuladen.

»Du bist doch nicht etwa auf Facebook oder Instagram?«, wollte Matthias wissen.

»Nein, ich schicke die Bilder meiner Mutter und meiner Oma, wir haben nämlich eine Whatsapp-Gruppe. Manchmal veralbere ich sie ein wenig, das hält sie nämlich jung! So wie damals, als ich das Bild mit den ausgestreuten Chips am Ufer gemacht habe, weißt du noch? So, ich hab es abgeschickt. Und jetzt glauben die sicher, du bist mein neuer österreichischer Freund.« Ich kicherte.

»Aha.«

»Keine Sorge, ich schreibe gleich dazu, dass du nur mein Chef bist.« Die Miene, die er jetzt aufsetzte, war nicht zu deuten. Nachdem ich meine dunkle Sonnenbrille aus der Tasche geholt hatte, setzte ich sie mir auf und beobachtete aus den Augenwinkeln den glitzernden See. Und auch ein wenig die Muskeln an Matthias´ Schultern, die beim

Rudern unter seinem Hemd hervortraten wie kleine Maulwurfshügel.

Nach einigen Minuten hörte er auf zu paddeln.

»Ich glaube, hier werden wir etwas fangen.« Er holte die Angelrute aus seinem Rucksack und fuhr sie wie ein Teleskop auf ihre ganze Länge aus. Danach befestigte er zum Anlocken der Fische ein Stück Mais am Haken und zupfte an einem bunten fingerlangen Stück Plastik herum, das er als Schwimmer bezeichnete. Schließlich warf er das Ende so schwungvoll aus, dass es einen Steinwurf weit flog und platschend im Wasser landete. Der Haken mit dem Korn ging unter und nur der Schwimmer blieb an der Oberfläche, zunächst vertikal, wenige Sekunden später senkte er sich horizontal auf die Wasseroberfläche ab. Jetzt ruhte er auf ihr und bewegte sich mit den Wellen auf und ab. »Ich habe leider nur eine einzige Angel dabei, die teilen wir uns.« Er reichte sie mir. »Komm, nimm sie und lehn sie einfach vor dich an die Seitenwand des Bootes. Genau so. Und jetzt ist die harte Arbeit getan und wir können eine Pause machen und warten, bis ein Fisch anbeißt. So ungefähr die nächsten ein bis zwei Stunden«. Grinsend setzte er sich auf den Boden des Bootes. Seinen Rücken lehnte er entspannt gegen die Wand.

»Und so etwas nennt sich Sport?«, stichelte ich.

»Schachspielen ist auch Sport«, konterte Matthias. »Du darfst den Schwimmer nicht aus den Augen lassen. Sobald er sich bewegt oder sogar aufstellt, haben wir einen Fisch an der Angel.«

Ich beobachtete den Schwimmer, der sich auf sanften Wellen gleichmäßig dahinbewegte und eine ähnlich hypnotische Wirkung wie das Pendel des Hexers auf mich ausübte. In der Abendsonne glitzerte der See wie eine Schatzkammer und spielte meinen Augen, die auf den Schwimmer fixiert waren, ab und an einen Streich. Abrupt zuckte ich zusammen, denn ich dachte, er hätte sich bewegt, als ob ihn etwas hinabziehen wollte. Dadurch, dass man auf den Schwimmer aufpassen musste, hatte man nicht das Gefühl, gar nichts zu tun. Jeden Moment konnte ein Fisch anbeißen, es war spannend und beruhigend zugleich. Das gefiel mir sehr. Wer hätte gedacht, dass Angeln so viel zu bieten hatte? »Wow, das Wasser ist so wunderschön. Ich kann mir fast nichts vorstellen, das mehr den Kopf frei macht als Angeln!«

»Nur Angeln mit Bier entschleunigt noch mehr.« Matthias grinste. »Das nächste Mal. Heute kann ich nur Fischen pur bieten.« Wir lächelten uns an. Nun sah ich ihm direkt in seine dunkelblauen Augen, die nicht nur einen ähnlichen Farbton, sondern auch eine ganz vergleichbare Wirkung auf mich hatten wie der See. Sie hypnotisierten mich und ich konnte mich nicht daran erinnern, dass eine unsichtbare Verbindung in mir jemals so ein heftiges Kribbeln ausgelöst hatte. Es fühlte sich an wie ein Schwarm Kaulquappen, die an den vernarbten Stellen an meinem Herzen zupften und es dadurch zum Hüpfen brachten. In der nächsten Sekunde fühlte ich, wie es auch direkt neben mir eine Bewegung gab. Die Schnur, die an der Angel hinaus zum Wasser führte, rollte sich blitzartig ab. Ich stieß einen Schrei aus, als ich bemerkte, dass der Schwimmer unter die Oberfläche des Sees abtauchte.

»Ein Fisch!«, rief ich und griff nach der Rute wie nach der Sauerstoffmaske bei einem Notfall im Flugzeug. Nicht, dass sie eventuell über Bord ging. Das Jagdfieber ließ das Adrenalin durch meine Adern schießen und ich hörte mich lachen und kreischen gleichzeitig. Bobby bellte das Wasser an und Matthias stand so rasch auf, wie es das kleine Boot erlaubte. Während er sich mir näherte, schwankte es, als wären die Bodenplanken eine Wippe. Nun waren wir alle drei auf meiner Seite der kleinen Nussschale und sie bekam Überhang. Mir wurde unsere gefährliche Schieflage bewusst und ich hielt den Atem an. Matthias auch, denn er blieb schlagartig stehen und streckte die Hand nach der Rute aus.

»Gibst du sie mir?« Mit der Angel, an deren Schnur vermutlich ein Riesenfang zappelte, bewegte er sich auf seine Seite unseres kleinen Kahnes zurück. Es war so spannend! Am liebsten wäre ich wie ein Kind vor Aufregung auf- und abgehüpft, als er begann, an der Kurbel zu drehen. Dadurch wurde die Angelschnur langsam aufgerollt und der Fisch an die Oberfläche befördert. Ich konnte kaum erwarten zu sehen, was da am Haken hing.

»Hier, jetzt du, dreh an der Kurbel!« Er wollte mir die Rute zurückgeben, aber ich versuchte sie abzuwehren, denn ich wollte nicht für den Misserfolg verantwortlich sein, aber bei dem hin und her wackelte das Boot wie bei Windstärke acht.

»Komm, wir machen es gemeinsam.« Matthias reichte mir die linke Hand und zog mich zur Mitte hin, Bobby musste auf Matthias Platz ausweichen und wir ließen uns hintereinander auf der hölzernen Mittelbank nieder. Es war ein Eiertanz auf hoher See. Nun saßen wir so wie am Tag des Gewitters auf dem Roller, nur diesmal in umgekehrten Positionen. Ich war vorn und Matthias hatte die Arme von hinten um mich gelegt, um mit mir gemeinsam die Angel zu halten. Mein Puls, der vorhin schon geflogen war, war kurz davor, die Schallmauer zu durchbrechen. Wir kurbelten und ich konnte das Gewicht des Lebewesens spüren, das an der straff gespannten Schnur hing und dagegen ankämpfte, von uns hinaufgeholt zu werden.

»Kennst du den Film Der Weiße Hai?«, fragte Matthias, während wir sachte kurbelten.

»Ja, ich muss gerade an die Szene denken, in der der Hai das Boot unter Wasser zieht.« Die Vorstellung erheiterte mich und ich kicherte.

»Jetzt kommt er hoch«, kündigte Matthias das Auftauchen der Bestie an. Wenige Sekunden später nahmen wir eine Bewegung unter der Wasseroberfläche wahr, ein dunkler Schatten näherte sich und tauchte wieder ab, worauf sich die Spitze unserer Angelrute durchbog.

»Hast du das gesehen?«, rief ich aufgeregt. Wir kurbelten weiter und nun tauchte unsere Beute direkt neben uns auf.

»Oh!« Unser Gegner war viel kleiner, als ich gedacht hatte. Erstaunlich, was ein Tier in der Größe eines sehr dicken Goldfisches für Kräfte entwickeln konnte.

»Annette, du hast einen Baby-Karpfen gefangen.«

»Besser einen Baby-Karpfen als einen verschlammten Reifen.«

Matthias lachte und holte ein verstärktes Netz aus seinem Rucksack hervor, das er Kescher nannte. Damit konnte er ihn aus dem Wasser heben. Bobby bellte. Der Karpfen strampelte mit gesamtem Körpereinsatz, als wollte er vor uns davonfliegen. Ganz sachte drückte Matthias ihn mitsamt dem Netz auf seine Knie, sodass seine Lederhose in kürzester Zeit nass war. Der Fisch tat mir furchtbar leid, bestimmt erlebte er gerade den Schock seines Lebens.

»Was machst du jetzt mit ihm? Du schlägst ihm doch nicht den Schädel ein, oder?«

»Mit einem Teelöffel vielleicht?« Er grinste. »Nein natürlich nicht! Jetzt hol ich den Haken raus und dann darf er wieder zu seiner Mama zurück.« Matthias war unglaublich geschickt und holte den kleinen gebogenen Draht mit geübten Handgriffen aus dem weit aufgerissenen Maul. Er erklärte mir, dass er an diesen Metallteilen vorab immer die Widerhaken mit einer Zange abzwickte, damit die Tiere nicht verletzt würden. Fasziniert schaute ich ihm zu. Nach wenigen Sekunden war die Operation gelungen und ich streichelte dem Kleinen zum Abschied über seine nasskalte Haut. Als ich seine schleimigen Schuppen berührte, stellten sich mir die Nackenhaare auf, aber ihm ging es beim Fühlen meiner trockenen warmen Finger wahrscheinlich genauso.

»Komm, jetzt entlassen wir ihn in die Freiheit. Letzte Abschiedsworte?«, fragte Matthias.

»Noch ein schönes Leben, kleiner Nemo, und halt dich von den Anglern fern«, sagte ich. Matthias schmunzelte und ich positionierte meine Hand auf seiner, die den Fisch sanft auf die Wasseroberfläche legte. Wir lehnten ziemlich verkrampft nebeneinander an der Bootswand, denn wir mussten stets darauf achten, keinen Überhang zu bekommen, sonst wären wir vielleicht doch noch umgekippt. Als das kleine Lebewesen sein Lebenselixier spürte durchzuckte es ein Energiestoß und fort war es, mit einem letzten Spritzer seiner Hinterflosse, der uns voll erwischte. »Volltreffer!« Glucksend trocknete ich mir das Gesicht an meiner Schulter. Auch Matthias hatte etwas abbekommen und Tropfen liefen von seinen Haaren und seinen Bartstoppeln. Er sah mich plötzlich ganz ernst an und seine blauen Augen waren so dicht vor mir, dass ich die hellen Pigmente darin erkennen konnte. Wie der Himmel über dem See und die Sonnenstrahlen hinter den Bergen. Waren es diese Sprenkel, die seine Augen so anziehend machten? Wie von selbst beugte ich mich zu ihm hinüber und streckte meine Hand aus, um ihm die glitzernden Tröpfchen von seinen Grübchen zu streichen. Dabei kamen sich unsere Gesichter so nahe wie nie zuvor. So nahe, dass mich sein unverkennbarer Geruch nach Leder, Wald und Aftershave gefangen nahm. Unsere Blicke verhakten sich ineinander und lösten wohlige Schauer ähnlich elektrischer Impulse aus, die durch meinen Körper jagten und meinen Atem beschleunigten. Mein Blick wanderte zu seinen Lippen und mein Herz begann vor Aufregung zu stolpern. Was passierte hier gerade? Da zuckte er zusammen und ich ließ meine Hand rasch wieder sinken. Hatte er auch bemerkt, dass das Boot schon wieder dabei war, aus dem Gleichgewicht zu geraten, weil Bobby sich auf uns zubewegte? Matthias hielt den Kahn in Balance, indem er sich rasch auf die gegenüberliegende Seite lehnte.

»Bobby, ich glaub, du hast genug für heute, oder?« Er tätschelte seinem Hund den Hals. Der intime Moment war so schnell verflogen, wie er gekommen war. Matthias verstaute alle Utensilien wieder in seinem Rucksack und ruderte uns zum Steg zurück.

Der Nachmittag war rasend schnell vergangen und es war mittlerweile fast dunkel, als wir in den Wohntrakt der Burg zurückkehrten.

»Danke für den erfrischenden Ausflug«, sagte ich zu Matthias, als wir an der Tür Nummer 4 angekommen waren.

»Also hast du deine Meinung übers Fischen geändert?«

»Ja. Es liegt mir mehr als Schachspielen«. Mit geübten Bewegungen schloss ich auf und drehte mich dann noch einmal zu ihm um. »Gute Nacht.«

»Wünsch ich dir auch, schlaf gut.« Er zögerte und betrachtete mich, als wollte er noch etwas loswerden. Sein Mund öffnete sich ganz leicht und ein sanftes Lächeln umspielte seine Lippen. Ob sie sich so weich anfühlten, wie sie aussahen? Mein Herz begann schon wieder unruhig zu pochen, als er mir in die Augen blickte. Deren Blauton schien sich wie ein Chamäleon an seine Umgebung anzupassen. Vorhin am Boot hatten sie mit dem Himmel um die Wette gestrahlt und jetzt schimmerten sie fast grau wie der ewige Stein, aus dem die Burg erbaut war. Würde er vielleicht fragen, ob ich beim nächsten Mal wieder mit raus auf den See käme? Wo ich mich doch heute so geschickt angestellt hatte? Ich stellte fest, dass der Gedanke daran meinen Puls zum Rasen brachte.

»Na los, frag schon!«, dachte ich.

»Gute Nacht«. Abrupt löste er seinen Blick von mir, wandte sich ab und ging in Richtung Treppe. Bobby folgte ihm und nachdem sie hinter der Ecke verschwunden waren, hörte ich nur noch sein Halsband klimpern.

11 Schmetterlinge

Die Tage wurden kürzer und die Nächte kühler, so wie es Mitte September üblich war. Ich war am Ufer unterwegs und leerte die Mülleimer, die an diesem freundlichen Vormittag so gut wie leer geblieben waren, genauso wie sich die Reihen der Gäste auf dem Campingplatz lichteten. Nebenher pflückte ich Blumen, die am Wasser so massig wuchsen wie Unkraut. Später würde ich die Tische vor dem Kantinenhäuschen damit dekorieren. Mein Atem beschleunigte sich, als ich einen Mann in braunen Lederhosen durch den Wald auf mich zukommen sah. Als ich erkannte, dass es sich nicht um den Burgherrn handelte, atmete ich tief durch. Seit unserem Ausflug am See schlugen die Schmetterlinge in meinem Bauch mindestens drei Mal am Tag falschen Lederhosenalarm. Matthias hatte sich in meine Gedanken geschlichen und ich schalt mich dafür. Obwohl sich die Wiesenmargeriten, die ich gerade pflückte, hervorragend für ein Gottesurteil à la ›er liebt mich, er liebt mich nicht‹ geeignet hätten, verbot ich mir die Nachschau, denn die Antwort lag ja auf der Hand. Erstens hatte es keine Signale dafür gegeben, dass er an mir Gefallen fand. Unsere Annäherung im Boot hatte er beendet, bevor mehr daraus wurde. Und zweitens verkehrte er in ganz anderen Kreisen als ich, die keine Berührungspunkte hatten, außer unser Angestelltenverhältnis. Er war Burgherr und ich ein Plattenbaumädchen, punktum. Mein Kopf verstand das sehr wohl, konnte aber nicht nachhaltig zu den anderen Organen wie Herz und Bauch durchdringen. Ersteres begann beim Gedanken an seine blauen Augen zu pochen und letzterer hoffte darauf, dass er vorbeikommen würde, um ihm dieses kribbelnde Gefühl noch einmal zu bescheren. Das sind keine Schmetterlinge, sondern maximal Kaulquappen, funkte mein Gehirn durch. Und jetzt musste endgültig Schluss sein mit dieser absurden Schwärmerei!

Ich wischte den Kantinenboden, bis er glänzte und platzierte die Blumen in mit Wasser gefüllten Schnapsgläsern. Dann stellte ich sie auf die Holztische vor dem Häuschen, an denen die verbliebenen Gäste zu Mittag essen würden. Bei dem Anblick brummte mein Kollege Robert wie ein Kühlschrank mit geringer Energieeffizienz.

»Lai lasn«, stöhnte er, was man mit »Bitte mach nicht so viel Stress« übersetzen konnte.

Um zwölf kam das Menü des Tages vom Burgrestaurant: Kärntner Kasnudln. Diese mit Käse gefüllten Teigtaschen, serviert in zerlassener Butter, waren Kalorien, die die Seele streichelten. Aber erst legten sie einen Zwischenstopp im Magen ein. Nachdem Robert und ich gegessen hatten, strich er sich den Bauch, stand auf und holte aus einem kleinen Holzschrank eine Schnapsflasche.

Just in diesem Moment schlurfte mein Großvater Johannes Gruber Senior durch den Haupteingang des Campingplatzes. Er war mit seinem Rad gekommen, das er an die Wand neben der Kantine lehnte. Mein Herz machte vor Freude einen Sprung. Er war tatsächlich hier! Lächelnd ging ich ihm entgegen.

»Gott zum Gruße«, sagte er und überreichte mir ein Bild, so groß wie eine Fotografie. Darauf war eine Engelsfigur mit weißen Flügeln und goldenem Haar abgebildet. Ach ja, mich schickte ja die Kirche. Wie lieb war das von ihm, das erste Geschenk von meinem Opa! Sorgfältig verstaute ich das Bild in meinem Rucksack. Dann bekam er von mir eine doppelte Portion Kasnudeln auf den Teller gehäuft.

»Das geht natürlich aufs Haus!« Ich zwinkerte ihm zu und seine Mundwinkel bogen sich nach oben.

»Danke vielmals. Vergelts Gott! Den Schnaps brauch i dann oba a«, sagte er zu Robert. Die beiden kannten sich natürlich, so wie alle in dem kleinen Ort. Mein Kollege schüttete eines meiner Blumendekorationsgläser auf den Boden aus und goss Opa ein Gläschen Schnaps ein. Heute war sein Glückstag, er bekam sogar einen Aperitif. Sein Gesicht strahlte wie eine UV-Lampe.

Ich gab noch einige wenige Essensportionen an Nach-
zügler aus, die etwas spät von einer Vormittagswande-
rung zurückgekommen waren, kassierte und räumte das
benutzte Geschirr ab. Jetzt in der Nachsaison war in der
Kantine generell deutlich weniger los. Robert ging auf
unbestimmte Zeit in die Pause und gelegentlich hörte ich
die beiden Alten kichern. Dann überließ ich sie sich selbst,
denn ein Pärchen wollte mit seinem Campingmobil aus-
checken. Oberhalb der Berge zogen sich Wolken zusammen, es war Regen im Anmarsch.

Nachdem ich die Urlauber verabschiedet hatte, kehrte
ich zur Kantine zurück, wo ein Mann in Lederhosen bei
Opa und meinem Arbeitskollegen stand. Es war diesmal
tatsächlich Matthias. Alarm! Die Schmetterlinge in meinem
Bauch hoben ab, doch ich zwang sie, in Formation zu
fliegen. Tief durchatmend ging ich auf ihn zu. Robert hatte
seine Dauerpause beendet, vermutlich mit dem Eintreffen
unseres Chefs. Nun bemühte er sich betont freundlich um
die Gäste, die noch auf einen Kaffee gekommen waren.
Schon aus einigen Schritten Entfernung erkannte ich, dass
Opas Augen wie Lametta glänzten. Kein Wunder, denn
ein gutes Drittel des Hochprozentigen aus der Flasche war
bereits weg.

Als Matthias mich bemerkte, lächelte er breit. War er
tatsächlich erfreut, mich zu sehen? Aber vielleicht bildete
ich mir das auch nur ein, weil mir selbst so unnatürlich
warm wurde, als wir uns gegenüberstanden.

Zur Ablenkung ging ich in die Hocke und umarmte
Bobby. Seine Lefzen schwabbelten vor Freude. »Na du?

Heute ist eher ein Wetter zum Schach spielen, nichts mit Angeln!«

Gerade frischte der Wind auf und ich spürte den ersten feinen Tropfen auf meinem Gesicht. Prüfend hielt ich die rechte Hand gen Himmel.

»Ich schau mal kurz zum Wasser runter«, sagte Opa, stand auf und wackelte zum See hinunter.

»Ist Johannes ein Freund von dir?«, fragte Matthias.

»Ähm ja, sozusagen … erzähl ich dir alles nachher!« Unauffällig zwinkerte ich ihm zu. Mein Kollege Robert sollte keinesfalls Wind davon bekommen, wie ich zu Johannes Gruber Senior stand.

Erste dicke Tropfen fielen herab. »Wir sollten ihn jetzt besser nach Hause fahren«. Der alte Mann hatte das Ufer erreicht und warf einen Blick in die dort aufgestellte Mülltonne. Als ich das beobachtete, wurde mir ganz anders. Der Arme ließ wirklich keine Gelegenheit zur Notvorsorge ungenutzt verstreichen!

Matthias bot sofort an, ihn und sein Fahrrad mit seinem großen Pickup nach Hause zu bringen, was furchtbar nett von ihm war. Neben Bobby auf dem Rücksitz schielte ich zwischen den vor mir sitzenden Männern hin und her. Beide waren dazu fähig, mein Herz aus dem Takt zu bringen. Links mein Chef, der nicht wusste, dass er mein heimlicher Schwarm war, und rechts mein Opa, der nicht wusste, dass es sich bei der vermeintlichen guten Fee von der Kirche um seine eigene Enkeltochter handelte. Erstaunlich, wie schnell man sich innerhalb von wenigen Wochen ein Doppelleben aufbauen konnte. Als es bereits heftig regnete, bogen wir in Opas Straße ein und ich überlegte fieberhaft, wie ich unauffällig ein weiteres Treffen einfädeln konnte. Da hielten wir schon vor seinem Haus und bevor er aus dem Wagen kletterte, sagte er zu mir: »Also dann, vergelts Gott und bis morgen!«

»Ähm … O ja, bis morgen!« Überrumpelt von der guten Nachricht strahlte ich wie ein amerikanischer Gospelchor am Höhepunkt des Gottesdienstes und schüttelte ihm die Hand zum Abschied. »Ich freue mich jetzt schon darauf!«

Opa stieg mit Matthias aus, der sein Fahrrad entlud, sperrte das Tor auf und schob seinen Drahtesel zum Haus.

Als Matthias und ich zurückfuhren, fühlte ich mich wie auf einer Wolke.

»Woher kennst du ihn?«, fragte Matthias nach einer Weile des einvernehmlichen Schweigens.

»Das ist eine lange Geschichte. Kannst du ein Geheimnis für dich behalten?«

In einer Kurzzusammenfassung erzählte ich ihm, wie ich herausgefunden hatte, dass es sich bei Johannes Gruber Senior um meinen leiblichen Opa handelte, der aber nichts davon wusste und dass es auch so bleiben sollte. Schließlich beendete ich die Berichterstattung mit den Worten: »Ich freu mich so! Aber er tut mir so leid! Stell dir vor, der Arme wird von seiner eigenen Familie im Stich gelassen und muss sich sein Essen aus den Mülltonnen vom Supermarkt holen.«

»Wirklich? Das ist ja schlimm!«

»Es macht doch nichts, wenn er zum Essen zu uns auf den Platz kommt?«

»Natürlich nicht! Du kannst ihm ruhig auch frisches Gemüse und Konserven aus der Küche mitgeben. Mit dir wird es nie langweilig, oder?«

Automatisch musste ich an die Zeit denken, in der der Positionswechsel auf meiner Couch meine einzig spannende Aktivität gewesen war. »Das ist aber auch erst so, seitdem ich in Kärnten bin.«

»Na hoffentlich bleibt das noch lange so.«

Ob er das in Bezug auf meinen Aufenthalt in Kärnten gemeint oder auf das Level meiner Aktivität bezogen hatte? Wir kamen am Campingplatz an und glücklicherweise hatte der Regen nachgelassen. Matthias hielt vor dem Eingang und auf einmal wirkte er ernst.

»Annette … ich habe eine Bitte an dich.« Er wandte sich mir zu. »Estelle kann in den kommenden Wochen deine Hilfe wirklich gut gebrauchen. Im Oktober veranstalten wir unseren alljährlichen Hausball und sie hat bei der Organisation der Veranstaltung einige Aufgaben übernommen. Ich befürchte allerdings, dass sie leicht überfordert ist.«

»Ja sicher, ich helfe ihr gerne!« Die Vorstellung, dass Estelle bei der Planung des Balls Regie führte, brachte mich zum Lächeln, denn mir kam sofort das organisierte Chaos im Souvenirshop in den Sinn. Doch wir waren ein gutes Team und würden das bestimmt hinbekommen. Offensichtlich war Matthias noch nicht fertig. Er rieb sich die Knöchel seiner rechten Hand und hielt jetzt den Blick starr nach vorne gerichtet.

»Besser du erwähnst nicht, dass ich dir den Auftrag gegeben habe, sonst ist sie vielleicht eingeschnappt. Wir haben uns schlimm gestritten, weil sie mir ganz schön was eingebrockt hat …«

Ich grinste, denn das war typisch Estelle. Doch was konnte sie bloß verbockt haben, dass ihr Bruder derart sauer auf sie war? Neugierig zog ich die Augenbrauen hoch und wartete auf eine Erklärung.

Gequält atmete er tief ein und strich sich über den Hinterkopf. »Sie hat diese fixe Idee, mich zu verkuppeln. Diesmal hat sie ohne mich zu fragen ein Ballmotto auf die Einladungskarten drucken lassen. Es lautet ›Ein Rendezvous für den Burgherrn‹ mit dem Ziel, dass sich Damen für ein Date mit mir bewerben.« Nun senkte er den Blick und ich war sprachlos. »Ich war richtig wütend auf sie, als ich durch Zufall eine der Einladungen in die Finger bekam! Aber es hilft nichts, ich fürchte, ich muss es jetzt durchziehen. Sie hat schon hunderte davon verschickt«. Kopfschüttelnd lachte er zynisch auf und sah mich dann eindringlich an.

Es dauerte einen Moment, bis ich mich gefasst hatte. »Ja sicher, keine Sorge, ich sage nichts.« Bemüht um einen leichtfertigen Ton, zwang ich mich dazu, ihn anzusehen.

»Danke«, sagte er mit heiserer Stimme und räusperte sich. Mit einem kurzen Gruß öffnete ich die Beifahrertür, stieg aus und ließ die Tür hinter mir ins Schloss fallen. Dann sah ich dem Auto nach, bis es im Wald verschwunden war.

12 Ein Rendezvous für den Burgherrn

Nachdenklich spazierte ich am Ende des Arbeitstages nach Hause. Ein frischer Wind wirbelte gelblich verfärbte Blätter umher. Fröstelnd ärgerte ich mich, dass ich meinen Pullover in der Kantine vergessen hatte. Heute spürte ich erstmals die Herbststimmung richtig stark, die ein wenig Melancholie in mir aufkommen ließ. Wenn man Farben fühlen könnte, dann wäre es ein Nebelgrau, das mich in diesem Moment ausfüllte. Dabei gab es außer der herannahenden kälteren Jahreszeit keinen Grund, Trübsal zu blasen. Das, was ich ohnehin schon wusste, war mir heute noch einmal bestätigt worden. Matthias und ich zusammen, das ging halt nicht. An seiner Seite sollte eine prinzessinnenhafte Schönheit stehen, die Französisch sprach, Musikinstrumente beherrschte und deren Familienstammbaum bis zu Napoleon reichte. Sogar die sonst so unkonventionelle Estelle wollte, dass ihr Bruder eine Partnerin aus einem elitären Kreis finden sollte. Genau so sollte es sein.

Am nächsten Morgen erfüllte ich mein Versprechen und suchte Estelle im Souvenirladen auf, um sie bei der Organisation des Balls zu unterstützen. Außer ihr befand sich gerade niemand im Shop, als ich eintrat. Sie hatte ihren Blick auf den Bildschirm des Laptops geheftet, der neben der Kasse platziert war. Ihre Augen waren zu schmalen Schlitzen verengt und der Bereich zwischen ihren Augenbrauen war eine einzige Sorgenfalte.

»Estelle, alles klar bei dir?« Sie erwiderte meine Begrüßung knapp und als ich näher kam, hob sie nicht einmal den Kopf. Ich zog mir einen Hocker neben den ihren. Dann schaute ich ihr über die Schulter. Auf dem Computer war eine Textdatei geöffnet und ich konnte den Blick auf eine lange Liste werfen, in der hauptsächlich französisch klingende Namen und Adressen standen.

»Entschuldige, Annette, was hast du gesagt?« Sie drehte sich zu mir, lächelte mich an und tätschelte mir das Knie.

»Sind das die Gelben Seiten von Paris?« Ich deutete auf die Ansammlung von Namen, durch die sie scrollte.

»So ungefähr.« Sie lachte auf. »Nein, das ist die Gästeliste für unseren Hausball. Diese hier haben alle zugesagt!«

»Was, so viele?«

»Exakt 548. Fast alles nur Familie! Was glaubst du, was sich im Lauf von ein paar Jahrhunderten an Verwandtschaft ansammelt.«

»Wow!« Das Adressbuch der Familie Ehrenfelsen musste echt umfangreich sein.

Dann begann Estelle zu kichern. »Plus noch ein paar Kandidatinnen für Matthias.« Sie erzählte mir von dem Rendezvous-für-den-Burgherrn–Ballmotto und ich erwähnte nicht, dass ich bereits davon wusste. »Hach, ich wünschte so sehr, dass Matthias sich so richtig verliebt und endlich wieder glücklich wird. So wie es jetzt ist, kann es doch nicht ewig bleiben! Der Liebeszauber von meinem Freund Herbert schlägt offensichtlich nicht an, vermutlich weil dieser Trauerkloß das Tal nicht verlässt. Nicht einmal Partyeinladungen zum Wörthersee nimmt er an! Also dachte ich mir, wenn er nicht in die Welt hinausgeht, um sein Glück zu finden, dann bringe ich die Welt ganz einfach zu ihm.« Ihr Grinsen war eine durchgehende Linie zwischen ihren Ohren. Stirnrunzelnd erinnerte ich mich an meine Traumvision beim Mittelalterfest. Vielleicht war ich einer Verwechslung zum Opfer gefallen und Herberts Zauber hatte *mich* erwischt, anstatt eine passende blaublütige Frau. Und deswegen fiel es mir extra schwer, meine Schwärmerei für Matthias zu unterdrücken? Aber nein, ich glaubte doch gar nicht an Esoterik!

»Die jungen Damen können sich um ein Date mit Matthias bewerben. Es wird ein modernes Märchen. Natürlich nicht in einem Buch, sondern in Instagram.« Begeistert von der Vorstellung klatschte sie in die Hände. »Während des Balls können sich die Interessentinnen in einem separaten Raum mit einem Social-Media-Experten für das perfekte Selfie oder Video in Szene setzen lassen. Dieses wird dann auf einer eigenen Seite des Balles gepostet und Matthias kann sich zum Schluss seine Herzensdame für ein Date aussuchen. Einige Mädels, die ich kenne, sind schon ganz wild darauf. Matthias wusste davon aber nichts, der Spielverderber hätte niemals zugestimmt. Bis gestern jedenfalls. Als er davon erfahren hat, war er ziemlich sauer. Ehrlich gesagt haben wir uns ganz schön gestritten deswegen. Aber ich tue es nur zu seinem Besten. Und nun muss er es durchziehen, denn wie es aussieht, kommen dieses Jahr einige junge Gräfinnen extra her, um ihn kennenzulernen!«

Trotz des Kloßes, der in meinem Hals saß, lächelte ich Estelle an. »Eine super Idee. Kann ich dir irgendwie helfen?«

»O ja, bitte, das wäre großartig! Ich habe noch so viele Dinge zu erledigen. Schau mal, das ist meine To-do-Liste.« Sie tippte auf einen von oben bis unten vollgeschriebenen Zettel, der neben dem Laptop auf dem Tischchen lag. Dann las sie mir die Liste Punkt für Punkt vor und ich übernahm einige der Aufgaben. Ich war erstaunt, was sie alles geplant hatte: So würde sogar eine eigens bestellte Moderatorin durch den Abend führen. Das Catering sollte extern beschafft werden und sie wollte von einem befreundeten Künstler eine spezielle Lichtinstallation an der Außenseite der Burg anbringen lassen. Ganz schön viel Aufwand für einen Hausball, fand ich. Das alles musste ein Vermögen kosten! Als wir fertig waren, umarmte sie mich und sagte: »Vielen Dank, Annette, dich hat der Himmel geschickt.«

»Aber nein, nicht der Himmel«, murmelte ich und drückte sie auch an mich. »Wir schaffen das schon!« Ich sah auf die Uhr. Der halbe Vormittag war vorüber und es war höchste Zeit für die Ausgabe des Mittagessens.

Die Geschwister versöhnten sich bald darauf wieder und die nächsten Tage vergingen wie im Flug, in dem ein Autopilot das Steuer übernommen hatte. Die Mitteilung, dass auf dem Hausball ein Rendezvous für Matthias arrangiert wurde, war wie eine kalte Dusche für mich gewesen, daher versuchte ich weiterhin eisern, meine unreife

Schwärmerei für den Burgherrn zu unterdrücken. Es war nicht einfach, denn viel zu oft begegneten wir uns bei den Ballvorbereitungen und jedes Mal kribbelte es in meinem Bauch.

Der andere Mann in meinem Leben bereitete mir Freude, denn er kam täglich um die Mittagszeit zum Campingplatz. Zum Glück war hier jetzt merklich weniger zu tun und ich konnte mich zu ihm setzen, wir aßen gemeinsam und ich versuchte seine Welt zu ergründen, die ja auch irgendwie die meine war. Und das war recht einfach, denn Opa war eine Piñata an Geschichten. Eine Wundertüte, aus der, nachdem die äußere Hülle einmal aufgestoßen war, die Geschichten nur so heraus purzelten. Jeden Tag sammelte ich sie auf und versuchte, sie zu einem Bild zusammenzusetzen. Der Eindruck, den ich bereits von Beginn an gehabt hatte, bestätigte sich. Sein Leben, das er früher als Arbeiter, Ehemann und Familienvater gelebt hatte, fristete er nun in Armut und Einsamkeit. Er pflegte nur sehr sporadischen Kontakt zu seinem Sohn Johannes Junior und dessen Tochter Katharina. Letztere hatte er seit über zehn Jahren nicht mehr gesehen! Wenn ich jedoch vorsichtig nachfragte, warum alles so gekommen war, blockte er ab. Was konnte denn nur so Schlimmes vorgefallen sein, dass die Brücken zwischen Vater und Sohn so gut wie abgebrochen waren? Vermutlich hatte mein Vater gegenüber Opa irgendetwas ähnlich Krasses abgeliefert wie damals bei mir. Sofort musste ich an seine Bei-mir-gibt-es-nichts-zu-holen-Mitteilung denken, nach deren Auffinden mein Selbstwert auf Ramschniveau gefallen war. Die Tatsache, dass Opa seine mittlerweile 21-jährige Enkeltochter seit über 10 Jahren weder gesehen noch irgendetwas von ihr gehört hatte, bereitete mir Kummer.

»Das muss doch aber nicht so bleiben«, sagte ich zu ihm. »Warum schreibst du ihr nicht einfach ein paar Zeilen? Was hast du denn zu verlieren? Gar nichts, du kannst nur gewinnen! Im besten Fall freut sie sich und es kommt zu einem Wiedersehen. Im schlechtesten Fall antwortet sie dir nicht.«

Ein von Herzen kommender Brief von ihrem Opa, eigenhändig geschrieben, das würde ihr bestimmt gefallen! Mir würde es jedenfalls die Welt bedeuten. Seine Augen wanderten hinauf, als würde von dort die Antwort kommen. Dabei hatte er es doch nicht so mit Gott.

»Johannes, komma aus dem Knick«, formulierte ich die Worte meiner Oma um. Und es stimmte, von allein bewegte sich gar nichts im Leben, man musste schon von der Couch aufstehen und manchmal brauchte es ganz einfach einen zusätzlichen Schubs. »Wenn du willst, dann helf ich dir dabei.«

»Annette, du bist eine Heilige! Danke!«, sagte Opa zu mir. »Ich muss mal schauen, ich habe zu Hause sicher noch ein paar Engelbilder für dich, vielleicht sogar einen Rosenkranz.«

»Aber das ist doch nicht nötig!«, antwortete ich rasch, legte meine Hand auf die seine und schenkte ihm ein Lächeln, das direkt aus meinem Herzen kam. Ich sah ihm an, wie er sich darauf freute, seiner Enkelin zu schreiben. Das war schön, stimmte mich andererseits auch ein wenig traurig. Gerne wäre ich an ihrer Stelle gewesen. Doch das war mein selbstgewählter Weg und er verlief bislang genauso, wie ich es mir gewünscht hatte. Ich wollte inkognito meine Verwandtschaft kennenlernen und jetzt half ich sogar bei der Wiedervereinigung zwischen Großvater und Katharina. In Gedanken überlegte ich bereits, wie die Karte aussehen sollte, die wir ihr schicken würden. Nicht zu modern, aber auch nicht zu altbacken. Mir schwebte irgendetwas Freundliches mit Blumen vor.

Am letzten Septembertag machten wir Nägel mit Köpfen. Einen für mein Empfinden idealen Text hatte ich bereits gedanklich vorbereitet und legte ihm die Worte mehr oder weniger in den Mund. Dankbar nahm er alle Vorschläge an und schrieb mit leicht zitternder Hand auf die Karte, die ich aus dem Souvenirshop mitgebracht hatte. Auf deren Vorderseite war ein bunter Frühlingsblumenstrauß aufgedruckt. Sein Gesichtsausdruck war hochkonzentriert, als würde er eine Bombe entschärfen, die Augen waren zusammengekniffen und der Mund in Anspannung verzogen. Sinngemäß bedauerte er darin zutiefst, dass der Kontakt vor so langer Zeit abgebrochen war und er schrieb, wie oft er in diesen Jahren an sie gedacht hatte. Nichts wünschte er sich mehr, als zu hören, dass es ihr gut ginge. Über eine kleine Nachricht oder Kontaktaufnahme, in welcher Form auch immer, würde er sich von Herzen freuen. Ich jubelte innerlich, denn wir schrieben meiner leiblichen Halbschwester einen Brief! Bei dem Gedanken bekam ich eine Gänsehaut. Die Herde meiner schwarzen Schafe war drauf und dran, sich weiter zu vergrößern. Mit etwas Glück würde ich sie dann auch kennenlernen und nötigenfalls würde ich dem Zufall auf die Sprünge helfen, darin hatte ich ja jetzt schon Übung. Als er fertig war, betrachtete er das Geschriebene.

»Danke dafür! Ich wünsche mir, dass sie halbwegs so ist wie du, dann wäre ich sehr stolz!« Er tätschelte mir die Hand.

Sofort musste ich schlucken. Sollte ich mich ihm jetzt offenbaren? Ihm gestehen, dass ich tatsächlich seine Enkeltochter war? Nein, ich traute mich nicht. Wir klebten das Kuvert zu, adressierten es und ich würde es nächste Woche beim Postamt aufgeben.

Am ersten Oktober, dem Vortag des Balles, kümmerte Matthias sich mit den Handwerkern im Saal um den Bühnenaufbau und die Technik. Estelle legte letzte Hand an den Saalschmuck und ich widmete mich dem schwierigsten Punkt meiner Liste, der Tischdekoration. Um Geld zu sparen hatte ich vorgeschlagen, Teile davon einfach selbst zu basteln. Mit Blumen von der Weide und Schilf vom Seeufer konnte man das ganz einfach bewerkstelligen. Auf Pinterest und Youtube gab es massenhaft Anleitungen dafür, die total einfach wirkten. Erst wollte Estelle nichts davon wissen, aber dann verstand sie, wie einzigartig und besonders eine Tischdekoration direkt aus der wunderschönen Umgebung wäre. Total Vintage! Das hatte es noch auf keinem der anderen Feste gegeben, zu denen sie häufig eingeladen war. Wir stellten einen Prototyp her, wie er für jeden Gästeplatz angefertigt werden sollte. Ich versicherte ihr, dass das kein Problem wäre, ich würde das schaffen. Allerdings würde die Bastelei sogar bei optimistischer Schätzung mindestens vier Stunden in Anspruch nehmen und ich hatte Respekt vor der Aufgabe, da ich in Bezug auf Basteldinge eher passiv veranlagt war. Zwar schaute ich mir gerne Videos darüber an, wie geschickte Finger im Zeitraffertempo aus einfachsten Dingen die wunderbarsten Kreationen zauberten, hatte aber selbst zwei linke Hände und schaffte es nur mit Mühe, meine Weihnachtsgeschenke faltenfrei einzupacken. Also plante ich sehr viel mehr Zeit ein und besorgte was möglich war, bereits unter der Woche: Schilf vom Seeufer und fliederfarbene Stoffservietten, die mir Charlotte aus ihrem umfangreichen Fundus heraussuchte, stellten die Grundlage dar, auf der dann alles mit einem passenden Band, Glockenblumen und dem Besteck zusammengefügt werden würde. Heute, am Freitag, pflückte ich die frischen Pflanzen, die zwischen dem Grün der Weiden wie lila Amethysten aufgingen. Durch den langen Sommer blühten sie glücklicherweise noch reichlich. Gemeinsam mit den anderen Bestandteilen für die Tischdeko brachte ich sie in Körben in einen der Gasträume des Burgrestaurants, der gerade nicht verwendet wurde. Hier war genug Platz, um die einzelnen Stücke zusammenzustellen und ich gruppierte das Schilf, die Glockenblumen und Servietten auf einem Tisch. Der Koch hatte mir schon das Besteck bereitgelegt. Sein mitleidiger Blick war mir nicht entgangen, als er die riesigen Haufen gesehen hatte. Doch ich war zuversichtlich. Es war erst früher Nachmittag und ich hatte genug Zeit.

Gerade als ich begonnen hatte, läutete mein Handy. Es war Estelle, die fragte, ob ich ihr kurz bei den Vorhängen helfen könne. Ich traf sie im großen Saal, der mit violetten Stoffbahnen festlich geschmückt worden war und nun sollten auch noch die roten Fensterbehänge durch farblich passendere getauscht werden. Rot auf violett könne sie sich für ihre Haare gut vorstellen, aber für den Ballsaal sei es definitiv too much, meinte Estelle. In einer Kammer im zweiten Stock würden aber noch Veilchenfarbene lagern, die könnten gehen. Wir machten uns auf den Weg und benutzten dabei ein Treppenhaus, das ich bislang noch gar nicht gekannt hatte.

»Eine Abkürzung«, kommentierte Estelle unseren Weg durch die Eingeweide des Gemäuers, die die Besucher normalerweise nicht zu sehen bekamen. Ähnlich mussten die Menschen im Mittelalter die Burg erlebt haben, mit schwach beleuchteten, unverputzten Wänden, die mir eine Gänsehaut bescherten. Allerdings war es mit der vor sich hin plappernden Estelle mit ihren knallig gefärbten Haaren und den knappen Shorts gar nicht mehr so schlimm. Wir stiegen zwei Stockwerke hinauf und verließen das Treppenhaus in einen Raum, in dem die Zeit stehen geblieben war.

»Hier haben Matthias und ich als Kinder immer Verstecken gespielt«.

Das glaubte ich ihr aufs Wort. Hier konnte man bestimmt jahrelang untertauchen, ohne gefunden zu werden.

Das Lager beherbergte ein Sammelsurium aus mindestens fünf Jahrhunderten. Dunkle Holzregale reihten sich hintereinander und standen neben Tischen, die vollgestellt waren mit Vasen, Kerzenständern, Bronzefiguren, Besteck und anderen altertümlichen Gebrauchsgegenständen. An den Wänden hingen Gemälde, die es nicht in die Ausstellung geschafft hatten und auf dem Boden wurden Truhen, Schrankkoffer und Bücherwände der Ehrenfelsener aufbewahrt, die schon lange nicht mehr unter uns weilten.

»Wow!« Ehrfurchtsvoll bestaunte ich die Stücke, während Estelle eine Kiste nach der anderen auf der Suche nach den veilchenfarbenen Vorhängen öffnete. Neugierig schlenderte ich durch den Raum, der wegen der kleinen Fenster und schwachen Glühbirnen nur schummrig beleuchtet war. Als ich am Ende des Raumes die Konturen einer weißgewandeten Gestalt sah, entfuhr mir ein Schrei.

»Buh.« Estelle bekam sich vor Lachen fast nicht mehr ein. »Annette, das ist nur ein Kleid.« Ich ging näher und erkannte nun auch, dass es eine lebensgroße Puppe war, der man ein Hochzeitskleid übergezogen hatte. Sogar durch den durchsichtigen Plastiküberzug, der das Kleid vor Staub schützte, stellte ich fest, dass es sehr aufwendig gearbeitet war. Eine lange A-Linie, deren schmales Oberteil über und über mit Perlen bestickt war. Auf der Hinterseite des Kleides befand sich eine raffinierte Schnürung, die ihm einen zusätzlichen romantischen Touch verlieh.

»Wie wunderschön! Das ist aber nicht sehr alt, oder?« Das romantische Dekolletee wirkte modern und nicht mittelalterlich.

»Nein, nur drei Jahre ungefähr. Das war das Kleid von Matthias' Braut, beziehungsweise das wäre es gewesen, wenn sie zur Trauung erschienen wäre.«

Hier war also das Zeugnis von Matthias' Liebesdrama, das Erika angedeutet hatte. Es war ins allerletzte Eck verbannt worden. War ich jetzt bereit, mehr über Matthias zu erfahren, nachdem ich Radio Erika letztens so abgewürgt hatte? Neugierig war ich inzwischen ja schon. Und Estelle würde die Tatsachen sicherlich sensibler darstellen als Erika mit ihrer Sensationslust. »Oh, ist sie nicht?«, fragte ich deshalb.

»Nein, die Gute hat ihn am Tag der Trauung mit der ganzen Hochzeitsgesellschaft sitzen lassen! Sein Herz war gebrochen und er wurde von der lokalen Presse auch noch verspottet«, stieß Estelle grimmig hervor. »Er war am Boden zerstört und hat sich bis heute nicht davon erholt.«

»Der Arme, das ist ja schrecklich!«, murmelte ich. Kein Wunder, dass er oft so finster schaute.

»Vielleicht kann er das Ganze aber morgen überwinden, wenn er endlich wieder ein Date bekommt. Irgendwann muss er die Vergangenheit ruhen lassen und nach vorn schauen. Da sind sie ja!« rief Estelle freudig, offensichtlich hatte sie die richtige Truhe gefunden. Wir packten die Holzkiste an den Griffen und schleppten sie die Stufen hinunter zum Ballsaal.

Als ich Estelle endlich verließ, um an den Gedecken weiterzuarbeiten, war es schon früher Abend.

Mit aufgedrehter Radioanlage werkelte ich vor mich hin. Nach einigen Dutzend Sets gelangen mir die Stücke immer besser und ich wurde schneller. Gar nicht so schlecht für eine Buchhalterin. Andererseits war es auch keine große Zauberei. Auf der Serviette das Besteck, das Schilf und die Glockenblumen anordnen und mit dem Bändchen aus lila Bast so verknüpfen, dass es weder zu locker noch zu fest war. Das war die einzige Kunst dabei. Draußen wurde es bereits dunkel und mein Nacken schmerzte von der immer gleichen Haltung. Da hörte ich Schritte und tapsige Hundepfoten auf dem Parkettboden. Bobby lief zur Tür herein, dahinter folgte Matthias.

»Da bist du ja!« Er lächelte, sodass ich die Grübchen unter dem mittlerweile 5-Tage-Bart erahnen konnte. Seine blauen Augen funkelten, als er zwischen mir und den Blumengestecken hin- und herschaute. »Schön! Sehr schön sind sie! Da hast du aber noch einiges zu tun, soll ich dir helfen?«

Ich zeigte ihm, wie er das Besteck mit der Serviette und den Glockenblumen zusammenbinden musste und er stellte sich so geschickt an, als hätte er taube Finger oder gar gebrochene. Dagegen schien ich mit meinen zwei linken Händen flink und geschickt wie eine Gefäßchirurgin.

»Bei dir sieht das so einfach aus«, sagte er frustriert.

»Nach den ersten fünfzig Stück wird es leichter«, antwortete ich. »Weißt du, wie wir es besser machen können? Du bereitest mir Deko und Besteck vor und ich schnüre dann alles zusammen.«

So werkelten wir eine Zeit lang nebeneinander her, bis es sich zwischen uns eingespielt hatte.

»Danke, dass du uns so viel hilfst«, sagte er dann. »Ohne dich wäre es ganz schön schwer.«

»Aber gerne doch. Dafür fütterst du meinen alten Opa auf dem Campingplatz durch.«

Der Radiosender spielte sein Nachtprogramm. Anscheinend war der Rest der Bevölkerung gerade dabei zu kuscheln oder Liebe zu machen, denn aus den Boxen hallte Herzschmerz. »... Wonderful tonight«, sang Eric Clapton. Komisch, bis heute hatte ich in diesem Lied noch niemals diese feinen Nuancen von Leidenschaft herausgehört, die sogar die alte Musikanlage bei den höheren Tönen zum Wummern brachte. Ich schielte zu Matthias hinüber, der wie ein eiserner Transformer mit den filigranen Schilfwedeln kämpfte. Ein Bild von einem Mann, stark und gleichzeitig feinfühlig. So schade, dass er nicht für mich bestimmt war! In diesem Moment berührten sich unsere Hände, als er mir das nächste Servietten-Set zuschob. In meinem kleinen Finger zuckte es, als hätte ich einen elektrisch geladenen Weidezaun berührt. Wie auf Kommando hielten wir beide inne und blickten uns an. Hatte er das auch gefühlt? Nachdenklich betrachtete er meine Hand und berührte mit seinen Fingerspitzen nochmals die meinen, als wären sie zerbrechliche Glasfäden. Obwohl die Berührung nur ein Hauch war, so als würde ein Schmetterling landen, löste sie dabei doch einen Sturm in meinen Nervenzellen aus. Aus seiner Kehle kam ein heiseres Räuspern. Wir schauten uns an und ich fühlte mich hilflos wie ein Nichtschwimmer im See, als ich mich in seinen dunkelblauen Augen verlor. Wie ferngesteuert rutschte ich ganz nah zu ihm, betrachtete seine schön geschwungenen Lippen und musste trotz staubtrockener Kehle schlucken. Mein Puls raste. Noch nie in meinem Leben hatte ich einen Mann so sehr küssen wollen wie in diesem Moment Matthias hier vor mir. Wollte er das etwa auch? Unsere Gesichter näherten sich jedenfalls einander an und das Klopfen meines Herzens steigerte sich zu einem durchgehenden Trommelwirbel. Ich hob mein Kinn und schloss die Augen. Da spürte ich schon die Berührung seiner Lippen auf meinen, erst ganz sanft, als würden sie von einem warmen Windstoß gestreichelt werden und gleich darauf heftig intensiv. Sein Kuss war wie er selbst, einerseits zärtlich und sanft, aber andererseits auch genauso fest und fordernd. Gierig atmete ich seinen wunderbaren Geruch ein, der ihn sonst nur als eine Andeutung umspielte. Herb, würzig und vermischt mit einer Note, die nur Matthias an sich trug. Die kurzen Stoppeln seines Bartes kitzelten in meinem Gesicht und lösten ein Ziehen an meiner Seite aus, das so stark war, dass es fast schmerzte. Dagegen waren meine Herbert-Hexer-Visionen Kindergartenfernsehen gewesen. Ein Stöhnen drang aus meiner Kehle und ich drückte mich so fest an Matthias wie damals auf dem Moped. Der letzte Damm von Zurückhaltung brach, als ich atemlos und mit zitternden Fingern das T-Shirt aus dem Bund seiner Lederhosen zerrte. Wenn es sich widersetzt hätte, hätte ich es vermutlich herausgerissen. Fast erkannte ich mich nicht mehr wieder, denn früher war ich beim Knutschen immer die Zurückhaltende gewesen. Als ich danach meine Hände unter sein Shirt gleiten ließ, atmete er heftig auf und unsere Münder öffneten sich gleichzeitig, um einander mit unseren Zungen zu erkunden.

Da holte uns das Bellen von Bobby in die nüchterne Realität des Burgrestaurants zurück. Der Hund lief zur Tür, aus deren Richtung wir die helle Stimme von Estelle und sich nähernde Schritte hörten. Hastig lösten wir uns und rutschten ein Stück voneinander ab. Da kam auch schon Estelle in Begleitung von Erika zur Tür herein. Hochkonzentriert starrte ich auf das noch nicht vollendete Bündel Besteck vor mir und begann, an dem lila Bändchen zu zerren. Meine Hände zitterten ganz leicht und ich atmete, als wäre ich gerade alle Treppen bis zum höchsten Turmzimmer der Burg hinaufgerannt. Meine Wangen glühten und passenderweise düdelte das Radio jetzt einen Schlager, in dem es um ein Herz ging, das brennt. Ansonsten war es so leise, dass man einen Schilfwedel zu Boden hätte fallen hören können.

»Wow, die sehen ja toll aus!« Estelle ging zu den bereits fertiggebundenen Gestecken und beachtete uns nicht weiter.

»Annette, was machst du denn?« Erika lachte und deutete auf meine Hände. Statt der lockeren Masche hatte ich einen handfesten Knoten in das feine Garn gedreht und die zarten Glockenblumen stranguliert.

»Was?«, fragte ich.

»Was?«, ahmte sie mich nach und lachte noch lauter. »Du siehst aus wie damals beim Fest, als du mit dem Sonnenstich umgekippt bist.«

»Na ja, vielleicht hab ich heute beim Blumenpflücken Sonne erwischt«, säuselte ich und befühlte meine Stirn. Matthias lachte heiser neben mir auf.

»Kommt, das machen wir schnell gemeinsam fertig«, sagte Estelle.

Wir banden weiter und als ich zu Matthias hinüberschaute, zwinkerte er mir zu, worauf mein Herz ein kräftiges Lebenszeichen von sich gab. Binnen einer halben Stunde waren alle kleinen Pakete zusammengeschnürt. Morgen konnten die Kellner damit die Tische im Ballsaal eindecken. Als wir das Burgrestaurant verließen, nahm Estelle mich zur Seite.

»Annette! Fast trau ich mich nicht, dich um noch einen Gefallen zu bitten.«

Ich hob meine Augenbrauen. »Was gibt es denn?«

»Eine der Damen, die eigentlich für die Garderobe vorgesehen war, ist ganz kurzfristig ausgefallen … Du müsstest auch nicht die ganze Zeit bleiben, nur bis Mitternacht …«

Da unterbrach ich sie sanft. »Ja sicher, mach dir keine Gedanken, ich mach es. Ist kein Ding«. Erleichtert umarmte sie mich.

»Danke, Annette, du bist die Beste!«

Danach heftete sie sich an Matthias, mit dem sie noch dringend etwas zu besprechen hatte. Er wirkte alles andere als glücklich darüber, wünschte uns aber freundlich eine gute Nacht und warf mir noch einen Blick zu, der meinen Puls in die Höhe trieb.

Erika und ich gingen schweigend über den Burghof, der in der Nachtbeleuchtung bizarre Schatten warf. Es war ein langer Tag gewesen und sogar Radio Erika war die Energie zum Reden ausgegangen. Meine Gedanken kreisten aufgeregt um den besten Kuss aller Zeiten, den ich heute Abend erlebt hatte.

13 Gloria

In der vergangenen Nacht hatte ich nur wenig Schlaf gefunden. Während ich auf dem Campingplatz den Kaffee für die Gäste vorbereitete, musste ich unablässig an die Lippen meines Burgherrn denken, die so zärtlich und leidenschaftlich küssen konnten. Bei der Erinnerung an seinen Oberkörper, der sich weder zu muskelbepackt noch zu hager, sondern genau richtig unter meinen Fingern angefühlt hatte, setzte ein Ziehen in meiner Seite ein und ich war nicht mehr sicher, wie viele Löffel Kaffeepulver ich bereits in die Gastro-Maschine eingefüllt hatte. Waren es die üblichen fünfzehn gewesen oder bereits zwanzig? Womöglich würde auch meine Kundschaft heute beim Morgenkaffee Herzklopfen bekommen. Ich sehnte mich nach seinem Lächeln, seinen blauen Augen und nach mehr von dem aufregenden Mann, den ich unter dem Shirt gefühlt hatte. Aber womöglich würde es ein wenig dauern, bis wir uns wieder unter vier Augen treffen konnten, denn zunächst musste der Ball und das ganze Drumherum vorbei sein, bei dem Matthias ja voll im Mittelpunkt stand. Den restlichen Tag über lenkte ich mich so gut es ging mit meinen Aufgaben ab.

Endlich konnte ich auf die Burg zurückkehren. Als ich den Ameisenhaufen der Helfer beobachtete, die sich vor der Anlage tummelten, wurde mir mulmig zumute. Ich hatte mir vorab einfach nicht vorstellen können, wie sich unsere Planung später in der Realität machen würde. Im Burghof stauten sich Lieferanten, die Getränke, das Catering und noch mehr Blumendekoration brachten. Staunend nahm ich zur Kenntnis, dass der Weg zum Ballsaal komplett mit einem roten Teppich ausgelegt worden war. Im Saal selbst waren runde Tische zu jeweils acht Personen aufgestellt und mit blütenweißen Tischtüchern bedeckt worden. Darauf platzierten die Kellner kristallene Gläser und filigrane Porzellanteller. Unsere selbstgebastelte Tischdekoration wirkte vor dieser Eleganz glücklicherweise nicht stümperhaft, sondern sehr niedlich und gab dem Ganzen eine persönliche, liebevolle Note. Was musste das alles kosten! Ich schüttelte den Kopf. Nach diesem Ereignis würde die Familie endgültig pleite sein.

In zwei Stunden sollte ich mich bei der Garderobe einfinden, die in der Eingangshalle von den Handwerkern zusammengezimmert worden war. Eilig ging ich auf mein Zimmer um zu duschen, zu essen und mich kurz auszuruhen. Als es Zeit war, zog ich eine schwarze Hose und ein schlichtes langärmliges Shirt an. Mein blondes Haar band ich zu einem Pferdeschwanz nach hinten. Man konnte mich für eine Puppenspielerin halten, die im Theater die Fäden der Marionetten zog.

Am Weg durch den Burghof bemerkte ich, wie die Herbststimmung zugenommen hatte, die seit ein paar

Tagen in der Luft lag. Denn obwohl es Anfang Oktober tagsüber noch recht mild war, kühlte es abends und nachts doch schon empfindlich ab. Estelles Lichtkünstler hatte seine Installation in Betrieb genommen und ließ die Burganlage in pink und violett blinken, als ob sie versuchen würde, Dr. Frank N. Furter aus der Rocky-Horror-Picture-Show Zeichen ins Weltall zu senden.

Erika war ebenso zum Garderobendienst verpflichtet worden wie ich und gemeinsam beobachteten wir das Panoptikum des Balls. Einige Besucherinnen lösten bei meiner Kollegin Heiterkeit aus und für die Kommentare, die sie hinter deren Rücken von sich gab, hätte sie einen Maulkorb verdient. Mehrstöckige Torte, Alarm im Sperrbezirk und Kugelblitz, raunte sie mir zu, als die Gäste an uns vorbeiflanierten. Doch beim Anblick von Estelle verschlug es sogar ihr die Sprache. Als diese auf uns zu schwebte, musste ich an einen einseitig gestutzten Ziervogel denken. Bei ihrem Side-Cut war der Bereich oberhalb des rechten Ohres kahlrasiert worden und alles links davon war toupiert, weswegen ihr Kopf ein asymmetrischer Ball war. Auf ihrem anthrazitfarbenen hautengen Kleid fand sich auf Pfauenaugen das Türkis ihrer Haare wieder.

»Der Ball ist außergewöhnlich, oder?«, sagte sie und hauchte uns Luftküsse zu. Dann flatterte sie weiter.

Die Besucher trudelten nun im Minutentakt ein und wir kamen kaum damit nach, die Mäntel und Jacken entgegenzunehmen. Aufgrund der Unterhaltungen, die ich aufschnappte, wusste ich, dass tatsächlich etliche Franzosen unter den Gästen waren, oder sie unterhielten sich zum Spaß auf Französisch, was ihnen auch zuzutrauen war. Es gab freundliche Gesichter, reservierte und auch arrogante, aber alle zusammen hatten diese besondere aufrechte Haltung, die nur die Adeligen können. Als würden sie täglich ihre Rückenübungen machen, oder »als hätten sie einen Stock im Hintern«, wie Erika es ausdrückte. Ich verkrampfte richtiggehend vor dieser zur Schau gestellten Lässigkeit und war froh, dass ich mich in der Garderobe verstecken konnte. Es hätte mir bestimmt keinen Spaß gemacht, selbst am Ball teilzunehmen.

Erika hatte bei einer Raucherpause von einem Kellner erfahren, dass die Rendezvous-Suche für Matthias schon voll im Gange war. Einige junge Damen hatten schon ihre Fotos gepostet. Erika demonstrierte, was sie davon hielt, indem sie die Augen verdrehte und sich an die Stirn tippte.

Eine kleine Gruppe näherte sich, bestehend aus einem älteren Paar mit zwei jungen Frauen. Eine der beiden zog meine Blicke auf sich, besonders nachdem sie sich aus ihrem weißen Pelzchen geschält hatte. Ihr Outfit war noch schlimmer als das von Estelle. Der Ausschnitt ihrer türkisglitzernden paillettenbesetzten Robe war eine herabhängende Öffnung, die gerade das Nötigste verdeckte. Es war ein Kleid, bei dem man unwillkürlich dachte: »Nur keine falsche Bewegung machen.« So etwas konnte nur eine Frau tragen, die absolut frei von Selbstzweifeln war. Ein weiterer Blickfang an ihr waren riesige katzenhaft geschminkte Augen, die mir wie eine optische Täuschung erschienen, und das am Hinterkopf hochgesteckte Haar, das in perfekten Korkenzieherlocken auf ihre Schultern herabfiel. Bestimmt waren die der Grund, warum die Familie so spät gekommen war. Hatte ich dieses Gesicht schon irgendwo einmal gesehen? Oder waren es nur ihre Lippen, die genau im Trend aufgespritzt waren, und ihr dadurch ein Allerweltsgesicht verpassten? Wie aus dem Nichts tauchte Estelle auf und ging unter einem gesungenen »Aloo, Gloria-aaa« mit weit geöffneten Armen auf ihre funkelnde Freundin zu. Sie deutete Wangenküsse an und begrüßte auch die anderen Neuankömmlinge unter einem endlosen französischen Singsang. Der grauhaarige Begleiter der drei Damen überreichte mir ihre Oberbekleidungen und schob mir augenzwinkernd einen 50-Euro-Schein über den Tresen zu, ebenso wie Erika.

»Merci, Monsieur«, flöteten wir gleichzeitig, fast hätten wir einen Knicks vor ihm gemacht.

»Ou est-il, ou est-il?«, rief Gloria und hakte sich bei Estelle unter. Gemeinsam schwebten sie davon und ich hörte nur noch Bruchstücke von Estelles Antwort, in der das einzige Wort, das ich verstand, Matthias war. »Tu connais Matthias, il se cache probablement quelque part ...« ... blabla. Dann verschwand die Gruppe im Ballsaal und weg war sie.

Erika stieß mich von der Seite an. »Das waren die Rochefort de Saint-Pierres«, sagte sie mit näselnd verstellter Stimme. »Hört sich an wie Käse, oder?« Sie steckte kichernd den Geldschein in ihre Hosentasche. »Die französischen Superreichen.«

»Die Superreichen?«

»Ja, den Champagner kennst du doch, oder?«

»Noch nie davon gehört«, gab ich zu. Auf meinem Handy rief ich Google auf und tippte deren Namen in die Suchmaschine ein. Auf der Webseite der Familie Rochefort de Saint-Pierre erschien ein Märchenschloss vor der Kulisse eines barocken Gartens. Ohne jede Zurückhaltung stellten sie auf der Homepage ihre Weinberge, gefühlt eine Million Champagnerflaschen und sich selbst vor dunkelroten Vorhängen und antikem Mobiliar zur Schau. Fehlte nur noch eine Aufnahme von Monsieur Rochefort de Saint-Pierre, wie er sich mit einem brennenden Geldschein eine Zigarre ansteckte. Ich scrollte durch die Seiten und es war nicht nötig, die französischen Texte zu übersetzen.

Das ›Ou est-il‹, das ich mir von vorhin gemerkt hatte, ließ ich mir jedoch übersetzen, und da es bedeutete ›Wo ist er‹, hatte ich nun die Gewissheit: Sie war also tatsächlich entschlossen, sich ihn zu schnappen. Zumindest für das Date.

Mein Atem stockte, als ich Matthias entdeckte, der durch die Masse der Besucher direkt auf mich zusteuerte. Er schaute einfach umwerfend aus, auch wenn ich seinen Anblick in den sexy Lederhosen auch sehr mochte. Mit schwarzem Frack, weißem Hemd und schwarzer Fliege hatte er das Erscheinungsbild eines Filmstars.

»Annette!« Er lächelte mich an, sodass mir so richtig warm wurde. Dann streckte er die Hand nach mir aus und zog mich hinter sich her in eine kleine Nische hinter dem Garderobenaufbau. Wie musste diese vertrauliche Geste denn auf Außenstehende wirken? Ich hoffte, dass Erika unser Verschwinden nicht beobachtet hatte.

Matthias' Präsenz nahm mich gefangen und in meinem Brustkorb pochte es aufgeregt. Ein wohliger Schauer lief mir den Rücken hinunter. War er etwa gekommen, um mich hinter der Garderobe zu küssen? Wie romantisch! Wir standen uns nah gegenüber und blickten uns in die Augen.

»Annette! Machst du auch mit bei diesem Rendezvous-Dings, das Estelle mir eingebrockt hat?« Dabei berührte er mich mit einer Hand sanft am Unterarm, die andere spielte mit dem Ende meines Zopfes. Er sah mich eindringlich an. In seinem Gesicht suchte ich nach einem Hinweis, ob er die Frage ernst gemeint hatte? Ich konnte doch kein offizielles Rendezvous mit ihm haben!

»Da würden die Gräfinnen aber schön schauen, wenn du dir die Garderobendame für das Date aussuchen würdest.« Bei der Vorstellung musste ich kichern und schmiegte mich in unserer kleinen Nische eng an ihn. Meine Hände legte ich an seine Hüften. Er schaute zum Niederknien gut aus. Mein Herz klopfte aufgeregt, denn jetzt würde ich bestimmt gleich meinen Kuss bekommen.

»Nein, nicht die Garderobendame! Sondern die aufregendste Frau, die ich seit langem getroffen habe. Die mich mit ihren graugrünen Augen verzaubert hat und wegen der ich nachts nicht einschlafen kann.« Wie unglaublich schön war das denn? Wir fühlten dasselbe!

»Matthias.« Allein seinen Namen auszusprechen versetzte mich in Aufregung und ich strahlte ihn an. »Das ist so … unglaublich lieb von dir!« Am liebsten wollte ich jetzt sofort seine Lippen auf meinen spüren und ich schlang meine Arme um seinen Hals. Lächelnd näherte er sich.

»Dann habe ich ja mein Rendezvous bereits gefunden.«

In meinem Bauch kribbelte es wie in einem Schmetterlingspavillon und ich freute mich auf den bevorstehenden Kuss. Doch zuvor musste ich noch etwas klarstellen. Ich bemühte mich, meine Stimme ganz sanft, aber bestimmt klingen zu lassen. »Aber meine Teilnahme am Rendezvous-Wettbewerb … das geht nicht. Die feine Gesellschaft aus halb Europa ist angereist, um dich mit einer aus ihren Reihen zu sehen. Da kannst du doch nicht deine Angestellte erwählen, die die Jacken der Besucher weghängt! Du würdest dich zum Gespött der Leute machen!«

Er rückte von mir ab und ich ließ meine Hände von seinen Hüften gleiten. »Denkst du wirklich, dass es mich interessiert, was die Leute sagen?«

Ganz so unwichtig fand ich das nicht, immerhin war die Familie Ehrenfelsen weit über die Grenzen von Kärnten bekannt und stand stark im öffentlichen Interesse.

»Stell dir den Skandal vor, das wäre ein gefundenes Fressen für die Klatschpresse! Der Burgherr, der sich in die Garderobenfrau verguckt hat und seinen eigenen Ball crasht.« Um die Schlagzeile herauszustreichen, zeichnete ich mit meinen Fingern Gänsefüßchen in die Luft. Außerdem konnte sich schlechte Publicity direkt negativ auf die Besucherzahlen und alle anderen Geschäfte auswirken. Erkannte er das denn nicht? »Tut mir leid, Matthias, aber ich halte das für keine gute Idee. Ich eigne mich nicht als Cinderella, ich bin keine passende Wahl für dich.«

Bedrückende Sekunden musterte Matthias mich schweigend. Es war unergründlich, was hinter seiner Stirn vor sich ging. Als ich meine Hand beschwichtigend auf seinen Unterarm legen wollte, verschränkte er die Arme vor seinem Körper. »Für mich spielen deine Argumente keine Rolle. Das Bild von der Garderobendame, die nicht in die feine Gesellschaft passt, das hast nur du. In meinem Kopf habe ich ein ganz anderes Bild von dir.«

Ich musste schlucken. »Ja, es stimmt. In meiner Vorstellung gehöre ich da nicht hinein, es ist nicht meine Welt und wird es vermutlich nie sein.« Mit dem Kopf deutete ich in Richtung Festsaal.

»Wie schade. Aber ich will dich zu nichts überreden, wozu du nicht bereit bist.« Sein Lächeln wirkte bemüht tapfer und es gelang ihm nicht, seine Enttäuschung zu verbergen.

Am liebsten hätte ich ihn umarmt. »Bitte sei mir nicht böse.«

»Ich nehm es dir nicht übel, auf gar keinen Fall. Wir bleiben auf alle Fälle Freunde.« Seine Worte versetzten mir einen stechenden Schmerz unterhalb meines Rippenbogens.

»Freunde?«, wiederholte ich ungläubig. »Du willst, dass wir Freunde bleiben?«

»Ich kann und will dich nicht in meine Welt zwingen. Aber da ich nun mal Burgherr bin und auch bleibe, ist unsere Lage leider aussichtslos, fürchte ich«.

Mir dämmerte, dass er recht hatte. In Wahrheit hatten wir keine Zukunft miteinander. Nun war ich es, die sich zu einem unverdrossenen Lächeln zwingen musste. »Dann also Freunde.«

»Nichts für ungut«, sagte er und wandte sich nach wenigen Momenten des Schweigens von mir ab. Er warf mir noch einen Blick zu, ehe er mich allein in unserer Nische zurückließ. Dann verschwand er in der Menge der Feiernden. In meinem Hals steckte ein dicker Kloß und ich musste mich im Verborgenen erst einmal sammeln, bevor ich zu meinem Arbeitsplatz zurück gehen konnte. Matthias hatte vernünftigerweise unsere Romanze beendet, ehe sie begonnen hatte. Freundschaft war die einzige Verbindung, die zwischen uns bestehen bleiben würde. Es tat mir im Herzen und in der Seele weh, aber es war richtig so. Denn ich konnte mir nicht einfach ein viel zu großes Paar Schuhe überziehen und glauben, dass ich damit mit Matthias Schritt halten konnte. Nach kurzer Zeit käme ich unweigerlich ins Straucheln. Schließlich hörte ich Erika nach mir rufen und ich musste wieder mithelfen, denn eben stauten sich die Besucher am Eingang und wollten ihre Sachen abgeben.

An der Garderobe war danach wenig los, denn der Ball hatte bereits offiziell begonnen. Aus den angrenzenden Räumlichkeiten hörten wir die Klänge der Polonaise und des Eröffnungswalzers zu uns heraus. Erika hatte von irgendwoher eine Flasche Sekt organisiert und wir füllten unsere Gläser. Vielleicht konnte ich so den schalen Geschmack loswerden, der sich in mir breitgemacht hatte. Schließlich schlich ich zum Eingang des Saales und linste hinein. Dort beobachtete ich, wie Matthias mit einer hübschen Braunhaarigen tanzte. Sie warf den Kopf zurück und lachte, als sie sich unterhielten. Schon wieder spürte ich diesen Schmerz. Offensichtlich hatte er seine Enttäuschung schnell überwunden.

Ich biss mir auf die Unterlippe, weil ich das Rendezvous doch quasi schon fix in der Tasche gehabt hatte. Es ist noch nicht zu spät, flüsterte die mutige Stimme in mir, die sich sonst gerne im Hintergrund hielt. Doch ich musste realistisch bleiben. Meine Welt war bodenständig und spielte sich auf einem Campingplatz oder hinter einer Garderobe ab, nicht auf einem feudalen Ball.

Der Abend schritt voran und ich rief immer wieder die Instagram-Seite der Veranstaltung auf, um mir die Bewerberinnen für das Rendezvous mit dem Burgherrn anzusehen. Vor Mitternacht waren immerhin zwanzig Reels gepostet worden, also wenige Sekunden dauernde Videos, bei denen gezaubert worden war. Bei dem Beitrag der Einen tanzten Herzen mit Beinen eine Choreografie im Hintergrund, die andere schaukelte sehr romantisch in einer Seifenblase und schaute in den Sternenhimmel, und eine dritte junge Frau ließ ihr Haar aus einem Turm für Matthias herunter. Den Vogel schoss Gloria Rochefort de Saint-Pierre ab, die in der Faust von King Kong feststeckte und mit weit ausgestreckten Armen nach Rettung rief. Für mich wirkte es wie ein Thrash-Filmchen, denn noch dazu war es in Schwarz-Weiß. Als Erika es sich anschaute, kicherte sie: »Der arme Affe kann einem leidtun«. Auch wenn das Ganze ungewollt komisch aussah, hatte Gloria trotzdem die Ausstrahlung eines Menschen, der sich selbst für großartig hielt und dadurch irgendwie überzeugte, fand ich.

Mit der Zeit wurde es ermüdend, hinter dem Garderobentresen zu sitzen, zu warten und den anderen beim Feiern zuzusehen. In meiner Langeweile schaute ich auch noch nach Gloria Rochefort de Saint-Pierres anderen Social-Media-Auftritten. Sie erfüllte alle Klischees einer Influencerin und ihr Instagram-Account hatte beeindruckende 500.000 Abonnenten. Ich scrollte durch die Dokumentation ihres Lebens, konnte mich aber weder für ihr Morgen-Make-up noch für ihre Essgewohnheiten begeistern.

Die Gewinnerin des Rendezvous mit Matthias stand um Mitternacht fest. Die Cinderella des Abends war natürlich Gloria Rochefort de Saint-Pierre höchstpersönlich. Ihr Traum-Date mit Matthias würde am nächsten Tag am Wörthersee stattfinden. Erika schnaubte und ich war froh, dass ich kurz darauf in mein Zimmer gehen konnte. Zum Glück fühlte ich gar nichts mehr außer Müdigkeit und einem ordentlichen Schwips, der alle anderen Empfindungen betäubte. Im Bett wälzte ich mich trotzdem noch lange Zeit hin und her, bis ich endlich einschlafen konnte.

14 Grazia

Am nächsten Morgen erwachte ich durstig nach einer unruhigen Nacht und ich fühlte mich immer noch müde.

Bei der Erinnerung an den Vorabend spürte ich Unbehagen und versuchte mich mit kaltem Wasser und einem starken Kaffee zu wecken. Sicherlich würde es nach unserer Aussprache auf dem Ball ein eigenartiges Gefühl sein, Matthias in den kommenden Tagen zu begegnen. Doch wir waren Erwachsene und würden uns bald daran gewöhnen, nur freundschaftlich miteinander umzugehen. Man musste das Leben halt manchmal auch so akzeptieren, wie es war und mit Zitronen auskommen. Nach einem kleinen Frühstück machte ich mich auf den Weg zum Souvenirshop. Estelle würde heute bestimmt erst nachmittags auftauchen, wenn überhaupt. Auf dem Campingplatz war mittlerweile nur noch wenig Betrieb und mein Kollege Robert würde Opa versorgen.

Die Spuren der Veranstaltung waren gestern Nacht bereits weitestgehend entfernt worden. Der Saal war fast leer, nur einige der Tische und Sessel standen noch zum Abtransport bereit und die Handwerker zerlegten gerade die Holzkonstruktion der Bühne.

Ich schloss den Shop auf und hoffte auf viele Besucher, die sich Eintrittskarten für Führungen und Souvenirs kaufen und mir so zu Ablenkung verhelfen sollten. Dieser Arbeitstag, an dem ich unausgeschlafen und leicht verkatert war, würde sich sonst ziehen wie Kaugummi. In der Zwischenzeit, wenn niemand im Geschäft war, wollte ich mich mit der Umgestaltung des Verkaufsraumes ablenken, denn Estelle und ich hatten uns vorgenommen, das Sortiment ein wenig übersichtlicher zu ordnen. Der Laden erinnerte immer noch an die Kombis der Urlauberfamilien, die mit drei Kindern zum Camping anreisten. Es war ein Durcheinander, als hätte gerade der Urknall stattgefunden. Doch ich konnte mich auf meine Aufgabe nur schlecht konzentrieren.

Zum Mittag holte ich mir eine Portion Bratkartoffeln vom Burgrestaurant und schaute durch das Fenster auf den Hof hinaus. Da entdeckte ich Matthias, der direkt auf den Souvenirshop zusteuerte. Sofort beschleunigte sich mein Atem, doch ich zwang mich zur Ruhe. Ohne auch nur einen Blick durch die Fensterscheiben hineinzuwerfen, ging er raschen Schrittes an der Eingangstür des Ladens vorbei. Bestimmt war er auf dem Weg zu Gloria, seinem Date. Gestern schien es mir eine gute Idee gewesen zu sein, denn immerhin stammte Gloria aus denselben Kreisen, die Gesellschaft würde die Verbindung gutheißen und auch finanziell wäre es ein Vorteil. Allerdings tat ich mich schwer damit, mir Gloria und Matthias gemeinsam vorzustellen. Matthias war zwar Burgherr und Nachfahre von Adeligen, aber er war andererseits auch sehr natürlich und bodenständig. Gloria beim Fischen? Mit Matthias auf dem Roller? Beim Spaziergang im Wald? Mein Gehirn schaffte es nicht, diese Bilder realitätsnah entstehen zu lassen, dabei kam nur Ulkiges raus.

Spätabends in meinem Zimmer konnte ich nicht widerstehen und suchte nach Bildern, die Gloria vielleicht von ihrem heutigen Tag auf ihren Social-Media-Accounts gepostet hatte. Ihre dortigen Aktivitäten waren ein Paradies für Stalker und ihr Leben war durchgängig für die ganze Welt dokumentiert. Meine Pulsfrequenz erhöhte sich, als ich fündig wurde und anhand ihrer Fotos miterleben konnte, was die beiden heute Nachmittag gemacht hatten. Erst waren sie mit einem Motorboot über den Wörthersee gefahren. Glorias weit aufgerissener Mund, ihr im Fahrtwind flatterndes Haar und die blaue Bugwelle, die das Boot hinter sich herzog, füllten zwei Drittel des ersten Bildes aus. Neben ihr Matthias, von dessen Gesicht nur eine Hälfte zu sehen war. Ein blaues Auge strahlte unter dichten dunklen Brauen in die Kamera und brachte mich zum Seufzen. Sein halber Mund war zu einem spitzbübischen Lächeln verzogen. Dann hatten sie mitten auf dem See gehalten, um Champagner zu tanken, natürlich der Marke Rochefort de Saint-Pierre. Auf dem Bild stand die Flasche im Vordergrund und von Matthias konnte ich nur die Hand sehen, die ein Glas hielt. Auf dem nächsten Bild gab es einen Szenenwechsel zu einem romantisch für zwei Personen gedeckten Tisch im Wintergarten eines Seerestaurants mit Blick auf den Wörthersee. Im Hintergrund neigte sich die Herbstsonne dem Horizont entgegen. Die folgenden drei Schnappschüsse dokumentierten die Gänge von Glorias Abendessen. Dann waren sie offensichtlich in einen Club weitergezogen, wie ich aufgrund des Ambientes auf dem Foto vermutete. Und sie hatten sich mit einer weiteren Person getroffen. Matthias war in der Mitte, links von ihm Gloria und rechts von ihm Glorias Schwester Grazia. Ich kannte ihr Gesicht flüchtig von der Ballnacht und von der Webseite der Familie. Während Gloria und Matthias direkt in die Kamera lachten, rief der Ausdruck, mit dem Grazia Matthias beobachtete, ein unangenehmes

Drücken in der linken Seite meines Oberkörpers hervor, an der Stelle, an der sich mein Herz befand. So schaut Kate Winslet Leonardo DiCaprio in Titanic an, wenn sie die kleine Pause in der Kutsche einlegen. Grazia, die Anmutige. Der Name passte zu ihr, denn ihr Äußeres erinnerte tatsächlich ein wenig an die frühere Prinzessin von Monaco, obwohl sie auf dem Ball neben der blinkenden Erscheinung ihrer lauten Schwester gar nicht aufgefallen war. Ihr attraktives Gesicht mit der hohen Stirn, einer feinen Nase und ebenmäßigen Lippen wurde von schulterlangem braunem Haar umschmeichelt. Sie trug ein hellbraunes schmal geschnittenes Kleid, das ihre schlanke Figur betonte, ohne billig zu wirken. Vielleicht war eine der beiden Schwestern adoptiert worden, denn sie schienen so konträr wie zwei Wegweiser, die in entgegengesetzte Richtungen zeigten. Auf dem nächsten Bild waren nur Grazia und Matthias zu sehen. Vor ihnen auf dem Tischchen war eine Kollektion leerer Shotgläser aufgereiht. Ihre glasigen Augen schauten nicht in die Kamera, sondern die Blicke waren tief ineinander versunken. Grazia zeigte ihm ihre makellose obere Zahnreihe und in Matthias' Profil sah ich das Grübchen hervortreten, so wie es sich immer zeigte, wenn er an etwas Gefallen fand. Sein rechter Arm war locker um ihre Taille gelegt und an seinem blauen Hemd standen die obersten drei Knöpfe offen. Die Krawatte saß locker, sein Haar war leicht zerzaust. Der Abend war offensichtlich schon fortgeschritten und das Foto beinahe live, erst vor einer Viertelstunde gepostet worden. O nein, mein Brustkorb und mein Magen verkrampften sich beim Anblick der beiden. Mehr wollte ich wirklich nicht sehen. Schnell schloss ich die App und legte mein Handy zur Seite. Grazia schien echt Klasse zu haben. Ich malte mir aus, wie sie mit Matthias in einem der Esszimmer dinierte, wie sie sich gegenseitig über einen endlosen langen Tisch hinweg zuprosteten und natürlich war sie eine charmante Gastgeberin. Würde sie mit Matthias zum Angeln gehen? Möglicherweise. Und wenn, dann würde sie garantiert bezaubernd, anmutig und stilvoll einen richtig großen Fisch fangen und keinen mickrigen Baby-Karpfen.

Nicht einmal mit einer heißen Dusche und einer großen Tasse Kakao konnte ich diesen Geschmack von Grapefruit wegspülen, der sich in mir breitmachte.

15 Annette

Der nächste Morgen präsentierte sich entsprechend meiner Stimmung hinter einem Nebelschleier. Ich konnte es nicht lassen und rief erneut Glorias Social-Media-Seiten auf, es gab aber keine weiteren Fotos von letzter Nacht. Die ersten Bilder ihres Katerfrühstücks hatte sie heute Morgen jedoch schon mit der Welt geteilt. Mit der Schnüffelei in anderer Leute Angelegenheiten musste jetzt aber Schluss sein. Um meine Laune zu heben, hielt ich mich mit dem Gedanken aufrecht, dass ich Opa heute zum Mittag vielleicht wiedersehen würde. Er war der Mann, wegen dem ich aktuell hier in Österreich war.

Ich ging hinunter zum Campingplatz am See. Mit meiner morgendlichen Kontrollrunde war ich sehr schnell fertig, denn die mittlerweile wenigen Gäste, die jetzt im

Oktober hier waren, machten auch wenig Arbeit. In drei Wochen sollte der Platz dann für ein halbes Jahr geschlossen werden. Würde ich im nächsten Frühjahr noch hier sein, wenn er wieder öffnete? Wahrscheinlich nicht.

Da ich reichlich Zeit hatte, beschloss ich, mich anderweitig nützlich zu machen und sammelte überreife angeschlagene Äpfel in einen Eimer ein, die von einem späten Apfelbaum auf den Boden gefallen waren. Ich hatte die Idee, sie nachher zu den Rindern zu bringen. Als ich Robert davon erzählte, schüttelte er den Kopf. Der Kuhstall sei nicht mehr da, weil die Rinderzucht aufgegeben werde. Da erinnerte ich mich an Erikas Worte von vor einigen Wochen. Die Rinderzucht würde Matthias aufgeben, »weil Bio rentiert sich überhaupt nicht«. War es schon so weit, dass die ersten unwirtschaftlichen Teile des Familienbetriebes verkauft werden mussten? Die gutmütigen braunen Augen von Funny und Berlin kamen mir in den Sinn und ich musste schlucken, denn ein Stück heile Welt existierte nicht mehr. Aber was hatte ich mir denn vorgestellt, warum Rinder gezüchtet wurden? Dann versuchte ich mich mit dem Gedanken zu trösten, dass sie wenigstens ein richtig schönes Leben auf Matthias Weide gehabt hatten. Wahrscheinlich waren auch die Tage des Campingplatzes bereits gezählt. Ob er Gewinn abwarf, bei den niedrigen Preisen? Bestimmt nicht. Die Unbeschwertheit der vergangenen Wochen schien von der grauen Wirklichkeit des Herbstes eingeholt, doch es half nichts. Na gut, dann würde vielleicht der Koch mit den Äpfeln noch irgendetwas anfangen können.

Während ich Blätter rechte, wurde mir so richtig bewusst, wie sehr ich meine Arbeit hier liebte. Der Blick auf den See war so friedlich und übertrug seine Ruhe auf mich. Die frische, würzige Herbstluft belebte mich und es fühlte sich einfach nur gut an, hier zu sein und den eigenen Körper durch Bewegung aufzuwärmen. Wer hätte vor ein paar Monaten gedacht, dass ich mich so sehr an diesen Dingen erfreuen konnte? Den See und den Wald würde ich sehr vermissen, wenn ich zurück in der Stadt wäre.

Als ich mit den Blättern fertig war, schlenderte ich hinüber zur Kantine. Gerade als ich das kleine Haus betreten wollte, kam Matthias mit Bobby durch den Haupteingang. Sein Gesicht war blass und zerknautscht wie ein Papierknäuel. Jeder einzelne Shot der letzten Nacht stand ihm ins Gesicht geschrieben, stellte ich mit einer gewissen Befriedigung fest. Als er mich sah, lächelte er mich schief an.

»Guten Morgen, Annette«, sagte er mit heiserer Stimme, obwohl es bereits früher Nachmittag war.

»Hallo, Matthias, gehst du zur Burg Mittagessen? Heute gibt's leckeren Schweinebraten, und hinterher einen Schnaps, dann verdaut es sich besser«, sagte ich fröhlich und streichelte Bobby über den Kopf.

»O nein, ich hab keinen Hunger«, antwortete er hastig und verzog das Gesicht. »Ähm … Annette. Hast du morgen Abend schon etwas vor? Du kannst doch Schnapsen, oder?«

»Meinst du Schnapseln, das Trinkspiel mit Korn?«, fragte ich unschuldig, obwohl ich dank Robert bereits herausgefunden hatte, dass Schnapsen ein Kartenspiel war, ähnlich dem Spiel Sechsundsechzig, das jeder Österreicher kennt. Vermutlich lernen sie es gleich nach Lesen, Schreiben und Rechnen. Heimlich freute ich mich über seine Reaktion: Er schüttelte sich und presste die Lippen aufeinander. »Oder meinst du das Kartenspiel?«

»Das Kartenspiel. Estelle hat einen Verehrer, den sie eigentlich nicht mag. Aus Gründen, die nur sie versteht, trifft sie sich aber trotzdem zu einem Date mit ihm. Und weil Kartenspielen mit dem Bruder so ziemlich das Unromantischste ist, das man machen kann, ist die Wahl auf mich gefallen. Deswegen wird morgen Abend Karten gespielt. Hast du vielleicht auch Lust zu kommen?«

Mir blieb beinahe der Mund offen stehen. Ein gemeinsamer Spieleabend? Aber natürlich. Denn das war das, was Freunde miteinander machten, nämlich sich ganz einfach und spontan zum Kartenspielen zu treffen. Eigentlich eine schöne Idee, unsere neu ausgerufene platonische Beziehung zu festigen. In mir drinnen fühlte es sich zwar eher nach Folter an, aber je eher ich mich an unser kumpelhaftes Verhältnis gewöhnte, desto besser.

Deshalb antwortete ich: »Ein Verehrer von Estelle? Das hört sich ja interessant an.«

»Ich würde mich wirklich sehr freuen, wenn du kommst! Oder wolltest du lieber in der Ehrenfelsener Familiengeschichte lesen?«

»Nein«, antwortete ich und musste grinsen. »Also gut, ich komme.«

»Super. Wir treffen uns morgen im Burgrestaurant, um acht Uhr«, sagte er, warf mir ein freundliches Lächeln zu

177

und spazierte mit Bobby zurück in Richtung Burg. Nett, dass er mich eingeladen hatte. Ich seufzte, ließ meine Schultern hängen und verspürte das dringende Bedürfnis, mich im Warmen auszuruhen.

Am nächsten Tag redete ich mir immer wieder ein, dass es keinen Grund gäbe, in Bezug auf den bevorstehenden Abend aufgeregt zu sein. Es stand nur Kartenspielen mit Freunden auf dem Programm. Trotzdem durchsuchte ich meinen Kleiderschrank nach etwas Bequemem, das nebenbei auch ruhig gut aussehen durfte. Ich entschied mich für schmal geschnittene Jeans und eine weinrote Schlupfbluse mit Ethnodruck und einem niedlichen Ausschnitt. Die Farbe des Oberteils passte sehr gut zu meinem blonden Haar und brachte meine graugrünen Augen so richtig zum Strahlen, fand ich.

Als ich hinunter ins Restaurant ging, war es, wie meistens, nur schwach besucht. Estelle, Matthias und ein mir unbekannter Mann, bei dem es sich um den Verehrer von Estelle handeln musste, waren bereits im kleinen Gastraum. »Das ist Fred, unser Nachbar.« Sie deutete mit dem Kopf in seine Richtung und erklärte, dass seine Grundstücke an jene der Familie Ehrenfelsen grenzten.

»Freut mich sehr«, sagte er mit einem offenen Lächeln und wir gaben uns die Hand. Er wirkte sympathisch und sah auch gut aus. Seine Augen leuchteten, als er Estelle beim Mischen der Karten beobachtete und ich hätte gerne gewusst, was für eine Posse zwischen den beiden lief.

Wenn da bloß Herbert der Hexer nicht seine Finger im Spiel gehabt hatte, dachte ich grinsend.

Estelle war heute ungewöhnlich forsch. Zudem machte sie sich nicht die Mühe, wie sonst Hochdeutsch zu sprechen und brachte ihre Ungeduld auf Österreichisch mit »Sammas?« zum Ausdruck, was, wie ich gelernt hatte, so viel hieß wie »Seid ihr endlich so weit, dass wir es hinter uns bringen können?« Die abgegriffenen Karten für das Spiel, das die Österreicher Bauernschnapsen nannten, lagen schon auf dem Tisch. Es wurde in Teams gespielt. Ziel war es, als Paar gemeinsam möglichst viele Punkte zu machen, bis zum Erreichen von 24.

»Mädchen gegen Jungs?«, schlug Estelle vor.

»Die Jungs sind einverstanden, oder, Fred?«, antwortete Matthias und dieser nickte. Estelle und ich saßen uns schräg gegenüber, genauso wie Matthias und Fred.

»Welche Trumpffarbe?«, fragte Estelle ihren Bruder, die die erste Runde austeilte. Nach drei der fünf Karten musste einer der Spieler darüber entscheiden. Karo, Pik, Treff oder Herz? Die Trumpffarbe war beim Schnapsen wie ein Adeliger während der Monarchie. Alles drehte sich um sie und sie war mehr wert als die anderen.

»Karo«, sagte Matthias. Das könnte schwierig für uns werden, denn ich hatte gar keine Karos auf der Hand. In der ersten Runde hatte ich weder Glück noch konnte ich mich konzentrieren. Eigentlich musste man aufpassen und sich merken, welche Karten schon ausgespielt worden waren, doch immer wieder drifteten meine Gedanken zu Matthias ab, dessen Schultern durch seinen sportlichen blauen Sweater betont wurden. Der Farbton war beinahe derselbe wie der seiner Augen. Estelle und ich verloren den ersten Durchgang, ohne überhaupt nur ein einziges Mal gepunktet zu haben.

»Ihr seid erbärmliche Rinner«, haderte Estelle mit unserer Pechsträhne. Sie klärte mich auf. »Rinner werden in Österreich Menschen mit unerhört viel Glück genannt, Annette.«

Über den lustigen Ausdruck musste ich lachen. »Das muss ich mir merken.«

»Bring Annette doch nicht solche Sachen bei«, sagte ihr Bruder. »Außerdem: Pech im Spiel, Glück in der Liebe heißt es doch. Wenn das stimmt, triffst du heute bestimmt auf die Liebe deines Lebens, Estelle.«

»Sehr witzig.«

Leider förderte dieses Geplänkel meine Konzentration nicht gerade und ehe ich mich versah, hatten wir auch schon die nächste Serie verloren.

Okay, ich musste nun aber wirklich besser aufpassen. Und außerdem war jetzt ich an der Reihe, die Trumpffarbe zu benennen. Ich überlegte, konnte mich aber nicht entscheiden. Meine Karten waren totaler Schrott. Wenn das zuvor zitierte Sprichwort stimmte, stünde ich unmittelbar davor, meinen zukünftigen Ehemann zu treffen. Als mein Blick zu Estelle hinüber wanderte, bemerkte ich, dass sie mich so eigenartig mit den Augen fixierte. Dann zwinkerte sie mir zu und tippte wie zufällig mit ihrem Zeigefinger auf ihren Brustkorb. Herz? Das war aber eigentlich Betrug und überhaupt nicht in Ordnung!

»Herz«, sagte ich trotz meiner Skrupel. Estelles Mundwinkel zuckten zufrieden nach oben. Wir gewannen die Runde souverän.

»High Five«, rief Estelle lachend und wir klatschten uns ab. Wir schummelten in den nächsten Runden weiter und wurden dabei immer dreister. Karo zeigte ich Estelle auf der karierten Tischdecke und sie mir das Kreuz auf dem Anhänger ihrer Halskette. Die Gesichter von Matthias und Fred waren zu komisch, als sie Runde um Runde verloren. Sie bekamen überhaupt nichts von unserer kleinen Trickserei mit. Fred schien aber auch ziemlich abgelenkt zu sein, denn er linste permanent zu Estelle hinüber.

»Tja, Matthias, du solltest dich halt mal besser aufs Spiel konzentrieren und nicht dauernd nur Annette anstarren«, stichelte Estelle gegen ihren Bruder. Matthias grinste schief und heftete seinen Blick auf die Karten.

»Letztes Spiel?«, fragte er schließlich.

»Die Verlierer zahlen«, sagte Estelle, womit die zwei Runden Weißweinschorle, die wir gehabt hatten, auf Matthias und Fred gingen.

Als wir vor die Tür des Gasthauses traten, empfing uns ein frischer Herbststurm, der mir eine Gänsehaut bescherte und meine Haare in alle Richtungen fliegen ließ. Am Nachmittag hatte ich noch die letzten Momente des Altweibersommers am See genossen und nun bereute ich es, keine Jacke mitgenommen zu haben. Estelle und Fred verabschiedeten sich und gingen rasch in Richtung Parkplatz, denn sie mussten hinunter in den Ort fahren.

»Komm, wir gehen innen durch, das ist gemütlicher.« Matthias deutete zurück in Richtung Burgrestaurant und hielt die Tür für mich auf.

»Durch den Geheimgang?«, fragte ich nervös. Immerhin war es kurz vor Mitternacht und meine imaginären Angsthasenohren hingen herab wie Palmwedel.

»Du hast doch nicht schon wieder Angst?«

»Natürlich nicht!« Entrüstet schüttelte ich den Kopf. »Obwohl es hier heute schon ziemlichen Halloween-Charme versprüht.«

»Zum Glück bin ich ja bei dir.« Er schloss die schwere Tür auf, die zu der Abkürzung durch das Innere der Burg führte. Wir betraten den düsteren Gang, den Estelle mir vor dem Ball gezeigt hatte, als wir die Vorhänge geholt hatten. Die schwache Beleuchtung setzte die schlecht verputzten Wände des verwinkelten Weges in Szene. Nur die Länge und Schwere meiner Haare verhinderte, dass sie mir augenblicklich zu Berge standen wie eine Igelfrisur. Matthias streckte mir seine Hand entgegen. »Komm!«

Was für eine nette brüderliche Geste! Sofort ergriff ich sie und ließ mich von ihm durch den Stollen führen, in dem feuchtkühle Luft mit leichtem Schimmelpilzaroma stand. Meine Finger waren fest mit den seinen verschlungen und meine rechte Hand ruhte auf seinem Unterarm. Zur Sicherheit hatte ich doppelt an ihm angedockt. Allerdings musste ich mir eingestehen, dass mein Körper die neue geschwisterliche Einstellung zu ihm noch nicht ganz verinnerlicht hatte und ich ärgerte mich über das unschickliche Kribbeln in meinem Bauch. Wir stiegen das verwinkelte Treppenhaus hinauf.

»In solchen Situationen soll man doch laut singen, oder? Um die Beklemmung zu vertreiben«, sagte ich in die Stille des Ganges hinein.

»Aber nur, wenn du meine toten Verwandten aufwecken willst.« Matthias lachte.

»Sehr witzig.« Ich knuffte ihm spielerisch gegen seine Schulter.

»Aber wir können auch singen, wenn du unbedingt möchtest … du kennst doch sicher ›Finster, finster‹, oder?«

»Na gut«, brummte ich widerwillig, denn obwohl dieses Lied natürlich normalerweise von kleinen Kindern gesungen wurde, gehörte es doch trotzdem irgendwie zur gruseligen Fraktion.

Wir sangen die paar Zeilen des Herbstliedes in Endlosschleife. Es tat so gut, seinen fürsorglichen Griff zu spüren, der wie ein Heizstrahler auf mich wirkte.

Schon hatten wir den zweiten Stock erreicht und der Geheimgang mündete in den Lagerraum, in dem Estelle die Vorhänge für den Ball gefunden hatte. Am anderen Ende des schwach beleuchteten Zimmers nahm ich die weiß gewandete Kleiderpuppe wahr, die beinahe drohend im Raum zu schweben schien. Matthias starrte sie an und blieb stehen. Unsere Hände lösten sich.

»Da ist tatsächlich ein Geist aus meiner Vergangenheit, beziehungsweise gehört einem«, sagte er heiser. Auf einmal wirkte er müde und traurig. Ihn so zu sehen, verursachte mir Schmerzen und ich konnte nicht anders, als ihm gegenüberzutreten und ihn an seinen Schultern zu berühren. Er atmete tief ein und schaute mich unverwandt an. »Es hätte so schön sein können mit uns beiden.« Seine Stimme klang rau und er sah mir fest in die Augen, worauf sich mein Magen und mein Herz gleichzeitig zusammenkrampften.

»Auf dem Ball konnte ich nicht über meinen Schatten springen. Es tut mir leid, aber ich bin nun einmal keine Cinderella.« Meine Stimme war nicht mehr als ein Flüstern.

»Meine Bitte an dich, teilzunehmen, kam ja aber auch sehr plötzlich … ich hätte dich nicht so überfallen dürfen. Und mein Rendezvous gestern war übrigens ein Desaster. Ich habe es nur mit sehr viel Wodka durchgestanden.«

Unsere Blicke verhakten sich ineinander. »Was hältst du davon, wenn wir alles einfach auf uns zukommen lassen? Ohne Erwartungen und wir schauen einfach, was die Zukunft bringt?« Als er meine Hand nahm, begann mein Herz vor Freude zu springen. Anstatt einer Antwort berührte ich seine Wange, strich über sein Grübchen und erwiderte sein Lächeln.

»Aber was werden die Leute sagen?«, fragte ich.

»Du weißt, dass mir das egal ist. Für mich gibt es keine Frau, die mehr Klasse hat als du.«

»Wir müssen es ja nicht an die große Glocke hängen«, murmelte ich, dann zog er mich nah an sich. Wir standen uns nun so knapp gegenüber, dass ich seinen Atem spüren konnte, und in meinem Brustkorb pochte es aufgeregt. Das kitzelige Kratzen seiner Bartstoppeln an meinen Fingerspitzen brachte meinen Arm zum Kribbeln, das sich bis zu meinem Bauch hin ausbreitete. Ich strich die Linien seiner dichten dunklen Augenbrauen nach und schaute in seine blauen Augen. In meinem Bauch herrschte Anarchie. Er legte seine Arme um meine Taille und drückte mich sanft an sich. Meine Bedenken und Zweifel wegen unserer ungleichen Herkunft verflogen wie die Skrupel beim Schummeln, als sich seine Lippen auf meine senkten. Ich stöhnte wohlig auf und auch sein brüderliches Benehmen mir gegenüber war endgültig Geschichte. Mein Burgherr konnte küssen wie ein Prinz. Nein, wie ein As! Ich erwiderte die Liebkosungen seiner Zunge mit Hingabe, es war als würden wir auf Wellen auf- und abgleiten. Leise stöhnte ich auf, als er sich an meinem Hals abwärts küsste und damit in meinem Unterleib einen kaum zu ertragenden ziehenden Schmerz auslöste. Nichts wollte ich mehr, als seinen Körper eng an meinem zu spüren.

»Komm mit zu mir!«, sagte ich atemlos. Meine Stimme war belegt und hörte sich fremd in meinen eigenen Ohren an. Seine Antwort war ein kehliger Laut und ein fester Kuss auf meinen Mund. Dann nahm er meine Hand und zog mich eilig aus dem düsteren Raum hinter sich her.

16 Wolke sieben

Ich schwebte auf einer Wolke des Glücks und des Wohlbefindens. Seit drei Wochen waren Matthias und ich zusammen und ich hatte mir geschworen, nie mehr wieder über den transzendentalen Herbert zu lachen, denn meine Tee-Vision war Wirklichkeit geworden. Morgens gingen wir unserer Arbeit nach, entweder gemeinsam oder ich hatte auf dem Campingplatz zu tun. Nebenbei hielt ich allerdings ständig nach meinem Burgherrn Ausschau, bis ich ihn mit Bobby am Ufer auftauchen sah. Dann begann mein Herz wild zu klopfen und in meinem Bauch spürte ich die Schmetterlinge herumwirbeln wie im auffrischenden Herbstwind. In unserer Freizeit machten wir Spaziergänge durch den Wald, dessen Blätter sich golden und rötlich verfärbt hatten. Oder wir ruderten auf den See hinaus und ließen uns unter einer Wolldecke zusammengekuschelt von den Wellen hin und her schaukeln. Abends bekochten wir uns gegenseitig, aßen im Kerzenschein in Matthias' Wohnung und anschließend übernachtete ich bei ihm. Einmal war er verreist und hatte drei Tage in Wien verbringen müssen. Als er zurückkehrte, brachte er mir einen Blumenstrauß und ein riesiges Lebkuchenherz mit.

Da wegen des bevorstehenden Endes der Saison genug Zeit blieb, unterstützte ich Matthias und Charlotte in der Buchhaltung. Endlich konnte ich meine Erfahrungen sinnvoll einsetzen und hatte auch noch Spaß daran. Wir stellten Einnahmen und Ausgaben der Betriebe gegenüber, holten alternative Angebote für geplante Investitionen ein und informierten uns über neueste Förderungen der Denkmalschutzbehörde, die für die Burg Ehrenfelsen in Betracht kämen. Bald zeigten sich eine Reihe von Möglichkeiten, wie die finanzielle Situation erheblich verbessert werden konnte. Und dass Bio sich nicht rentiert, wie Erika behauptet hatte, stimmte nicht. Den wahren Grund, warum Matthias die Rinderzucht aufgab, rückte er nur zögerlich heraus. Denn dass der Nachfahre von knochenharten Kreuzrittern es nicht übers Herz brachte, seine Kälber schlachten zu lassen, wollte er nur zu gerne verheimlichen. Für mich war dies eine weitere Bestätigung seines warmherzigen Inneren, die meine Liebe noch weiter befeuerte. Also tüftelten wir an einem Konzept für einen Streichelzoo, in dem Funny und Berlin unsere Stars werden sollten. Was unsere Beziehung betraf, war es natürlich nicht möglich, sie vor der Familie und engen Freunden zu verheimlichen. Aber als der Gentleman, der er war, respektierte Matthias meinen Wunsch, unsere Beziehung nicht vor aller Welt zu zeigen und wir vermieden jede Art von Zärtlichkeitsbekundungen in der Öffentlichkeit. Immerhin erzählte ich Mutter am Telefon von Matthias und stellte ein gemeinsames Bild von uns in die Whatsapp-Gruppe, das mit Smileys, denen Herzen aus den Augen sprangen, kommentiert wurde.

An diesem Morgen schwebte ich wieder einmal im Halbschlaf auf meiner Wolke dahin. Sie war orange und pink und wurde von hinten von der Sonne angestrahlt. In diesem Zustand hätte ich ewig verharren können, wäre da nicht dieser nervige Vogel, dessen Piepsen Schicht für Schicht die weichen Schwaden vertrieb. Hinter dem rosa Schleier tat sich die Erinnerung an die vergangene Nacht auf und ich lächelte unwillkürlich und streckte meinen Arm hinüber auf die andere Seite des Bettes. Doch meine Hand erfühlte keinen Körper, sondern nur ein leeres Laken. Da hörte das piepsende Geräusch abrupt auf und ich hörte Matthias' Schritte, als er die Treppe vom Schlafbereich hinunter in den Wohnbereich stieg. Ich hörte ihn flüstern: »Grazia? Où es-tu?« Benommen öffnete ich meine Augen, setzte mich im Bett auf und drehte mich hinüber, um über die Galerie zu Matthias hinunterzuschauen. Doch einen Moment später wurde die Tür des Apartments leise geschlossen. Er war gegangen.

Nun war ich allein und die Stille, die mich plötzlich umgab, war aufreibender als der nervigste Klingelton. Der Komet war eingeschlagen. »Und das noch vor 8 Uhr morgens«, dachte ich, als ich einen Blick auf die Zeitanzeige meines Handys warf. Kraftlos ließ ich mich auf mein Polster zurückfallen. Grazia.

Es war ja nur ein Anruf gewesen. Allerdings hatte er sich dabei gleich mit seinem Handy hinausgestohlen und war nicht mehr zurückgekommen. Vielleicht, weil er mich nicht wecken wollte? Aber warum rief sie überhaupt morgens bei ihm an? Ihr Anruf hatte bestimmt nichts Gutes zu bedeuten. Ich stand auf, um zu duschen, doch die Unruhe, die sich in mir ausgebreitet hatte, konnte ich nicht loswerden. In festen Schuhen, Jeans und dicker Jacke machte ich mich auf den Weg zum See. Ich nahm die ein bisschen längere Route durch den Wald, der mittlerweile ein einziges Symbol für den Herbst geworden war. Die Blätter begannen gekrümmt und vertrocknet von den Ästen abzufallen wie Erinnerungen an den vergangenen Sommer.

Dann schlenderte ich zum Campingplatz weiter, wo auch alle Zeichen auf Herbst standen. Nur noch drei Wohnmobile von älteren Herrschaften standen auf den Abstellplätzen, auf denen sich im Sommer die Camper dicht an dicht gedrängt hatten. Sehr bald würden auch sie ihre Vorzelte abbrechen und heimwärts nach Deutschland fahren.

Robert und ich waren nun täglich damit beschäftigt, das Laub zusammenzurechen. Mein Kollege war durchweg gut gelaunt, denn er würde sich nun bald in die Rente begeben. Die Elektrik, die die Wohnwagen während der Saison versorgte, wurde abgebaut und winterfest eingelagert. Für die verbliebenen Gäste gab es kein Mittagessen, sondern nur noch Brötchen auf Vorbestellung. Die Essensbesuche meines Großvaters fanden nicht mehr statt. Wir hatten abgemacht, dass ich ihn in ein paar Tagen mal zu Hause besuchen kommen würde. Hoffentlich hatte sich meine Halbschwester Katharina dann endlich bei ihm gemeldet, denn auf unseren Brief, den ich vor rund zwei Wochen auf dem Postamt aufgegeben hatte, war bislang noch keine Antwort gekommen. Fast befürchtete ich, dass unsere Bemühungen ins Leere gelaufen waren.

Für die Ablenkungen durch die Arbeit war ich dankbar und ich vertiefte mich hingebungsvoll in die vielen kleinen Handgriffe. Doch wenn mein Hinterkopf Sprechblasen hätte produzieren können, würden diese unaufhaltsam aufsteigen wie Bläschen vom Seeboden, gefüllt mit der einen Frage: »Was will Grazia von Matthias?«

Als mein Handy läutete, begann es sofort freudig in meinem Bauch zu kribbeln und mein Atem beschleunigte sich auf Dauerlaufniveau. Doch es war nur Estelle, die mich fragte, ob ich sie im Shop ablösen könne. Um Zeit zu sparen, ging ich den direkten Weg entlang der Straße, die neben dem Wall zur Burg hinaufführte. Tief in Gedanken versunken bog ich um eine Kurve, als direkt vor mir ein forsches Hupgeräusch ertönte. Vor Schreck zuckte ich zusammen, denn ich hatte das Auto überhaupt nicht kommen gehört. Ich stand den geschlitzten Scheinwerfern eines schwarzen Sportwagens gegenüber, die auf mich wirkten wie die Augen eines gesichtslosen Insekts. Nur eine Armlänge von mir entfernt war es zum Stehen gekommen. Schnell trat ich auf die Seite und der Wagen schwebte beinahe lautlos an mir vorbei. Kein Motorengeräusch war zu hören, nur ein Knirschen von Reifen auf sandiger Straße. Im Vorbeifahren schaute ich durch das Fahrerfenster und erkannte das Profil von Grazia, die mich keines Blickes würdigte. Auf dem Heck des eleganten Teslas konnte ich die Buchstaben Model S lesen. Bestimmt hatten Grazia und Matthias eine kleine Spritztour unternommen und nun hatte sie ihn wieder oben an der Burg abgesetzt. Dass Matthias von diesem Fahrzeug träumte, wusste ich mittlerweile, aber wer außer Champagnerfabrikanten konnte sich schon ein Auto leisten, das so viel kostete wie ein Einfamilienhaus? Als ich durch das Haupttor ging, erblickte ich Matthias, der vor dem Shop stand und sich mit zwei Besuchern unterhielt. Als er mich sah, schüttelte er den beiden die Hände und kam mir mit einem strahlenden Lächeln und leuchtenden Augen entgegen.

»Bonjour, Chérie«, sagte er in seinem niedlichen kärntnerischen Akzent und gab mir einen zärtlichen Kuss.

»Auf Französisch hört sich irgendwie alles so schön an wie eine Liebeserklärung.«

»Ich werde dir noch ganz viele Wörter in dieser Sprache beibringen«, versprach er. »Ich muss jetzt noch einmal weg, kommst du heute Abend zu mir? Ich kümmere mich ums Abendessen.«

»Oui, Monsieur, was gibt es denn?«

»Eine Überraschung.« Was vermutlich bedeutete, dass er es selbst noch nicht wusste. Gut gelaunt betrat ich den Shop. Zwischen Matthias und mir war offensichtlich alles in bester Ordnung, obwohl er mir das mit Grazia verschwiegen hatte. Ihr Besuch war wohl nicht von Bedeutung.

»Ah, Annette, da bist du ja schon«, sagte Estelle. »Ehrlich gesagt ich bin auf der Flucht vor diesem Fred, mit dem wir Karten gespielt haben. Er wird sicher bald vorbeikommen und nach mir suchen, deswegen muss ich verschwinden.«

»Er ist ganz schön verknallt in dich, was?«

»Es ist schrecklich. Und ich fürchte, dass ich das kommende Wochenende mit ihm verbringen muss. Er ist wie ein juckender Ausschlag, den man nicht mehr loswird. Irgendwie hat er es auf die Gästeliste der jährlichen Halloweenparty der Familie Rochefort de Saint-Pierres geschafft. Dieses Fest findet auf ihrem Schloss in der Champagne statt. Dagegen ist unser Hausball ein Kindergeburtstag, sag ich dir. Sie haben aber auch nur ihre zweitausend allerengsten Freunde eingeladen, unter anderem auch Matthias, mich und unseren Freund Fred vom Jupiter«, lachte Estelle grimmig. Mir klappte der Mund vor Überraschung auf. Das durfte doch nicht wahr sein! Sie würden zu Grazia nach Frankreich fahren? Warum hatte Matthias mir das nicht gleich erzählt? Unterdessen hatte Estelle ihre Sachen in die Handtasche gepackt und schlüpfte in die Jacke. Dann umarmte sie mich lachend und spazierte zur Tür hinaus.

Matthias würde Grazia besuchen und direkt in die Höhle der Löwin fahren! Und sie würde nichts unversucht lassen, sich an ihn heranzumachen, das war sicher. Den Rest des Nachmittags saß ich wie auf Nadeln. Endlich konnte ich den Shop kurz nach 18 Uhr schließen und mich auf mein Zimmer zurückziehen. Ich würde ja sehen, was Matthias mir über seine geplante Reise erzählte.

17 Abschied

»Hallo.« Matthias strahlte mich an. »Was hast du da Schönes mitgebracht, Birnen?« Er nahm mir den Teller mit den fünf Stück ab, die ich von einem der Bäume neben der Kuhweide gepflückt hatte.

»Ja, sind leider noch hart, echte Motzbirnen.«

»Die sind mein Lieblingsobst!«, sagte er grinsend und gab mir einen zärtlichen Kuss. In den vergangenen Wochen hatte ich ihm von meiner Mutter, meinem eigenartigen Spitznamen und dem unrühmlichen Ende meiner Laufbahn als Buchhalterin erzählt. Ich trat in Matthias' Apartment ein, in dem einem als erstes die Decke ins Auge sprang, welche mit freundlichem hellem Holz verkleidet und mit einem dicken Querbalken verstärkt war. Das verlieh ihr ein rustikales Aussehen. Ich war sehr gerne hier, denn es sah nicht nur einladend und gemütlich aus, sondern es roch auch ein wenig nach Fichtenwald. Auch die Böden, von denen eine angenehme Wärme ausging, waren mit hellem Parkett verlegt. An der Fensterseite des Wohnraums befand sich das Pianino, auf dem ich Matthias an einem meiner ersten Tage spielen gehört hatte. Desweiteren gab es eine hellbraune Ledercouch mit einem passenden Tisch, dahinter schloss ein Essbereich an. Auf dem Tisch stand eine schmale Vase mit einer einzelnen roten Rose und es war für zwei Personen gedeckt. Zwischen den zwei Tellern brannte bereits eine kleine Kerze, wofür der Burgherr gleich noch einen Kuss von mir bekam.

»Ich habe Pizza besorgt.«

»Pizza Margherita, lecker!«

»Hörst du das?« fragte er und deutete auf seinen Bauch, der grummelte wie ein defekter Kühlschrank.

»Ich glaube, du musst dringend gefüttert werden.«

Kurze Zeit später saßen wir zusammengekuschelt auf der Couch. Wir hatten uns mit einer flauschigen Decke zugedeckt und Bobby lag zu unseren Füßen. Wir schmiedeten Pläne für einen Angelausflug, den wir machen wollten, denn im Moment war ein günstiger Zeitpunkt zum Fischen. Im Oktober, wenn die Tage kürzer wurden und der See abkühlte, spürten die Fische den herannahenden Winter und wollten sich Speck anfressen. Daher hatten wir gute Chancen auf einen Fang, den wir ansehen, streicheln und dann wieder in den See entlassen würden.

Matthias schlug sich mit der Hand an die Stirn. »O je, das hab ich ja komplett vergessen, an diesem Wochenende können wir ja gar nicht zum Angeln. Wir sind nach Frankreich eingeladen, von Gloria und Grazia Rochefort de Saint-Pierre. Eine von ihnen war mein Date von Estelles schräger Rendezvous-Veranstaltung, weißt du noch?« Mit einem Grinsen drückte er mich an sich und kitzelte mich neckend an meiner Seite. »Es geht schon übermorgen los, weil sie uns zuerst die Stadt Colmar zeigen wollen. Am nächsten Tag fahren wir zu ihrem Schloss in die Champagne, wo sie eine riesige Party zu Halloween veranstalten. Estelle ist total sauer, weil Fred es irgendwie geschafft hat, auch eingeladen zu werden.«

Direkt unter meinem Herzen spürte ich kleine Stiche.

»Wann kommt ihr zurück?«

»Nein, nicht wann kommt ihr zurück. Wann kommen wir zurück? Lass uns doch gemeinsam fahren! Und Bobby kommt auch mit.« Matthias massierte Bobby den Rücken, indem er seine Füße auf dessen wohlgenährten Körper platzierte und ihn sanft durcharbeitete. Die Dogge gab ein zufriedenes Brummen von sich. Ich war sprachlos und mein Herz klopfte wild. Wie schön war das denn? Wir fuhren nach Frankreich! Dann beschleunigte sich mein Herz noch zwei Takte und ein unsichtbares Band legte sich um meine Kehle. Ich sollte ihn offiziell zu den Rochefort de Saint-Pierres begleiten, als seine Partnerin? In ein Schloss nach Frankreich, wo nur Adelige waren, Konversation auf Französisch betrieben wurde und alle mit ihren Benimmregeln glänzten? Und davor sogar noch einen Tag mit der kühlen Grazia und der verrückten Gloria in Colmar verbringen? Mir kam der Schatten, über den ich springen sollte, mit einem Mal unendlich groß vor.

»Ach weißt du, ich mach mir nicht so viel aus Partys«, sagte ich. »Und was soll ich überhaupt anziehen?«

»Da mach dir keine Gedanken, da finden wir schon was, Estelle hilft dir sicher gerne aus. Ich mag diese Partys doch auch nicht, aber Absagen ist nicht möglich, es ist schon alles fix. Sie haben irgendein super Programm in Colmar für uns organisiert. Es wird bestimmt lustig, du wirst sehen. Tut mir leid, dass ich dich wieder einmal damit überrumple!«

Dass er mich mitnehmen wollte, war so lieb von ihm. Die Einladung kam einem riesengroßen Beweis seiner Zuneigung gleich, das war mir wohl bewusst und ich schmiegte mich ganz eng an ihn an. Aber ebenso groß war das Unbehagen, das mich bei dem Gedanken erfasste, dieser feudalen Gesellschaft präsentiert zu werden.

»Ich spreche aber nicht französisch«, startete ich einen weiteren Abwehrversuch.

»Ich werde für dich übersetzen.« Ein unbehagliches Schweigen setzte ein. »Annette, ich möchte gerne, dass du mich begleitest, ganz offiziell, als meine Freundin. Langsam wäre es doch an der Zeit, dass wir der Welt zeigen, was wir füreinander empfinden, meinst du nicht? Und mach dir keinen Kopf, die Franzosen sind da ganz locker. Die haben nicht so einen antiquierten Standesdünkel wie du.« Er lachte und gab mir einen zärtlichen Kuss. Doch ich fühlte mich nicht besser. Ganz im Gegenteil. Dass er meine Selbstzweifel so überhaupt nicht nachvollziehen konnte und wir nach kurzer Zeit schon wieder bei diesem Thema angelangt waren, frustrierte mich.

»Weißt du, du hast aber auch leicht reden. Du bist ein angesehener Burgherr, besitzt das halbe Tal und stammst aus einer jahrhundertealten Adelsfamilie, die dich noch dazu über alles liebt. Du führst erfolgreich mehrere Unternehmen und hast den Rückhalt von ganz Kärnten.«

»Ja und?« Er ließ einige meiner Haarsträhnen durch seine Finger gleiten.

Nun rückte ich ein Stück von ihm ab und schaute ihm geradewegs ins Gesicht. »Wie willst du mich denn bei der feinen Gesellschaft vorstellen? ›Darf ich bekannt machen, das ist Annette Müller. Ihr kennt sie ja schon von meinem Hausball. Nein, sie war nicht die in dem roten Kleid, sondern die Garderobendame mit dem Trauerflor. Außerdem putzt sie am Campingplatz, sie hat aber keine Vorstrafen, obwohl der Skandal, in den sie verwickelt war, sogar in der Zeitung stand.‹« Ich holte kurz Luft. Meine Stimme war Sarkasmus pur. »›Aber das hat alles nichts zu bedeuten, denn seit ganzen drei Wochen gehen wir miteinander ins Bett und es läuft richtig gut zwischen uns. Aus welcher Linie sie stammt? Das kann man nicht sagen, denn ihre Familie ist so unbekannt, dass Annette sie selbst kaum kennt. Ist wahrscheinlich auch besser so, weil ihr Großvater ernährt sich aus Mülltonnen und ihr Vater will erst gar nichts von ihr wissen‹.« Mittlerweile hatte ich mich richtiggehend in Rage geredet und atmete heftig. Das Problem, das wir erfolgreich unterdrückt hatten, war jetzt mit aller Macht wieder aufgetaucht.

Matthias betrachtete mich ernst. Er sprach ganz ruhig und gefasst. »Du brauchst nicht glauben, dass in meinem

Leben alles immer nur eitel Sonnenschein gewesen ist. Auch ich hatte mit Schicksalsschlägen zu kämpfen, wie du weißt. Und den Rückhalt meines Umfelds habe ich auch nicht immer gehabt. Ganz im Gegenteil. Als ich mit der schlimmsten Enttäuschung in meinem bisherigen Leben fertig werden musste, wurde ich verhöhnt und verspottet. Da habe ich für mich gelernt, dass man nicht zu sehr auf andere hören soll. Und wenn man nicht zu dem stehen kann, was man liebt, dann sollte man besser loslassen. Denn vielleicht ist es dann doch nicht das Richtige für einen selbst. Ich hatte schon einmal eine Frau, die sich nicht ganz sicher war und sich nicht für mich entscheiden konnte. So etwas möchte ich nie mehr wieder erleben.« Seine tiefe und gefasste Stimme kroch mir bis unter die Haut. Ich schluckte. Ja, Matthias hatte auch mit Enttäuschungen fertig werden müssen.

»Ich meine … mein Problem ist, dass ich nicht zu mir selbst stehen kann. Und somit nicht zu uns. Ich kann nicht … « Heiser lachte ich auf. Es war so absurd, wie gehemmt ich war.

»Annette.« Er schaute mir in die Augen. Aus seinem Blick konnte ich die große Enttäuschung ablesen. »Ich will dich nicht ändern, weil du eine wunderbare Frau bist. Die großartigste, die ich je kennengelernt habe. Und dass wir dieses Thema jetzt schon klären, ist gut, bevor unsere Beziehung der Öffentlichkeit bekannt wird. Denn so ein Hin und Her möchte ich nicht mehr erleben. Und ganz bestimmt würde ich es nicht ertragen, vor aller Augen noch einmal so stehengelassen zu werden.«

Meine Kehle verengte sich schmerzhaft und ich fasste nach seiner Hand. Ich drückte sie fast schon verzweifelt, aber er erwiderte den Druck nicht. Es fühlte sich nach Abschied und Endgültigkeit an.

»Aber Matthias ... was willst du mir sagen ... dass es das jetzt mit uns gewesen ist? Aus und vorbei?« Ich stammelte die Worte hervor und starrte ihn fassungslos an.

»Verzeih mir, bitte. Ich ... liebe dich, aber ich muss mich auch selber schützen. Ich kann so etwas nicht noch einmal mitmachen.« Er schüttelte den Kopf und wandte sich ab. Und nicht nur das, was er sagte, sondern auch die Art, wie er sprach, brach mir das Herz. Denn typisch Matthias war er nicht zynisch oder gar laut geworden, sondern sein Tonfall war immer noch einfühlsam. Genauso wie er mir im gleichen Atemzug zum ersten Mal gesagt hatte, dass er mich liebte. Nur diesmal hatte er mit seiner tiefen, gefassten Stimme Schluss mit mir gemacht! Mein Inneres fühlte sich grau, taub und fröstelnd an, als hätte mir jemand ein Stück vom Steinwall der Burg hinter mein Herz gepresst.

Nach einer schrecklichen Nacht konnte ich es am nächsten Tag immer noch nicht fassen. Permanent ließ ich unseren letzten Dialog in meinem Geist ablaufen. Die Erkenntnis daraus war, dass die Verletzung, die Matthias mit sich herumtrug, genauso tief saß wie die meine. Ich würde mich aufgrund meiner Komplexe immer unsicher fühlen und konnte den Platz an seiner Seite nicht ausfüllen. Er brauchte eine Frau, die zu 100 Prozent selbstbewusst im

Leben und zu ihm stand. Und die ihn nicht noch einmal enttäuschen würde. Jene Hindernisse, die wir nach dem Ball im Rausch der Gefühle so rasch zur Seite geschoben hatten, waren mit Wucht zurückgekehrt, türmten sich nun zwischen uns auf und trennten uns endgültig. Trotzdem hoffte ich den ganzen Tag auf ein Wunder. Ich wollte, dass Matthias mit Bobby am Seeufer auftauchte, uns doch noch eine Chance gab und wir uns versöhnten. Doch er kam nicht, er rief nicht an und er klopfte auch abends nicht an meine Zimmertür. Warum auch, denn für unser Dilemma gab es keine Lösung!

Am nächsten Morgen stand ich kurz nach acht Uhr am Fenster meines Apartments und schaute in den Hof hinunter. Mein Körper fühlte sich eiskalt an, nicht nur weil die Fenster nicht ganz dicht waren und kalter Wind durch die Ritzen zog, sondern weil die Szene, die ich unten beobachtete, mich innerlich zum Zittern brachte. Matthias und Estelle verstauten ihr Gepäck im Bentley. In wenigen Sekunden würden sie nach Colmar aufbrechen. Fast konnte ich den Dialog hören, der sich unten vermutlich zwischen ihnen abspielte, denn Estelles Habseligkeiten füllten den Kofferraum bereits aus, als Matthias eine kleinere Reisetasche unterbringen wollte. Bobby stand schwanzwedelnd daneben und freute sich auf den Ausflug. Schließlich hatte Matthias sein Gepäckstück noch irgendwie hineingequetscht und öffnete Bobby die Tür, der daraufhin behäbig auf die Rückbank sprang. Er ging zur Fahrerseite und Estelle war im Begriff, auf der Beifahrerseite einzusteigen. Eine einzelne Träne löste sich, rollte über meine Wange und tropfte auf meine Hand. Die Geschwister hielten inne und warfen einen Blick zu meiner Wohnung hinauf. Als Estelle mich entdeckte, winkte sie mir zu, ihr Bruder hingegen stieg sofort ein. Dann fuhr der Wagen über den Hof, passierte das Burgtor und verschwand hinter der ersten Biegung des Steinwalls. Ich ließ mich mit dem Rücken gegen die kalte Wand gelehnt auf den Boden hinabgleiten, umfasste meine Knie und starrte auf die gegenüberliegende Tür.

Matthias war weg. Ich konnte nicht aufhören, an den tiefen Klang seiner Stimme zu denken, der mir regelmäßig Gänsehaut beschert hatte, und sah seine blauen Augen vor mir, die mich anstrahlten. Nie mehr wieder würde ich ihn umarmen und seine weichen, zärtlichen Lippen küssen. Der Kloß in meinem Hals war so dick, dass er schmerzte, jedoch konnte ich nicht weinen, obwohl mir nach Heulen, Schluchzen und Schreien zumute war. Ich fühlte mich kraftlos wie ein Bäumchen, das vom Sturm entwurzelt worden war. Als mir mein Rücken vor Kälte schmerzte, wanderten meine Gedanken ins Hier und Jetzt zurück. Was sollte ich nur machen? Hierbleiben konnte ich keinesfalls, und Matthias jeden Tag um mich haben. Das würde ich nicht ertragen. Also musste ich wohl oder übel zurück nach Augsburg. Gottseidank hatte ich aus Zeitmangel meine Wohnung noch nicht aufgegeben und irgendeinen Job würde ich dort schon wieder finden. Mit klammen Knochen erhob ich mich seufzend aus meiner hockenden Position. Nach einem Blick auf die Uhr fasste ich schweren Herzens einen Plan. Jetzt würde ich meine Sachen einpacken, dann würde ich mich von Opa verabschieden. Dann noch einmal ausschlafen und morgen früh nach Deutschland aufbrechen.

Während ich meine Habseligkeiten in meinen Taschen verstaute, überlegte ich, was mir von meinem Aufenthalt in Österreich blieb. Neben der Freundschaft zu dem brummigen alten Mann, der mein Opa war und es nicht wusste, hatte ich viel über ihn und damit über mich selbst erfahren. Der ursprüngliche Zweck, warum ich hergekommen war, war durch meine Liebesbeziehung mit Matthias zwar in den Hintergrund getreten, aber ich hatte über meinen Vater und meinen Großvater doch sehr vieles herausgefunden. Anderes war immer noch im Verborgenen und würde es für immer bleiben. Warum waren mein Opa und mein Vater so verkracht? Hatte ich Gemeinsamkeiten mit meiner Schwester?

Hier in Kärnten hatte ich die Magie des Sees, die Schönheit der Berge und die tröstende Wirkung des Waldes kennengelernt. Wenigstens die Liebe zur Natur würde mir für immer bleiben und davon gab es in Deutschland ja zum Glück auch reichlich. Nachdem ich alles fertig zur Abreise verstaut hatte, beschloss ich, das Unvermeidliche hinter mich zu bringen und meinem Großvater Lebewohl zu sagen.

Ich parkte vor Opas Häuschen und ging mit klopfendem Herzen auf sein Gartentor zu. Der Nachbarhund bellte sich die Seele aus dem Leib. Vor der Tür atmete ich noch einmal tief durch und drückte lange auf die Türklingel. Er hörte ja so schlecht. Aufgeregt wartete ich darauf, dass sich der Vorhang bewegte oder sich die Tür des Wohnhauses öffnen würde. Als sich nach ungefähr einer Minute noch nichts tat, wiederholte ich das Läuten. Ich wartete vergeblich. War er vielleicht unterwegs? Auf einem Spaziergang? Oder war er zum Einkaufen gegangen?

Was sollte ich denn nun machen? Da wurde die Haustür des Nachbarn geöffnet. Ein Mann, unwesentlich jünger als mein Opa, schaute hinaus.

»Er ist nicht da. Vor zwei Tagen ist er zusammengebrochen und ins Krankenhaus eingeliefert worden.« Meine Beine fühlten sich plötzlich schwach an, fast musste ich mich am Gartenzaun abstützen.

»Ist es sehr schlimm?«, fragte ich geschockt und mit kratziger Stimme.

»Genaues weiß ich auch nicht, sein Sohn war hier und hat es erzählt. Sie wissen ja, in seinem Alter …«

Ich musste sofort zu ihm. »Im Krankenhaus in Klagenfurt?« Auf einmal hatte ich das Gefühl, keine Zeit mehr verlieren zu dürfen. Der Mann bejahte, ich verabschiedete mich hastig und eilte zu meinem Auto zurück. Auf der Autobahn Richtung Klagenfurt holte ich das Letzte aus meinem Volvo heraus und machte mir schlimme Vorwürfe, weil ich meinen Opa in meiner Verliebtheit komplett vernachlässigt hatte. Ich betete, dass es nicht zu spät war.

»Sind Sie eine Verwandte?« fragte mich die Krankenschwester, als ich atemlos auf der Station für Innere Medizin ankam, zu der ich mich nach ihm durchgefragt hatte.

»Ich bin seine Enkelin« antwortete ich, ohne einen Moment zu zögern.

»Zimmer Nummer 14, aber nicht zu lange.« Sie deutete den Weg und ich hastete den Gang entlang. Der typische Krankenhausgeruch nach Desinfektionsmittel hing in der Luft. Mein Puls raste, als ich vor dem genannten Raum ankam. Kurz sammelte ich mich, holte tief Luft und klopfte. »Herein«, forderte mich eine tiefe männliche Stimme auf. Langsam öffnete ich die Tür und wäre bei dem Anblick, der mich drinnen erwartete, beinahe zurückgeprallt. In dem Krankenbett lag Opa, dessen Gesichtsfarbe mit der Tönung seiner Laken übereinstimmte. Daneben saßen mein Vater und eine junge dunkelhaarige Frau, die mich neugierig anschauten. O mein Gott, was war denn das für ein Familientreffen? Noch nie in meinem Leben hatte ich mir so sehr gewünscht, unsichtbar zu sein. Am liebsten hätte ich auf dem Absatz kehrtgemacht.

»Annette, komm doch herein«, krächzte mein Opa.

18 Familientreffen

Opa war so blass, dass man kaum erkennen konnte, wo der Stoff seines Nachthemdes endete und seine Haut begann. In seinem Arm steckte eine Kanüle, durch die eine Flüssigkeit aus einem Plastikbeutel in seinen Arm tropfte.

»Das ist sie«, stieß er hervor und sein Gesicht leuchtete vor Freude. »Gerade hab ich von dir erzählt. Der Frau von der Kirche, die mit mir den Brief geschrieben hat. Ohne sie wären wir heute nicht hier.«

»Hallo«, stammelte ich und trat ein. Mein Vater stand sofort auf und kam lächelnd auf mich zu.

»Johannes Gruber Junior«, stellte er sich vor und schüttelte mir die Hand. Er blickte mich erstaunlich freundlich und aufmerksam an. »Kennen wir uns von irgendwoher?«, fragte er mich nun schon das zweite Mal, nachdem er dasselbe schon am ersten Abend im Katamaran Gruber von mir hatte wissen wollen. Scheinbar erinnerte er sich aber nicht an mich. Das Blut pochte in meinen Schläfen. Was sollte ich sagen?

»Annette«, stellte ich mich deshalb erst mal vor und schüttelte seine Hand. Sie fühlte sich warm an und sein Händedruck war angenehm stark. Er wirkte so liebenswürdig. Plötzlich schien es mir unfassbar, dass er einer von jener Sorte Mann war, die nichts von ihren eigenen Kindern wissen wollte. Es war das erste Mal, dass ich die Hand meines Vaters hielt und ein Kloß so dick wie ein Trüffelkrapfen steckte in meinem Hals. Wir lösten unsere Hände wieder und ich wandte mich der jungen Frau zu. Meine Mundwinkel schnellten nach oben, als sie sich als Katharina vorstellte.

»Die Familienzusammenführung hat geklappt«, sagte sie strahlend. »Ich habe euren Brief erhalten und Vater und ich haben uns schließlich auf den Weg zu Opa gemacht. Sein Gesicht hättest du sehen sollen, als er die Tür aufgemacht hat. Das war die Überraschung des Jahrzehnts. Doch während unseres Besuches fühlte er sich körperlich so unwohl, dass wir einen Krankenwagen rufen mussten! Es war ganz, ganz schrecklich!«

»Verdacht auf Herzinfarkt, aber mein Herz ist voll-kommen in Ordnung. Es war nur eine Magenverstim-mung. Habe wohl etwas Verdorbenes gegessen«, sagte Opa und verzog seinen Mund zu einem schiefen Grinsen. Er zwinkerte mir zu. Da hatte er wohl diesmal Pech bei der Auswahl seiner Lebensmittel gehabt. Und obwohl das ja auch keine spaßige Angelegenheit war und er alles andere als gesund wirkte, war er gerade so vergnügt, wie ich ihn noch niemals erlebt hatte. »Heute ist einer der schönsten Tage in meinem Leben, denn ich habe meine Familie wie-der! Wer hätte gedacht, dass ich das noch erleben würde. Wir haben über alles gesprochen und uns versöhnt. Mein Sohn hat mir verziehen. Zum Glück haben wir es gewagt und diesen Brief geschrieben, Annette.«

Eigenartig. Ich war immer davon ausgegangen, dass Johannes Junior, mein Vater, der Verursacher der Ent-zweiung gewesen war und Opa ihm zu verzeihen hätte und nicht umgekehrt. Mein Opa drückte meinem Vater die Hand, der sich auf das Bett setzte und mir seinen Stuhl überließ. Die Dinge, die zwischen ihnen gestanden hatten, waren ausgeräumt und aus der Welt geschafft worden. Darüber freute ich mich zwar sehr, wollte aber dennoch zu gerne wissen, was denn nun das Problem gewesen war. Etwas später konnte ich vielleicht nachfragen. Hauptsache sie hatten ihren Neuanfang, ihr Happy Beginning und ich durfte Zeugin davon sein. Der bittere Beigeschmack war wieder einmal meine eigene Rolle dabei. Die Schafe hatten sich wiedergefunden und waren in ihrer bunten Herde vereint und nur ich war abermals außen vor.

»Und Sie sind von der Kirche in Ehrenfelsen?«, wandte sich mein Vater interessiert an mich. Die Worte lagen mir bereits auf der Zunge, die mein Lügengebilde wie einen Ballon mit heißer Luft weiter aufblasen würden, da schoss mir plötzlich durch den Kopf, was mein Opa vor einer halben Minute gesagt hatte. »Zum Glück haben wir es gewagt …« Und auch die Worte meiner Oma in Deutschland kamen mir in den Sinn, als sie mich vor drei Monaten auf mein Abenteuer geschickt hatten: »Komma aus dem Knick, Annette.«

Man musste aus dem Schatten treten, um die Sonne genießen zu können, auch wenn der Schritt unermesslich groß schien. Mein Vater sah mich schon etwas eigenartig an, weil ich keine Antwort auf seine einfache Frage gab.

»Es tut mir so leid«, antwortete ich schließlich und senkte meinen Kopf. »Ich muss leider gestehen, dass ich gelogen habe.«

»Du bist gar nicht von der Kirche, stimmt's? Irgendwie hab ich mir das schon gedacht. Aber das macht doch nichts!«, stieß Opa hervor. Er war einfach goldig.

»Du hast recht, ich bin nicht von der Kirche. Allerdings ist das nicht alles …« Drei Augenpaare schauten mich überrascht an. Nun war die Zeit gekommen, die Karten auf den Tisch zu legen. Mal sehen, ob Herz Trumpf war.

»Ich muss euch warnen, denn das, was ich euch erzählen werde, wird euch umhauen. Jedoch … einen besseren Zeitpunkt als jetzt wird es in diesem Leben nicht mehr geben.« Ich räusperte mich. »Lasst mich euch als erstes meinen vollen Namen nennen. Er ist Annette Müller und ich wurde 1987 in Ostberlin geboren. Meine Mutter ist Susanne Müller, die im Alter von 16 Jahren mit mir schwanger wurde. Und zwar am Plattensee.« Fast konnte ich den Groschen fallen hören. Mein Vater starrte mich mit offenem Mund an. Das war der Moment, auf den ich mein ganzes Leben lang gewartet hatte. Seit der Zeit, als ich realisiert hatte, dass jedes Kind einen Vater hatte, außer mir. Wie würde er reagieren? Ich hatte mich über seinen ausdrücklichen Wunsch hinweggesetzt, dass er keinen Kontakt wünschte. Er erhob sich im Zeitlupentempo und starrte mich mit weit aufgerissenen Augen an, als stünde das Ehrenfelsener Burggespenst höchstpersönlich vor ihm.

»Du bist die Tochter von Susanne Müller?«

Ich nickte stumm.

»Jetzt sehe ich es. Du bist ihr wie aus dem Gesicht geschnitten. Wie meine Susanne vor 30 Jahren.«

Er sprach ganz leise. Was würde jetzt geschehen? Würde er mich gleich aus dem Zimmer werfen und mich davor warnen, jemals wiederzukommen? Durch den Kloß in meinem Hals staute sich bereits das Wasser in meinen Augen und mein Herz galoppierte, als würde es jeden Moment aussetzen. Mir war übel und meine Hände zitterten. Gleich würde ich auch ein Bett hier brauchen.

»Endlich!«, seufzte er nach quälenden Sekunden. Mit weit geöffneten Armen kam er auf mich zu. Eine ganze Burg rutschte mir von meinem beladenen Herzen, denn da war keine Spur von Ablehnung oder Zurückweisung. Paradoxerweise schien genau das Gegenteil der Fall zu sein! In seinen Augen glitzerte es wie auf dem See am

Abend, wenn die Sonnenstrahlen auf feine Wassermoleküle trafen. Die Freude stand ihm ins Antlitz geschrieben, als er mich wie einen wertvollen Schatz an seine Brust drückte, worauf sich die Schleusen zu meinen aufgestauten Tränen öffneten und ich ihnen freien Lauf ließ.

Meine Verwandten konnten es kaum fassen, was hier gerade passierte. Eben hatten sie den Großvater im Krankenhaus besucht und plötzlich war wie aus dem Nichts die verlorene Tochter, Enkeltochter beziehungsweise Schwester aufgetaucht. Wenn das hier nicht mein Leben, sondern eine Telenovela wäre, dann würden wir jetzt auf den Handlungshöhepunkt zusteuern. Es war Zeit, die Fäden unserer Lebensgeschichten zu entwirren.

Ich erzählte, wie ich aufgewachsen und als Kind immer schon meinen Vater gesucht hatte. Wie meine Mutter mich jahrelang auf später vertröstet hatte und ich schließlich als Teenager den Brief vom Anwalt fand sowie welche Konsequenzen das auf mein Selbstwertgefühl gehabt hatte. Ich sah meinen Vater an, in meinen Blick legte ich die große Frage: warum? Dieser verschränkte die Arme vor seinem Körper und drehte sich stumm zu meinem Opa. Er wand sich hin und her, als wollte er sich zwischen den Schichten seiner Bettwäsche vergraben.

Dann begann er zu erzählen. »Wir waren damals in den 1980er Jahren jedes Jahr am Plattensee im Sommerurlaub, weil es sehr schön dort war und auch günstig, für uns Leute aus dem Westen jedenfalls. Ich muss gestehen, dass ich damals schon sehr sparsam, eigentlich geizig, gewesen bin.« Sein Sohn rollte mit den Augen und wir grinsten uns wissend an. »Es war im Sommer 1986, als Johannes sich in den Ferien am Plattensee verliebte, in ein sehr hübsches ostdeutsches Mädchen. Jetzt, wo ich weiß, wer du bist, Annette, da fällt es mir wie Schuppen von den Augen und ich erkenne die Ähnlichkeit zwischen deiner jungen Mutter und dir. Du siehst aus wie ihr Ebenbild. Hans war damals erst 16 Jahre alt, wie auch deine Mutter. Damals im kommunistischen Regime wusste man ja nie, ob man nicht irgendwo von der ostdeutschen Stasi bespitzelt wurde und so mussten die beiden ihre Liebe geheim halten. Als die Ferien zu Ende waren und wir nach Hause fuhren, war unser Johannes ein anderer Mensch geworden. Als typischer rebellischer Teenager erzählte er uns nicht viel über seine erste Liebe, aber er schien in diesem Sommer zu einem jungen Erwachsenen gereift zu sein.« Opa nahm einen Schluck Wasser.

Der Blick meines Vaters wurde ernst und er war nach innen gekehrt, als er sich zurückerinnerte: »Susanne war meine erste Liebe und wer weiß, was aus uns geworden wäre, hätten andere Zeiten geherrscht. Doch damals Kontakt zu halten war sehr schwierig. Freundschaften zwischen DDR-Bürgern und Angehörigen westlich orientierter Länder waren vom Regime nicht erwünscht. Für die Menschen aus Ostdeutschland konnte es sehr gefährlich werden, wenn sie durch einen Westkontakt ins Visier der Stasi gerieten. Damals hatten wir unsere Adressen getauscht und den fixen Vorsatz gehabt, uns zu schreiben. Ich sollte auf einen Brief von ihr warten, der aber nie gekommen ist. Aber obwohl ich deine Mutter nie vergessen habe, haben wir seit unserem wunderbaren Sommer in Ungarn leider nie mehr wieder voneinander gehört. Zumindest ich nicht. « Mein Vater setzte sich wieder auf das Bett meines Opas, hielt die Arme vor seinem Körper verschränkt und schaute mit einem leichten Kopfschütteln Opa an.

Dieser räusperte sich und fuhr fort: »Jetzt kommt der für mich unrühmliche Teil, fürchte ich. Es war ungefähr zwei Jahre nach dem Fall der Mauer, als ein Brief aus Deutschland bei uns ankam. Da er an Johannes Gruber adressiert war, öffnete ich ihn. Allerdings war er für meinen Sohn bestimmt gewesen, wie ich aufgrund unserer Namensgleichheit zu spät erkannte. Als ich den Inhalt erfasst hatte, musste ich mich erstmal setzen. Denn der Brief kam von deiner Mutter Susanne, die von der Geburt einer gemeinsamen Tochter, Annette, berichtete.« Mein Opa bedeckte seine Augen mit seiner rechten Hand und machte eine kleine Pause. Mit belegter Stimme sprach er weiter: »Beigelegt waren ein Foto von einem Kind und eine unbeholfene Zeichnung, die einen Mann und ein kleines Mädchen an einem See darstellte. Du, Johannes, warst zu der Zeit mit gerade zwanzig Jahren in den USA bei deiner ersten Praktikumsstelle bei einem Sternekoch. Du hattest so viel Talent und Leidenschaft für deinen Traumberuf in dir, dass alle dir eine großartige Karriere voraussagten, so wie es dann auch eingetreten ist. Über die Nachricht in dem Brief war ich bestürzt und dachte, dass deine Karriere nun beendet war, ehe sie begonnen hatte. Denn ich wusste, du würdest alles stehen und liegen lassen und sofort zurückkommen. Ich wünschte dir so sehr, dass du deine Träume verwirklichst. Deswegen beschloss ich, dir nichts von deiner kleinen Tochter zu erzählen und den Kontakt ein für allemal mit Hilfe eines Anwalts zu unterbinden. Den Brief, Annette, den wir deiner Mutter geschickt haben, kennst du ja.« Opa atmete tief durch, nun war es heraus. Er schaute traurig auf seine Knie. Ich konnte es nicht fassen. Nun verstand ich endlich, warum sich Vater und Sohn entzweit hatten. Und wie sehr ich mit meiner Meinung über meinen Vater falsch gelegen hatte. Er schien ein liebenswerter, wunderbarer Mann zu sein.

Mein Vater setzte fort: »Nach dem Tod meiner Mutter half ich dann beim Durchschauen und Aussortieren ihrer Kleidung und allen anderen Sachen. In einer Schachtel im Keller fand ich die Zeichnung, auf der der Mann und das Kind am See abgebildet waren. Und auch die Fotografie von dir, Annette. Daraufhin habe ich Vater zur Rede gestellt und alles kam ans Licht. An diesem Tag erfuhr ich, dass ich eine Tochter habe. Ich fiel aus allen Wolken. Du warst damals bereits 20 Jahre alt und ich 36! Deine ganze Kindheit hatte ich verpasst. Daraufhin machte ich meinem Vater die größten Vorwürfe und fühlte mich so vor den Kopf gestoßen, dass ich bald danach den Kontakt zu ihm abbrach. Meine Wut war grenzenlos, denn er hatte einfach über meinen Kopf hinweg entschieden, dass ich dich niemals kennenlernen sollte. Es war eine entsetzliche Zeit, denn ich realisierte, dass ich um mein Kind betrogen worden war.« Er stand auf und umarmte mich noch einmal. »Mit den dürftigen Informationen, die ich damals hatte, begann ich, nach deiner Mutter und dir zu suchen. Doch die letzte Spur war von 1991 und verlor sich in Berlin.«

»Wir sind nach der Wende erst nach Hamburg und schließlich nach Augsburg umgezogen. Dann hat Mutter geheiratet und den Namen meines Stiefvaters angenommen, aber die Ehe hielt nicht lange«, erklärte ich.

Da schloss sich der Kreis der Erzählungen mit meinem Auffinden des Anwaltsbriefes, als ich ein Teenager war. Hier saßen wir, drei Generationen, die gerade erst begriffen, welche Wiedervereinigung gerade passierte. Wir verstanden, was es hieß, Jahrzehnte nichts voneinander gewusst zu haben beziehungsweise geglaubt zu haben, dass der eine nichts vom anderen wissen wollte. Erst war ein Kontakt zwischen meiner Mutter und meinem Vater aufgrund widriger Umstände unmöglich gewesen, da Europa durch einen eisernen Vorhang getrennt gewesen war, und später war die Chance eines Kennenlernens durch eine fatale Fehlentscheidung meines Opas vertan worden, die er später sehr bereute. Ich stand auf und umarmte ihn.

»Es ist gut«, sagte ich zu dem Mann, der leise in sich hinein grummelte. Er sah zu mir hoch.

»Und dann bist du hergekommen und hast nach uns gesucht. Durch dich ist alles in Bewegung gekommen. Das hast du gut gemacht, Annette, du bist super. Ich bin stolz auf dich. Ganz schön clever, dass du dich als Frau von der Kirche vorgestellt hast, beziehungsweise mich in dem Glauben ließest. Und dann hast du mich zum Campingplatz eingeladen, mich versorgt und wir haben uns kennengelernt. Das war eine schöne Zeit. Und durch dich habe ich Katharina, meine andere Enkeltochter hier und meinen lieben Sohn wiederbekommen, die mir verziehen haben. Wer hätte gedacht, dass ich diesen Tag noch einmal erleben würde. Dass das Leben sich manchmal auch so zum Guten drehen kann? Heute hab ich den unmöglichen Hauptgewinn am Glücksrad gemacht.« Er wischte sich mit dem Handgelenk über seine Augen.

Für uns alle würde nichts mehr so sein wie vor diesem Tag. Wir umarmten uns, plauderten, lachten und ich fühlte mich großartig. Doch als ich alle Informationen für mich angeordnet hatte und sacken ließ, wurde ich mit einem Mal still. Die gesamte Tragweite der neuen Erkenntnis kam einem Beben gleich, das in meinem Inneren keinen Stein auf dem anderen ließ. Ich war nie das ungeliebte Mädchen gewesen, das ich immer zu sein geglaubt hatte. Ich war immer geliebt worden, nicht nur von Mutter und Oma, deren Liebe ich für selbstverständlich angenommen hatte, sondern auch von meinem angehimmelten, unbekannten Vater. Ganz im Gegenteil, er hatte verzweifelt nach mir gesucht und sogar mit seinem eigenen Vater gebrochen, aus Wut darüber, dass ich ihm vorenthalten worden war. Niemals war ich die minderwertige, unerwünschte junge Frau gewesen, als die ich mich gefühlt hatte. Die sich deshalb mit falschen Freunden abgab und sich in permanenten Selbstzweifeln aufrieb, die ihr schließlich den ganzen Elan und alle Lebenslust raubten. In diesem Augenblick fühlte ich mich, als würde ich mich aus einem Bad aus Eiswasser erheben. Eine noch nie da gewesene Wärme und Energie durchfluteten mich. So leicht konnte sich das Leben anfühlen und wenn ich eins wusste, dann, dass das hier der Moment meines Happy Beginnings war. Es war Tag 1 eines Neustarts.

Den Augenblick hielt ich natürlich für unsere Whatsapp-Gruppe fest. Mutter und Oma würde bestimmt der Mund offen stehen bleiben, wenn sie es sahen. Da war dann so einiges, das ich ihnen zu erklären hatte.

»Das fühlt sich so gut an! Jetzt weiß ich endlich, wer ich bin«, stellte ich zufrieden fest.

Opa sah mich aufmerksam an. »Was? Ich wusste das immer schon. Seitdem du mir die Tüten vom Supermarktplatz nach Hause gebracht hast, habe ich gewusst, wer du bist. Ein ganz lieber Mensch, der sein großes Herz am richtigen Fleck hat.«

»Opa, du musst so was doch nicht sagen.«

Da ergänzte Vater: »Doch, das muss ausgesprochen werden! Und genau das bist du immer schon gewesen, unabhängig davon, ob ich dich als Tochter anerkannt habe oder nicht.«

Ich schluckte, das war so unvorstellbar rührend! Und in diesem Moment fiel bei mir der Groschen dann noch ein Stück weiter.

19 Ein Glas Champagner kommt selten allein

Auf einmal wusste ich, was ich zu tun hatte. Mir stand eine Reise bevor, aber nicht nach Hause, wie ursprünglich geplant, sondern weiter, bis nach Frankreich. Durch meine neu hinzugewonnene Verwandtschaft war mir einiges bewusst geworden. Ja, ich war zwar kein unbeschriebenes

Blatt und alles andere als perfekt, aber trotzdem genau die Richtige für Matthias. Und meine Vergangenheit hatte mich erst zu der geformt, die ich war. Matthias liebte mich genau so und nicht anders. Und ich liebte ihn, wir gehörten zusammen. Den Platz an seiner Seite konnte und wollte ich ausfüllen. Und genau das würde ich der ganzen Welt voller Stolz zeigen. Es tat mir unendlich leid, dass ich dies alles nicht früher erkannt hatte und Matthias und ich so auseinandergegangen waren. Abgesehen davon befanden wir uns, was distinguierte Verwandtschaft anbelangte, nun offiziell in bester Gesellschaft. Denn mein Vater, prominenter Sternekoch und großartiger Mensch, hatte sich zu mir bekannt und offenbart, dass er mich sein Leben lang vermisst hatte. Und nun musste ich meine Komfortzone verlassen und versuchen, Matthias zurückzugewinnen. Ich musste ihn davon überzeugen, dass ich meine Zweifel besiegt hatte. Denn ich war nicht wie seine Ex, die ihn bei der Hochzeit sitzenließ.

Ich wollte, dass wir die alten Schatten ein für alle Mal hinter uns ließen. Doch dazu war es notwendig, ein Zeichen zu setzen und einen so weiten Schritt zu tun, damit sie Matthias und mich nie mehr wieder einholen konnten. Ich würde Matthias zeigen, dass ich mir in Bezug auf ihn absolut bombensicher war. So sicher, dass ich uneingeladen im Hochzeitskleid seiner früheren Verlobten auf der Halloweenparty einer französischen Champagnerfabrikantin auftauchen würde, die vermutlich selbst ein Auge auf ihn geworfen hatte. Und dann könnte er sich auch zu mir bekennen, oder eben nicht. Wenn Herbert der Hexer diese

Tage in esoterischen Worten beschreiben müsste, dann würde er vermutlich sagen, dass alle Planeten um mein Schicksalshaus rotierten.

»Bon Voyage, eine gute Reise«, wünschte mir meine Kärntner Familie zum Abschied und alles Glück der Welt für mein Vorhaben, das ich ihnen in aller Kürze geschildert hatte. Wir würden uns bald wiedersehen, aber erst musste ich zu Matthias.

Es war spät in der Nacht, als ich mit Schnappatmung in den zweiten Stock der Burg hinaufstieg. Nun kam mir die Angewohnheit der Burgmitarbeiter zugute, die Schlüssel wie Hamster an bestimmten Stellen zu horten. Jener für den Lagerraum, in dem das Hochzeitskleid von Matthias früherer Verlobten auf bessere Zeiten wartete, lag ohne Matthias' Wissen über dem Türrahmen in einer Nische versteckt. Mit zittrigen Fingern holte ich ihn hervor und schloss auf. Ich betete inständig, dass mein irrer Plan funktionierte. Manchmal spielt das Leben eben verrückt, und ich war bereit mitzuspielen. Doch erst einmal musste ich das Kleid holen und damit die Geister der Vergangenheit für immer vertreiben. »Finster, finster«, sang ich leise und dachte dabei wehmütig an die Nacht, in der ich mit Matthias hier gewesen war. Mit ihm an meiner Seite fürchtete ich mich vor gar nichts, doch heute musste ich es allein schaffen. Die Tür knarzte nur ein ganz klein wenig, als ich sie mit einer Geschwindigkeit öffnete, bei der eine betäubte Weinbergschnecke noch gut mithalten könnte. Ich traute mich kaum zu atmen und die Staubpartikel schienen in der Luft zu schweben wie Plankton im Meer. Was ich in dieser Zeitschleuse am meisten hasste, war das Gefühl, beobachtet zu werden. Das lag an den Ehrenfelsenern der Vergangenheit, die mich von ihren Ölgemälden aus anstarrten. Und dann sah ich die Kleiderpuppe. Unwillkürlich stellte sich mein Gehirn eine lebensgroße Chucky-Poltergeist-Puppe vor, die mich diabolisch grinsend erwartete. Am liebsten wäre ich sofort geflüchtet, doch Aufgeben war keine Option. Mit rasendem Puls ging ich langsam auf sie zu. In diesem Moment hätte bestimmt sogar Stephen King Schiss gehabt. Jetzt stand ich unmittelbar vor ihr, streckte die Hand aus und berührte mit zitternden Fingern die Plastikfolie, die das Kleid die letzten Jahre vor Staub geschützt hatte. Gottseidank zuckte die Puppe bei meiner Berührung nicht zusammen oder begrüßte mich mit gruseliger Stimme. Ich atmete tief durch und zog so rasch wie möglich den Plastikschutz herunter. Danach schälte ich den Stoff vorsichtig von der Attrappe und trat mit meiner Beute den Rückzug an.

Kaum war die Tür zum Lager hinter mir ins Schloss gefallen holte ich erleichtert Luft. Hui, dieser Teil war geschafft. Zurück in meinem Zimmer stellte ich zufrieden fest, dass es ziemlich perfekt passte, genau wie ich gehofft hatte. Es war um die Taille eng anliegend und unten fließend weit. Außerdem besaß es eine Schnürung, die die Passform flexibel machte. Am nächsten Morgen würde ich zeitig aufstehen und gegen 7 Uhr losfahren. Was für eine verrückte Idee, dachte ich vor dem Einschlafen. Doch wie der heutige Tag gezeigt hatte: Wunder konnten geschehen, wenn man für sein Glück kämpfte.

Die Fahrt in die Champagne war lang und ich hatte dabei ausreichend Zeit zum Nachdenken. Ich fühlte mich großartig, so als hätte ich nach lebenslanger Suche mit einem Mal den Schritt aus meinem Labyrinth in die Freiheit geschafft. Für meine Zukunft sah ich keine Grenzen und mein Glück wäre perfekt, wäre da nicht die Sorge wegen Matthias. Würde er mir glauben, dass ich meine Zweifel abgelegt hatte und zu einer gemeinsamen Zukunft bereit war? Würde ich zu spät kommen? Hatte er mich bereits abgeschrieben und sich vielleicht sogar von Grazia umgarnen lassen? Wenn ich daran dachte, meinem Burgherrn bald gegenüberzustehen und in seine blauen Augen zu schauen, war das wie eine geistige Infusion mit Energydrinks und jede Müdigkeit war fortgeblasen. Wie würde er reagieren, wenn ich vor ihm stand? Er musste mich für irre halten, nämlich verrückt nach ihm, hoffte ich. Die Nervosität in mir stieg an wie die Flut im Atlantik, wenn ich an das Zusammentreffen dachte.

Nach einer ganzen Tagesfahrt mit nur kurzen Pausen erreichte ich das Schloss der Familie Rochefort de Saint-Pierre gegen 22 Uhr. Ich parkte den Kombi auf einer zu einem Parkplatz umfunktionierten Wiese, die an den Schlossgarten angrenzte. Die Umgebung hatte ich ja schon von der Webseite wiedererkannt, allerdings fühlte ich mich nun doch ziemlich klein, als das palastähnliche Gebäude wie ein transsilvanisches Gruselschloss vor mir in die Höhe ragte. Als zwei Horrorclowns an mir vorbeispazierten, wurde mir klar, dass ich overdressed war. Ich musste mein Outfit auf die Schnelle noch etwas umstylen. Zwischen zwei parkenden Wagen schlüpfte ich in das Kleid. Danach zog ich eine Tasche mit ein paar Schminkutensilien heraus und umrandete mit einem knallroten Lippenstift meine Augen. Dasselbe wiederholte ich mit dem schwarzen Stift der Wimperntusche und malte mir damit auch die Lippen an. Im Anschluss rieb ich mit meinen Fäusten quer übers Gesicht. Fertig war die stümperhafteste Halloween-Maskerade, die jemals auf ein Gesicht aufgetragen worden war. Erschreckenderweise musste ich mit meinen Haaren so gut wie nichts anstellen. Sie hingen mir strähnig und zerzaust vom Kopf wie bei einer vier Tage alten Leiche. Das konnte so bleiben. Stumm entschuldigte ich mich bei dem schönen Kleid, als ich mir das Dekolletee und die linke Seite unterhalb der Hüfte zerriss. Zufrieden schaute ich an mir herunter, denn ich sah aus wie eine frisch verunfallte Braut. Adäquate Schuhe hatte ich leider komplett vergessen und befand spontan, dass meine Wanderschuhe auch perfekt passten. So machte ich mich auf zum Portal und stellte mich am Einlass zu den Wartenden.

Mein Herz trommelte wild gegen meinen Brustkorb. Neben mir standen ein aus einer psychiatrischen Anstalt entflohener Massenmörder und ein Mädchen, der ein Hackebeil im Kopf steckte. Ich lachte zustimmend, als sie irgendetwas auf französisch zu mir sagten. An der Eingangstür stand jede Menge Security-Personal und mir wurde schlagartig heiß, als ich bemerkte, dass die Besucher Einladungen vorwiesen. Was sollte ich jetzt nur machen? Als ich an der Reihe war, setzte ich mein süßestes Lächeln auf, das wegen meiner verschmierten Lippen wahrscheinlich ziemlich verstörend wirkte. Dazu erklärte ich ihm in dem besten Englisch, das mir in der Schule beigebracht worden war, dass ich meine Einladung vergessen hatte.

»Nom? Your name?«, fragte mich einer der Männer, bei dem ich eher an Louis de Funès als an Arnold Schwarzenegger denken musste. Er hielt eine Liste in seiner Hand, die mit hunderten Namen bedruckt war. »Charlotte Ehrenfelsen«, sagte ich mit dem Mut der Verzweiflung. Sie war nicht hier, aber vielleicht war sie eingeladen und stand auf einem der Zettel. Vermutlich wurde ich rot vor Aufregung, was unter meinem verschmierten Gesicht zum Glück nicht auffiel.

Wir traten einen Schritt zur Seite und der Wachebeamte begann, nach dem von mir genannten Namen zu suchen. Mein Herz klopfte mir bis zum Hals und mein Mund war staubtrocken. Ich versuchte zu lächeln, wobei ich bestimmt nicht mehr als ein horizontales Grinsen hervorbrachte. Gottseidank war der Mitarbeiter für einen Flirt empfänglich und zwinkerte mir lässig zu. Eventuell half auch mein großzügig gerissenes Dekolletee, unter dem ein weißer Spitzen-BH hervorschaute. Irgendwann zuckte er bedauernd mit den Schultern, er war nicht fündig geworden. Er deutete mir aber, dass ich warten solle und griff zu seinem Handy. Aufgrund des Lärmes wandte er sich beim Telefonieren ab, um besser verstehen zu können. In diesem Moment schlüpfte ich an ihm vorbei und hastete in den wenige Meter entfernten Ballsaal. Dort war es vollkommen dunkel und neblig. Sofort drückte ich mich flach an die Wand. Mit angehaltenem Atem beobachtete ich, wie der Mitarbeiter der Sicherheitsfirma einen Augenblick später an mir vorbeilief. Als er in der Menge verschwunden war, ging ich in entgegengesetzter Richtung davon. Zum Glück hatte ich es geschafft, ich war drinnen. Doch als ich mich umsah, kamen mir Bedenken. In diesem riesigen finsteren Saal waren hunderte Menschen, oder waren es tausende? Wie sollte ich Matthias hier jemals finden? Langsam schob ich mich durch die Menge der Feiernden, immer darauf bedacht, keinem Mitarbeiter des Sicherheitsdienstes in die Arme zu laufen. Eine Band spielte Partymusik und die Stimmung kochte. Und ich hatte mir Sorgen wegen meiner Kinderstube gemacht? Kaum zu glauben, dass das eine Veranstaltung der adeligen Elite Mitteleuropas sein sollte. Eher fühlte ich mich hier wie im Bierkönig am Ballermann. Nach jedem Song sprach eine Sängerin ein paar Sätze ins Mikrofon und heizte die Stimmung so noch weiter an. »Erstmal mit Champagner stärken«, dachte ich und griff mir ein Glas vom Tablett eines Kellners. Eines musste man den Champagner-Schwestern lassen: An ihrer Hausmarke war nichts auszusetzen und zur Beruhigung meiner Nerven nahm ich mir gleich noch ein zweites. Wenn ich Matthias finden würde, wäre er dann an der Seite von Grazia? Diesen verstörenden Gedanken spülte ich mit einem dritten Glas hinunter. Nun begann ich gezielt zu suchen und nach Männern Ausschau zu halten, hinter deren Verkleidungen Matthias stecken konnte.

Da stand wie aus dem Nichts eine im wahrsten Sinn des Wortes abgerissene Gestalt vor mir und fixierte mich mit ihrem einen Auge. Das andere war aus seiner Höhle getreten und wurde von einem blutenden Sehnenstrang an seiner Position gehalten. Mein Herz schlug wie verrückt, als er vor mir niederkniete und meine Hand ergriff. Der andere Arm baumelte schlaff an seiner Schulter herunter wie ein nasser Zopf.

»Matthias?«, rief ich, doch meine Stimme wurde von den dröhnenden Bässen verschluckt. Er stand auf und drückte mir einen glitschig-feuchten Kuss auf den Mund. »Igitt.« Falls tatsächlich Duftstoffe dafür verantwortlich waren, ob zwei Menschen sich mochten oder nicht, dann wäre das hier ein Fall von perfektem No-Match. Vor Abscheu stellten sich mir die Nackenhaare auf, als mir seine säuerliche Fahne in die Nase stieg. Angewidert drehte ich mein Gesicht weg und löste meine Hand aus seiner Umklammerung. Auf einmal umfasste er meine Taille und versuchte, mich an sich zu drücken. Nur mit allergrößter Mühe konnte ich ihn auf Distanz halten. Die Band spielte einen französischen Ohrwurm und das Publikum rastete aus. Wahrscheinlich schauten wir für Unbeteiligte aus, als würden wir wild miteinander tanzen, dabei wollte ich ihn abschütteln. Da wurden wir von einem anderen Mann grob auseinandergeschoben. Es war der Sicherheitsmitarbeiter, der mich an der Hand packte und mir deutete, ihm zu folgen. Das ließ sich der Zombie, der bereits an mir dranhing, nicht gefallen und rempelte seinen Kontrahenten mit vollem Körpereinsatz an. In dem folgenden Gerangel gelang es mir, ein zweites Mal in die Menschenmenge zu entwischen und ich hastete so schnell wie möglich davon. Erst nach Minuten traute ich mich, mich wieder umzudrehen. Von meinen Verfolgern war nichts zu sehen, vermutlich tobte am anderen Ende des Saales jetzt eine Massenschlägerei. Erleichtert atmete ich auf und suchte weiter, aber mein Mut begann wieder zu sinken. Würde ich Matthias hier jemals entdecken? Es war wie die Suche nach der Nadel im Heuhaufen. Mittlerweile zeigte die Uhr kurz vor Mitternacht und langsam steigerte sich meine Beunruhigung zur Panik. Was, wenn es zu spät war und Grazia sich ihn schon geschnappt hatte? Mit einem Schlag fühlte ich mich unter all diesen Leuten einsam und verlassen. So wie damals, als ich ein kleines Kind war und meine Mutter im Kadewe aus den Augen verloren hatte. Heulend war ich im Kaufhaus zwischen den Menschen herumgeirrt, bis eine Verkäuferin sich ein Herz gefasst und sie für mich ausgerufen hatte. Bei der Erinnerung an diese Begebenheit dämmerte mir eine wirklich, wirklich sehr verrückte Idee. Es war wieder einmal Zeit zu kämpfen, sogar ohne Rücksicht auf die Security. Diesmal für mein Happy Beginning mit Matthias.

Ich schlich mich an wie ein Leopard ans Kaninchen. Schritt für Schritt stieg ich die kleine Treppe seitlich der Bühne hinauf. Die letzten Takte des Songs Sway waren gerade verklungen und ich stand außerhalb des Scheinwerferlichtes neben dem Keyboardspieler. Die platinblonde Sängerin hielt das Mikrofon ganz lässig in ihrer Rechten zwischen Daumen und Zeigefinger. Sie streckte ihre Arme weit auseinander, während sie sich verbeugte. Mein Herz raste, mein Mund war staubtrocken und meine Finger zitterten vor Aufregung. Zügig ging ich auf sie zu. Kein Lärm aus dem Ballsaal drang mehr zu mir durch und es erschien mir, als würde ich mich selbst hinter einem Goldfischglas beobachten. Ich hörte nur noch das Pochen meines Herzens und ein leises Summen in meinem Kopf. Mit einem kräftigen Ruck nahm ich der Sängerin das Mikrofon ab, um dann mit meiner Beute so schnell wie möglich nach vorn an den Bühnenrand zu treten. Panisch wühlte ich in meinem Gedächtnis nach französischen Wörtern, die ich in meiner aktuellen Lebenssituation verwenden könnte.

»Bonsoir mesdames et messieurs ...« Der Saal lag vollkommen dunkel vor mir und ich starrte hinunter, während das Licht der Scheinwerfer mich blendete. Da stand die Künstlerin, die die Schrecksekunde verdaut hatte, neben mir und wollte sich ihr Equipment wiederholen. Ich faltete meine Hände um das Mikrofon wie zu einem Gebet, so als würde ich meine Bitte mit der Geste unterstreichen. »Just one minute please« Ich streckte ihr meinen rechten Zeigefinger entgegen, um die eine Minute zu betonen, um die ich bat. »It is an emergency of love.« *Es ist ein Notfall in Liebesdingen.* Aus der Dunkelheit vor mir durchdrang die Stimme einer Frau den Saal, die laut für die Umstehenden übersetzte *Une urgence de l'amour,* wo-

rauf ein Raunen durch die Menge ging und die Entertaine-
rin mich mit einer ausladenden Bewegung gewähren ließ,
mir aber mahnend den erhobenen Zeigefinger zeigte. Nur
eine Minute. »I am a dead bride, as you see.« Die Frau aus
dem Publikum übersetzte meine Worte ins Französische.
Ich zeigte an meinem zerrissenen Kleid hinunter, um die
Geisterbraut zu unterstreichen, die ich darstellte. Im Publikum stieß jemand einen anerkennenden Pfiff aus. »And I
am looking for my husband, my true love. I cannot rest
until I have found him.« *Jetzt bin ich auf der Suche nach
meinem Mann, meiner wahren Liebe und werde nicht ruhen, ehe
ich ihn wiederfinde.*

Da auch das Publikum langsam ungeduldig wurde, genauso wie die Sängerin, die nun ihre Hand nach mir aus-
streckte und ihr Arbeitsgerät zurückforderte, beendete ich
meine kleine Störung mit den Worten: »Meet me at the
exit. Please.« Mit einer kleinen Verbeugung bedankte ich
mich und übergab ihr unter Applaus ihr Utensil wieder,
damit sie die Show fortsetzen konnte. Noch während ich
die kleine Treppe hinabstieg setzte die Musik wieder ein.
Unten wartete allerdings nicht Matthias auf mich, sondern
wie befürchtet zwei Wachebeamte des Sicherheitsdienstes.
Sie folgten mir in Richtung Ausgang. Wo war Matthias
denn nur? Als ich ihn nirgends entdecken konnte und die
ganze Anspannung meines Bühnenauftritts von mir abfiel,
konnte ich die Tränen nicht länger unterdrücken. Sie liefen
mir an meinen angeschmierten Wangen hinunter.

»Annette?« Sofort fuhr ich herum. Da stand er! Mit
klopfendem Herzen betrachtete ich ihn, als er ein paar

Worte mit den Security-Mitarbeitern wechselte. Seine Verkleidung bestand im Prinzip aus dem grünen Barrett, das er am Mittelalterfest schon getragen hatte. Als typischer Halloween-Muffel hatte er die Mütze nur mit schwarzen Jeans und einem ebensolchem T-Shirt kombiniert. Er sah bombastisch gut aus.

»Pardon, Mademoiselle.« Die Sicherheitsleute verabschiedeten sich.

Matthias wandte sich mir zu und wir standen uns mit einer Armlänge Abstand gegenüber. Er bedachte mich mit einem ernsten Blick. Unter seinen schönen blauen Augen machte ich einen dunklen Schatten aus. Mein Herz stolperte dahin.

»Annette! Gerade als ich dachte, dass dies der langweiligste Abend meines Lebens ist, kam dein Auftritt.« Er grinste schief. »Ich hab mich angesprochen gefühlt bei deiner kleinen Durchsage ... Meet me at the exit. Hier bin ich.« Seine Stimme klang rau und dessen Timbre jagte mir einen wohligen Schauer über den Rücken. Zögernd verringerte ich den Abstand zwischen uns. Am liebsten hätte ich ihn sofort fest umschlungen, doch er verharrte unbewegt in seiner Position und schaute mich abwartend an. Unter seinem Blick fühlte ich mich auf einmal unsicher. Viel hastiger, als ich es geplant hatte, sprudelten die Worte aus mir heraus. »Matthias, ich bin hergekommen, weil mir klargeworden ist, dass ich nichts lieber möchte, als mit dir zusammen zu sein. Und alle Welt soll wissen, dass wir ein Paar sind!« Mein Organ zitterte und die Worte hörten sich in meinen Ohren banal und wenig überzeugend an. Unsicher näherte ich mich ihm noch um einen weiteren Schritt und berührte mit meinen Fingerspitzen seine Unterarme, die er vor seinem Oberkörper verschränkt hielt. Langsam begann mir zu dämmern, dass er vielleicht bereits endgültig mit uns beiden abgeschlossen hatte! Ich erinnerte mich an das, was er bei unserer letzten Aussprache gesagt hatte. So ein Hin und Her wie mit seiner ehemaligen Verlobten, das wolle er nie mehr wieder erleben. Ich musste schlucken und spürte, wie der Kloß in meinem Hals immer fester wurde.

»Aber warum sollte es diesmal funktionieren?« Seine Worte gingen mir durch Mark, Bein und Herz. Dass er so zurückhaltend, fast unterkühlt wirkte, brachte mich gehörig durcheinander. Doch halt, rief ich mich selbst zur Ordnung. Ich wusste doch genau, was ich fühlte. Ich holte ganz tief Luft. »Weil ich jetzt weiß, wie ich bei der feinen Gesellschaft vorgestellt werden möchte. Als Annette Müller, die beim Hausball an der Garderobe ausgeholfen hat, weil sie überall mit anpackt, wo es nötig ist. Die sich damals noch nicht traute, das Rendezvous des Burgherrn zu sein. Die auch auf dem Campingplatz überall zur Hand geht, weil sie ihre Arbeit liebt. Leider hat ihr das Leben auch schon übel mitgespielt, denn sie wurde von ihrer besten Freundin reingelegt und verlor alles. Aber sie rappelte sich wieder auf.« An dieser Stelle machte ich eine kleine Pause, um Luft zu holen. »Aus welcher Familie sie kommt? Erstens ist sie die Tochter des berühmten Sternekochs Johannes Gruber, dessen einziges Bedauern in seinem Leben darin besteht, seine Tochter Annette erst gestern kennengelernt zu haben. Und zweitens spielt ihre Abstammung überhaupt keine Rolle.« Ich schwieg einen Moment und fasste mich, dann setzte ich zögerlich fort. »Ich bin die Annette, die von Anfang an in dich verliebt war. Und die dich niemals sitzen lassen wird, so wie es deine Ex gemacht hat ... Und die darum auch deren 3.000-Euro-Brautkleid zerstört hat, um das ein für alle Mal klarzustellen.«

Matthias hob seine Augenbrauen ein wenig an und in seinem Blick schimmerte etwas, das nach Anerkennung aussah. Seine Grübchen, die ihm so gut zu Gesicht standen, zeigten sich. »5.000«, murmelte er, als er die Verschränkung seiner Arme löste und sachte auf mich zukam. Seine Stimme klang sanft und kehlig. »Es war ein 5.000-Euro-Kleid«. Endlich lächelte er sein wunderschönes Lächeln. Als seine Hände sich sanft an meine Hüften legten und seine Lippen sich den meinen näherten, spürte ich in meinem Bauch ein einziges Fest. Mein Herz war so leicht wie einer der Luftballons, die über den Köpfen der Tanzenden dahin hüpften. Ich legte meine Arme um seinen Hals, er zog mich eng an sich und senkte seine Lippen auf meine. In meinem Inneren fühlte ich ein Feuerwerk.

»Annette, da bist du ja!« Unser Kuss wurde von Matthias' Schwester jäh beendet. Wir lösten uns voneinander. Vor uns standen Estelle und Gloria, als siamesische Zwillinge verkleidet, die ab dem Hals zusammengewachsen waren. Estelle grinste von einem Ohr zum anderen und stürmte mit erhobenem linken Arm auf mich zu, um mich an sich zu drücken. Die kichernde Gloria wurde mitgerissen. Die beiden sahen zum Schießen aus und wir lachten alle, als wir uns zu viert umarmten.

Estelle grinste. »Das ist das unpraktischste Kostüm, das du dir vorstellen kannst. Aber Annette, was war das für ein cooler Auftritt vorhin! Der war echt der Hammer, ich bin vor Überraschung fast kollabiert, als ich dich auf der Bühne erkannte. Wie schön, dass du noch gekommen bist, obwohl dieser Holzkopf hier dich überhaupt nicht verdient hat.« Sie boxte ihren Bruder spielerisch gegen die Schulter. Dann deutete sie auf ihre angenähte Zwillingsschwester, die mir strahlend die Hand reichte. »Du kennst doch Gloria noch?« Gloria sagte etwas auf Französisch und die beiden begannen eine lebhafte Diskussion.

»Okay«, sagte Estelle schließlich grinsend. »Wir wollen das jetzt auch machen und einen Aufruf auf der Bühne starten. Vielleicht finden wir ja dann endlich unsere siamesischen Zwillings-Traum-Männer!« Feixend zogen sie in Richtung Tanzsaal davon. Matthias wandte sich wieder mir zu und wir setzten unsere Versöhnung fort. Als die Band zu vorgerückter Stunde auf langsame Songs umstieg und »Wonderful tonight« ertönte, gingen wir hinüber in den Ballsaal und tanzten bis zum Morgengrauen.

20 Happy Beginning

»Herzlich Willkommen am See Ehrenfelsen, ich hoffe, Sie hatten eine gute Anreise!«

Die Familie aus Stuttgart war bereits der achte Neuzugang dieses Junitages, die mit ihrem Wohnmobil durch die

Zufahrt auf den Campingplatz fuhr. Vater, Mutter und zwei Kinder strahlten voller Vorfreude auf die bevorstehende Ferienwoche.

»Danke, bis auf die Plagegeister da hinten war alles bestens«, sagte der Vater und grinste mir augenzwinkernd zu.

»Ich will schwimmen«, rief der Junge von der Rückbank. Mit seinem braunen Haar und der Brille erinnerte er mich ein wenig an den Darsteller des Harry Potter in seinen jungen Jahren.

»Und ich will zu den Tieren!«, forderte das etwa 8-jährige Mädchen neben ihm.

»Das passt ja bestens, denn in ungefähr zwei Stunden bekommen sie ihr Abendessen. Wenn du möchtest, kannst du mir beim Füttern helfen, magst du?«

Und ob sie wollte! Wie es schien, würden Funny, Berlin und die anderen VIPs in unserem beliebten Streichelzoo heute wieder einmal ordentlich verwöhnt werden. Ich wies den Neuankömmlingen ihren Stellplatz zu und spazierte zum Kantinenhäuschen.

Neben dem neu renovierten Gebäude saßen Opa und Robert, der mittlerweile in Rente war, unter einem schattigen Kastanienbaum. Sie spielten mit ein paar Gästen Karten und genossen das Leben. Ihr Tag könnte nur noch besser werden, wenn ich ihnen nachher noch ihre Kaffeejause, wie die Österreicher zu Kaffee und Kuchen sagen, servierte.

Ein paar Meter entfernt beobachtete ich Matthias und einige der Handwerker am Waldrand, die gerade die Aufbauten für unseren neuen Kinder-Erlebnispark zimmerten, in dessen Mittelpunkt eine nachgebaute Miniaturburg Ehrenfelsen und ein Wasserspielplatz standen. Als wir uns zuwinkten, begann mein Herz noch schneller zu pochen als der Rhythmus der Hammerschläge. Grinsend strich ich mir über meinen Bauch, dem man noch nichts anmerkte. Ich konnte es kaum erwarten, sein Gesicht zu sehen, wenn ich ihm morgen bei unserem Angelausflug erzählen würde, dass hier auch bald der neue Burgherr oder die neue Burgherrin herumtollen würde!

Der Klingelton meines Handys riss mich aus meinem Tagtraum. »Hallo, Papa!« Seitdem wir regelmäßig Zeit miteinander verbrachten, ging mir die vertraute Anrede leicht von den Lippen.

»Hallo, meine Liebe. Also, habt ihr euch schon entschieden?«

»Ja, aber es bleibt dabei. Wir möchten die Zusammenkunft lieber hier auf dem Campingplatz abhalten. Die Tafel wird in Ufernähe aufgebaut und nach der offiziellen Zeremonie am See können wir dann gleich hier feiern. Das wird sicher wunderschön!«

»Ja, das wird es bestimmt. Aber das Catering darf ich wenigstens vom Katamaran Gruber beisteuern, oder? Ich hab schon einen grandiosen Menüvorschlag für euch ausgetüftelt. Den gehen wir demnächst gemeinsam durch.«

»Das ist so lieb von dir, danke! Entschuldige, aber ich muss auflegen, da kommen gerade die Trauzeugen!«

Katharina und Estelle schlenderten durch das Eingangstor. Dahinter betrat Fred den Campingplatz, denn Estelles anfängliche Abneigung hatte sich als das genaue Gegenteil entpuppt. Die drei unterstützten uns tatkräftig bei den Hochzeitsvorbereitungen. Ich umarmte sie der Reihe nach und wir nahmen an einem der Tische Platz. Das vertraute Klimpern eines Hundehalsbands kündigte Bobby und somit auch Matthias an, die zu uns stießen. Er gab mir einen zärtlichen Kuss, setzte sich neben mich und nahm meine Hand in die seine. Bobby legte sich zufrieden brummend hinter uns auf den Boden. Jetzt konnte es losgehen.

»Ihr Turteltauben seid kaum auszuhalten«, bemerkte Estelle mit einem schiefen Grinsen. »Nun gut. Schaut mal, was wir oben im Lager gefunden haben. Was sagt ihr dazu?« Sie ließ ihr Handy reihum gehen und zeigte uns ein Foto, auf dem ein lachsrosa Stoff zu sehen war. Er wirkte ganz leicht, wie Chiffon. »Wir haben einen ganzen Ballen davon entdeckt«

»Der ist toll, den könnte man als Deko auf den Tischen und als Stuhlschleifen verwenden. Da kann ich mir den dazu passenden Blumenschmuck bereits vorstellen.« Schmunzelnd reichte ich ihr das Mobiltelefon zurück. »Das heißt, wir machen die Sets wieder selbst, wie damals am Hausball. Weißt du noch, Matthias?« Unsere Blicke verhakten sich ineinander. Oh ja. Und ob er sich erinnerte.

»Aber darum müsst ihr euch nicht kümmern. Weil das machen selbstverständlich wir. Gloria und Grazia haben auch versprochen, zwei Tage früher anzureisen und zu helfen. Das wird einfach mega, du wirst sehen.«

»Davon bin ich überzeugt«, sagte ich lachend.

»Außerdem spendieren sie einen Lastwagen voll Champagner. Das sei das Mindeste, haben sie gesagt.«

»Toll! Und Vater beliefert uns mit einem Menü aus seiner Sterneküche«.

»Apropos Vater.« Meine Halbschwester Katharina und ich schauten uns grinsend an, dann zog sie einen Ordner aus ihrem Rucksack. Sie fischte ein Blatt Papier mit dem vorläufigen Sitzplan der Tafel heraus. »Das bringt uns zum nächsten Punkt, der Tischordnung.« Sie breitete sie vor uns aus. »Unser Vater und deine Mutter werden nebeneinander sitzen. Fast wie 1986 am Plattensee …« Wir klatschten uns ab. Vater, der schon lange geschieden war, hatte so viel über Mutter wissen wollen, dass ich ihn schließlich zu unserer Whatsapp-Gruppe hinzugefügt hatte. Nun standen die beiden in regem Austausch miteinander. Wer weiß, vielleicht würde es für die beiden noch zu einem späten Happy End kommen, beziehungsweise endlich zu einem Happy Beginning. Sie hätten es sich so sehr verdient.

»Und deine Oma? Wo setzen wir die hin?«

»Am besten gleich neben Mama. Oder neben Opa? Am Ende gibt es noch ein weiteres Pärchen! Aber ich glaube, solange es Schwarzwälder Kirschtorte gibt, fühlt sie sich überall wohl.«

»Aber bei uns gibt's traditionell immer den Hochzeitsreindling«, überlegte Katharina stirnrunzelnd. Diese Köstlichkeit aus Germteig, Zimt, Zucker und Rosinen durfte bei keiner Kärntner Feier fehlen.

Ich lächelte. »Das wird schon passen. Solange es Kaffee und Kuchen gibt, ist für Oma die Welt in Ordnung.«

Was unsere gemeinsame andere Großmutter betraf, konnten wir nur noch ihr Andenken pflegen. Das machten Katharina, Opa und ich immer sonntags, indem wir uns um die Blumen kümmerten. Wenn ich im August vor fast einem Jahr Opa nicht auf dem Friedhof getroffen hätte, wären wir vermutlich heute nicht hier. Denn dann wäre ich wie geplant nach Hause abgereist und hätte den Job auf dem Campingplatz niemals angetreten. Eigenartig, welch wundersame Wege das Leben einschlagen konnte, wenn man den Mut fand, sich ihm zu stellen.

Während die anderen weiter schwatzten, ließ ich meinen Blick über die Runde schweifen. Da waren mein künftiger Ehemann Matthias, meine Schwägerin Estelle und Fred, ihr Verehrer. Daneben meine Schwester Katharina. Und am Nachbartisch saßen mein Opa und Robert. Es fehlten noch meine angehenden Schwiegereltern, mein Vater, meine Mutter und Oma. Sie alle und noch mehr Familie würden zu unserer Hochzeit kommen und mit uns feiern. Ich freute mich schon so sehr auf diesen Tag!

Meine frühere Kollegin Samira, mit der ich noch in Kontakt stand, würde bei meinen Hochzeitsbildern Augen machen, wenn sie meine nunmehr vereinte bunte Familie sah.

Beim Gedanken an meine Zukunft hüpfte mein Herz vor Freude und eines war klar: Zitronen und Motzbirnen gehörten endgültig der Vergangenheit an.

Nachwort und Dank

Liebe Leserinnen und Leser,

danke, dass ihr meinen nunmehr zweiten Roman gelesen habt! Ich hoffe, dass Euch die Liebesgeschichte zwischen der bayrischen Buchhalterin und dem charmanten österreichischen Burgherrn gefallen und gut unterhalten hat. Das Schreiben daran hat mir jedenfalls riesigen Spaß gemacht.

Auch bei jenen, die meinen Debütroman gelesen und rezensiert haben, möchte ich mich an dieser Stelle ganz herzlich bedanken!

Außerdem danke ich:

- meiner Familie und meinen Freunden, die mich zum Schreiben ermutigen. Allen voran meinen Eltern und ganz besonders meiner großartigen Schwester, die mich in allem, was ich mache, immer unterstützt. Das bedeutet mir sehr viel!

- Meinem Mann und meinen Kindern, die mich in meinem Traum vom Schreiben bestärken.

- Meiner Lektorin Katharina Strzoda, mit der die Zusammenarbeit wieder riesigen Spaß gemacht hat! Du hast mich mit deiner herzlichen und einfühlsamen Art motiviert und inspiriert, sodass das Schreiben und Überarbeiten mir eine echte Freude war.

- Meiner Autorenkollegin und Testleserin Fartun O., die mir mit viel Herz und Wissen wertvolle Rückmeldungen gegeben hat. Danke, dass du dir so viel Zeit genommen hast!

Einige Szenen in diesem Roman sind an persönliche Er-
lebnisse angelehnt. Zum Beispiel die Szene, in der das Heu
von der Wiese geholt wird. Es war zwar kein Burgherr
dabei, aber dies habe ich mit meiner Schwester und unserer lieben Freundin Romana L. vor vielen Jahren so ähnlich
erlebt, als wir gemeinsam die Heuballen für ihre Pferde
einlagerten. Und ich durfte den Laster fahren, zumindest
zeitweise. Diese Tage, die wir mit Romana L., Kurt B. und
vielen anderen Natur – und tierbegeisterten Freunden
verbracht haben, habe ich in schönster Erinnerung. Viel
hat sich seither verändert, aber wir sind immer noch befreundet und das freut mich sehr.

Weite Teile dieses Buches, genauso wie diese Danksa-
gung, habe ich an einem wunderschönen magischen See in
der Nähe meines Wohnortes geschrieben, an dem meine
Geschwister und ich schon als Kinder viel Zeit verbracht
haben, zum Beispiel mit dem Fangen von Baby-Karpfen.
Diese Umgebung war die allerbeste Inspiration für mich,
genauso wie die umliegenden Wälder, in denen man so
schön wandern kann.

Der idyllische Ort Ehrenfelsen ist meiner Fantasie entsprungen, aber das wunderbare österreichische Bundes-
land Kärnten hat trotzdem all das zu bieten, was in meiner
Geschichte vorkommt: kristallklare Seen, mittelalterliche
Burgen, herrliche Wälder und majestätische Berge. Es ist
auf alle Fälle eine Reise wert!

Ihr lieben Leute, allergrößte Freude und einen riesengroßen Motivationsschub würdet ihr mir bereiten, indem

ihr mir eine Bewertung oder eine Rezension hinterlasst. Diese muss gar nicht lange ausfallen, würde aber eine große Unterstützung für meine Arbeit bedeuten.

Es würde mich auch freuen, direkt von euch zu hören. Ich bin auf den sozialen Medien aktiv und teile dort Neuigkeiten zu Buchprojekten und meinem Schreiballtag. Ich wäre über Nachrichten via E-Mail, Instagram oder Facebook begeistert! Wenn ihr mir schreibt, werde ich auf alle Fälle antworten!

Eure
Maggie Uhmann, im September 2021
maggie@uhmann.at